# 北嶺《ほくれい》の秘湖

坂野一人

※本篇テーマの一つである「ＪＲフルムーン夫婦グリーンパス」は、令和四年（２０２２年）十月に廃止されました。本編の設定年代は、それ以前の平成二十二年（２０１０年）です。

# 第一章　陰謀の大地

## 一

《場違いな雰囲気の女だな……旅行者なのかな？》

　車から降りた二人の女を遠目に見た瞬間、大前雅人《おおまえまさと》は、女たちが大自然の空間に迷い込んだ異人種のように感じた。

　平成二十二年の四月下旬、ようやく山間部の雪が斑《まだら》になった北海道では、長い眠りから覚めた大地が、寝ぼけまなこで植物たちに春到来の大号令をかける。すると、北の大地の小心な木々や花々は待ってましたとばかりに手を取り合って、いっせいに初々しい色を放ちはじめる。そうなると、この道東の観光地・阿寒湖《あかんこ》周辺にも、先をあらそうように観光客が押し寄せる。

　大前雅人が部下の結城美悠《ゆうきみゆう》を伴って旅行企画の下見に訪れたオンネトーにも、すぐ隣の阿寒湖ほどではないにせよ、ぼちぼちと観光客が立ち寄りはじめている。つい先ほども、観光バスから吐き出された中年男女の一群が、ひとしきり派手な服装と快活な関西弁で、湖の遊歩道を騒がせていた。

　白い乗用車から降りた二人の女性がオンネトーの湖畔に歩いて来たのは、団体観光客が去り、オ要人や韓国要人の力を借りて、東アジア政経連合創生への具体的なアクションを起こすはずだってさ。そのためにも米国政府や日本政府が手を出せない中国へ潜伏している可能性が高いっていうことだ」

《もしかしたら七海も……》

雅人の脳裏に不穏な想像が浮かぶ。

「則尾さん、もしそうなったら長嶺は表舞台にもう一度現われると思いますか？」

《長嶺が再登場すれば七海も……》

そんな儚い期待が疼く。しかし則尾は「どうかな」と片頬をゆがめた。

「長嶺たちの自殺だって真偽がはっきりしないし、米国経済をこれ以上震撼させ、本当の凋落に陥れる何かが起こるかどうか……すべては仮定の上に成り立つ話だからね」

「福田さんの予想どおりだったとしたら可能性はありますよね？」

「ないことはないけど……」

則尾はつぶやくように言うと、急に道路に向かって手を上げ、タクシーの空車を止めた。

「大前くん、ボクはここで失礼するよ」

「え！　いきなりどうしたんですか!?」

「キミたちを見ていたら、急に行きたいところができたんだ。懐《ふところ》も温かいし、あしたからは連休だし、少しは息抜きしないとね」

「ちょ、ちょっと待ってください。ミュウちゃんはどうするんですかぁ！」

「そんなこと自分で考えろよ。大丈夫、誰にも話さないから」

則尾はそう残してタクシーに乗り込んでしまった。

《どうしたらいいんだ？》

雅人は突然訪れた事態に戸惑い、肩にすがる美悠をおずおずと見た。

《二人だけじゃ、まずいよな……》

そう思ったとき美悠が億劫に顔をあげた。

「課長……」

「え!?」

「課長は……竹崎先輩のこと、好きだったんでしょう？」

「ど、どうしたんだよ、いきなり……」

「課長……かわいそう……」

ふいに美悠が雅人の胸に顔を埋め、しくしくと泣きはじめた。

「ミュウちゃん……」

雅人は反射的に小さな体を抱いた。背に回った美悠の腕に力がこもる。

「課長、かわいそう……竹崎先輩もかわいそう……」

胸に響く鼻声とともに心臓の上の肌が温まっていく。その温もりとは裏腹に、妙に冷然とした現実感が、茫洋とした酔いの意識に湧き上がった。
《もし長嶺たちと一緒に七海が現われるようなことになっても、そのころオレはもう七海とは遠いところにいるかもしれない……》
わずかに覚醒した現実感を追うように、そんな思いが脳裏をよぎった。

《了》

【参考文献】

『高校生にもわかるドラッカーの「限界」』　黒瀬剛・坂野一人／共著（オンブック社）
『日本の解体と再建』　黒瀬剛著（オンブック社）

※本著のマネジメント論の一部は、『高校生にもわかるドラッカーの「限界」』を参照しました。ただし、本著内で述べた『ドラッカーの限界』の内容は、『高校生にもわかるドラッカーの「限界」』の内容とは異なっています。
※本文中の列車時刻は、２０１０年のＪＲ列車時刻表を参照しています。

坂野　一人（ばんの　かずひと）

【略歴】
1953年，長野県生まれ。青山学院大学法学部卒業後、コピーライターとして活動。1993年から旅行関連の紀行文を手がけ、紀行文ライターを兼業。2005年から著作を発表。

【著書】
『南洋の楼閣』（旅情サスペンス）　文芸社刊
『高校生にもわかるドラッカーの「限界」』（経済書）オンブック刊
『下高井戸にゃんにゃん』（青春愛猫小説）デジタルメディア研究所刊
『哀色の海』（恋愛小説）メタ・ブレーン刊
『父の章　母の章』（文芸小説）メタ・ブレーン刊
『西国の亡霊』（旅情ミステリー）メタ・ブレーン刊

# 北嶺《はくれい》の秘湖

2024年9月15日　初版第一刷発行

著　者 …………………………………………………… 坂野一人

装丁・本文設計　増住一郎デザイン室
本文DTP　Afrex.Co.,Ltd.

発行所 …………………………………………………… メタ・ブレーン

東京都渋谷区恵比寿南3-10-14-214　〒150-0022
Tel：03-5704-3919／Fax：03-5704-3457
http://web-japan.to／振替口座 00100-8-751102

ンネトーに本来の静寂が戻ったときだった。一人はグレーのロングコートにハイヒール、もう一人はチャコールのロングコートにブーツと、夜の社交場からそのまま脱け出したような場違いな空気を、森閑とした芽吹きの大気に放っている。

「へえ〜あんな観光客もいるんだな」

雅人がつぶやいたとき、隣の美悠《みゆう》が怪訝な顔をした。

「あの人、もしかしたら……」

「ミユウちゃんの知ってる人？」

「そんな気がするんですけど……」

小さくうなずいた美悠は、こちらに向かってくる二人の女を細目で凝視した。

一流私大の英文科を卒業した結城《ゆうき》美悠《みゆう》は、語学力を活かそうと、海外旅行に強い日本国際ツーリスト（ＪＩＴ）へ四年前に入社した。しかし、ありきたりのパッケージツアーが幅をきかせる海外旅行の実態を知るにつけ、国内の自由な旅に興味が移り、二年前、ＪＩＴの国内旅行企画部が大幅に拡大されたとき、新部員の社内公募へ手をあげて異動した。

国内旅行企画部には二つの課がある。ひとつは、訪日外国人客や国内団体客向けの国内パッケージツアーを企画する団体旅行企画課、もうひとつは、雅人が課長を勤める国内フリーツアー企画課（国内ＦＴ企画課＝個人の国内自由旅行企画）である。

二年前、雅人が三十一歳という若さで課長に抜擢されたのは、彼が入社したとき、まだデスクという程度の規模だった国内フリーツアー（ＦＴ）セクションを希望し、以来、ＦＴ一筋に歩み、弱小部門を盛りたててきた実績が評価されたのかもしれない。しかし、考えようによっては、この部署が不採算部門として撤退する羽目になったとき、ていよく人員整理ができるとふんだ経営側の策略と言えなくもない。

雅人が任された国内ＦＴ企画課は、課員三十名ほどの構成で、美悠は最年少のスタッフである。部署がスタートした当初、同じ課に同姓の女性社員がいたため、雅人はそれと区別するため美悠さんと呼んでいたが、小所帯で顔を付き合わせているうちに、他の課員に習って『ミュウちゃん』と親しみを込めて呼ぶようになった。ミュウという響きが愛称として呼びやすいこともあったが、小柄なわりに豊かな胸の線を持ち、目鼻立ちがはっきりした細面《ほそおもて》にブラウンのショートカットと、まるで外国産の子猫を髣髴《ほうふつ》とさせる容貌が、ミュウちゃんという呼称にぴったりとはまるのである。その愛らしい容貌と気取らない性格のため、課内の独身男どものあいだではアイドル的な存在だが、二年前に離婚したバツイチの雅人は、その頭数からはずされているようである。

＊

女たちを見つめていた美悠がはっと目を開いた。

「やっぱり竹崎《たけざき》さんだ！　大学のサークルの先輩ですよ」

「へえ～、こんなところで先輩と会うなんて奇遇じゃないか。あいさつでもしておくか？」

「課長、竹崎先輩はＳＴＢの社員ですよ」

「ＳＴＢ!?　ホントかよ」

雅人の脳裏に苦々しい感触が走った。

ＳＴＢの略称で呼ばれる『四季トラベルビューロ』は、ＪＩＴのライバル企業の一社である。規模的にはＳＴＢがはるかに勝ってはいるものの、どちらも中堅上位に属する旅行代理店で、もともとＪＩＴは海外旅行、ＳＴＢは国内旅行に主軸を置いていたため、かつてはそれほどの競合相手ではなかった。しかしＪＩＴが国内旅行企画部を拡大したころ、ＳＴＢも外国人観光客市場にのり出したため、インバウンド（海外から日本に来る）客の争奪戦で火花を散らすことが増えている。

「まさか、あっちもウチと同じ企画で下見に来てるんじゃないよな」

「でも竹崎先輩はＳＴＢの企画室長ですから、ただの旅行ってことはないはずだけど……」

「企画室長って、あの若さで？」

「ええ、私より三年上だから二十九歳のはずですけど」

「三十前で企画室長か……」

「だってＳＴＢの社長は彼女のお姉さんですから」

「あの名物女社長が!?」

脳裏にやり手の麗人として知られるＳＴＢの女社長・竹崎由布子《たけざきゆうこ》の顔が浮かぶ。

「そうか、あの社長も竹崎っていう苗字だよな。でもあの社長は、もう四十近い歳だろう？」

「歳は離れていますけど姉だそうです。私も就職活動のとき、竹崎先輩からＳＴＢに来ないかって誘われましたから多少のことは知ってるんです」

「じゃあミュウちゃんはＳＴＢを蹴ってウチに入社したってわけ？」

「そうですよ」

美悠の得意そうな顔に、湖面の反射光がゆらゆらと揺れている。

「ウチより大手を蹴ったのかぁ、もったいねえ話だな」

「でもさ、海外旅行に関してはＪＩＴの方が強いじゃないですか」

「入社してから国内旅行の魅力に目覚めたんです」

「変なやつだなぁ」

雅人が顔をしかめてぶっきらぼうに言ったとき、すぐ近くまで来た二人の女性のうち、グレーのコートの女性がこちらを見て「あら？」と目を開き、表情を崩した。

「結城さんじゃないの？」

美悠が弾かれたように女へ歩み寄る。百五十センチちょっとの美悠とくらべ、二人の女はどちらも百七十センチ近くはありそうだ。それほど高いヒールでもないのに、二人とも雅人とほぼ同じ目線になる。ジーンズにスニーカーという美悠との取り合わせは、まるで中学校の保護者と子供である。

「竹崎先輩、お久しぶりです！」

「結城さん、こんな所でどうしたの？」

訝しげな目をした女はすぐに背後の雅人に気づき、

「プライベートの旅行？」

「違いますよ。仕事ですよ」

心外と言わんばかりに美悠は口をとがらせた。

「あら、会社の人だったの？」

自分に向けられた女の目に雅人はまたドキっとさせられた。たしかに業界名物の女社長・竹崎由布子とどこか似た知的で勝気な面差しである。しかし姉よりも目はぱっちりとして花が咲いたような艶やかさがある。それに上背があるから自然な所作も優雅に見える。

「どうも……」

どぎまぎと頭を下げた雅人に、女はショルダーバッグから名刺を出した。

「はじめまして。私、ＳＴＢの竹崎と申します」

「あ、はじめまして……ＪＩＴの大前です」

名刺には竹崎七海・Nanami Takezaki とあり、肩書きは本部企画室長となっている。七海《ななみ》は雅人の名刺を一瞥し、「あら、国内フリーツアー企画の方でしたか」と意外そうに目を開いた。

「まだ小さい部署なのでＳＴＢさんのようなパワーはないですけどね」

「こちらへは旅行企画の下見で？」

「いや、下見というほどの具体性はないですけど」

するとお七海は「ふふふ」と意味ありげに含み笑いをし、

「つまらないことお聞きしてごめんなさい。お互いに仕事の内情は明かせませんわよね」

「はぁ……」

雅人が困っていると、美悠の明るい声が割り込んだ。

「それより先輩の方はどうなんですか？　仕事なんでしょう？」

「違うわよ。海外の取引先のお客様をご案内しているのよ」

七海は背後で神妙な顔をするチャコールコートの女性を振り返り、

「こちらはアメリカからいらしたチャンさん。中国系の方ですから東洋人と間違えられるんですけど、れっきとしたアメリカ人ですよ」

紹介された女性は、「チャンミラーシュウメイです」とたどたどしく自己紹介し、雅人と美悠に名刺を出した。アルファベット表記にならび、『MAファンド調査員』の肩書きと『張 Miller 淑美』の和文表記がある。

名刺から顔を上げた美悠がおずおずと七海を見た。

「先輩の会社は海外のファンドとも取り引きがあるんですか？」

「そうじゃないわ。ウチの親会社の関係。だから私もあまり詳しく知らないのよ」

「じゃあ旅行の企画で来てるんじゃないんですね」

「さっきも言ったじゃない。それより結城さんはどうして国内旅行のセクションなの？　海外旅行の企画がしたくてＪＩＴを選んだんじゃなかったの？」

「そうですけど……心境の変化ってところですね」

「そうか、あれから四年もたつんだし、あなたも旅行業界に入って成長したのね」

七海は感慨深そうに後輩を見たが、すぐに、

「お仕事ならおじゃましたら悪いわね。また機会があったら会いましょう」

美悠と雅人に軽く会釈し、張ミラー淑美を促して遊歩道の先へ歩き去った。その後姿《うしろ》を呆然と見送っていた雅人の腕に美悠の肘打ちが入る。

「課長、どうしたんですか？」

「何でもないよ」

「あんまり美人なので見とれたんですか？」

「バカいうな。相手がライバル会社の企画室長だから、ウチと同じ企画をしていたらやばいと思ったのさ」

「たとえそうだとしても相手はインバウンド客の企画でしょう？　ウチのフルムーン企画とはバッティングしませんよ」

「だといいけどな。それより東雲湖《しののめこ》の状況はどうなんだ？　雪の最新情報を調べたのか？」

「あ、そうだった。すぐ調べます！」

美悠は携帯電話を取り出し、次の下見予定の東雲湖を管轄する観光協会をコールした。

＊

ＪＩＴの国内ＦＴ企画課、つまり個人の自由な国内旅行をプロデュースする雅人の課で、今秋からの目玉として企画しているのがフルムーン旅行企画である。

団塊世代の大量退職を背景に、あらゆる業界で熟高年層への商品企画や販売が熾烈さを増している。その世代へのアンケートによれば、退職後、やりたいことのダントツ一位が『旅』であり、旅行業界でも、団塊世代の退職者をターゲットにした旅行企画が、雨後の筍のように登場しはじめている。当然、ＪＩＴでも熟年層の取り込みは重要な課題で、得意とする海外旅行ではいち早く世界各地への熟高年向けパッケージツアーや豪華客船での世界旅などを打ち出した。しかし国内旅行となると熟高年の旅心を刺激する画期的なアイデアが乏しく、苦戦を強いられていた。

そんなとき媒体編集部から新しい企画が持ち込まれた。

ＪＩＴには旅行パンフレットやガイド本などを編集・発行する媒体編集部がある。その部長である手塚栄一《てづかえいいち》がじきじきに持ち込んだ企画とは、フルムーンパスを利用した旅行企画だった。

フルムーンパスとは、ＪＲの『フルムーン夫婦グリーンパス』の愛称で、十月から翌年五月までの限定八ヵ月間で発売される特別乗車チケットである。夫婦の年齢合計が八十八歳以上なら全国のＪＲ路線が乗り放題という内容で、期間も五日間、七日間、十二日間の三種類がある。最大の売りはグリーン車が使える点と、夫婦二人で八万五百円からという価格にあり、うまく利用すれば破格の交通費で全国へグリーン車の旅ができる。

「俺が不眠不休で丸一週間もかけた」と大袈裟な前ぶりで渡された企画書には、『現代の熟高年は旅慣れている。しかし自ら旅を企画するほどの知識や意欲は薄い。といって既存の団体旅行には飽き飽きしているし、今さらチープな団体旅行などしたくない。必要なのは、退職者の特権である時間のゆとりをフルに活かし、従来にないゴージャスさや達成感があり、知的好奇心を満足させる旅、そして、ある程度の自由さがある個人旅を提案することである』と檄文《げきぶん》が綴られ、『急ぐ必要がないのも特権である。従って《移動もまた旅》という新たな旅の味わいを提案できるグリーン車の豪華さと快適さをアピールし、これを活用した半オーダーメイドの旅行企画を春・秋で各三企画、初年度は東京駅発のプランで提案する』と続く。

さらに、この商品の広報・宣伝手段として、

『三企画を夫婦のドラマ&紀行文として創作したパンフレットを作成し、同時にTV局および広告代理店とのタイアップを視野に入れ、JRをメインスポンサーに、熟高年の人間ドラマがある旅番組の企画として提案する』と結ばれていた。

つまりコースと乗車列車だけをパック化し、出発日、宿泊施設のグレードやオプションは自由選択で、その間の時間や行動も自分たちが管理するという夫婦旅の商品企画であり、移動もまた旅という趣旨から新幹線のグリーン車をフルに活用できる行程で、新幹線以外の在来線も名物特急のグリーン車を選定するという、従来では考えられなかった企画内容である。半オーダーメイドの旅と

はいえ個人フリー旅行の領域に入るため、雅人が課長を務める国内FT企画課が主体となって進めることになった。

この企画の原案は、媒体編集部長の大学の同期である旅行作家によって提案されたという。二回目の企画会議には旅行作家本人も参加し、具体的な企画内容をレクチャーした。

雅人は驚いてしまった。

具体企画は、まず『人生第二幕への夫婦旅／深（心）婚旅行へ』と大テーマが掲げられ、『歴史編・自然編・健康編』と熟年層の興味を引きそうなカテゴリーで、それぞれ『歴史編（例）天孫降臨《てんそんこうりん》の謎（三つの神話の地を巡る九州の旅）』『自然編（例）秘湖の伝説（北海道三大秘湖をめぐる神秘の旅）』『健康編（例）マイナスイオンの洗礼（日本三大名瀑を制覇する旅）』と述べられ、利用列車のモデルパターンもあった。新幹線のグリーン車と主要幹線の名物特急を巧みに乗り継ぐ行程計画にも驚いたが、それよりも、則尾操一《のりおそういち》と紹介された旅行作家の風貌と、ひょうきんでとぼけた話ぶりにびっくりさせられたのである。ずんぐりした四十年配のオヤジなのに、ぼさぼさの頭髪と、どこか憎めない少年のようなあどけなさが残る顔立ちの則尾は、自己紹介の第一声で、

「ボクの名前は『乗り遅れ一番』と読めます。ひとつ先の時代に乗り遅れている内に現代の先頭を走るようになっていました。でも列車の旅に乗り遅れは禁物《きんもつ》、従って今回の企画は真剣に勝負します」

部長連中のしかめ面《つら》など意に介さず、ひょうひょうとレクチャーをはじめたのである。

具体プランはユニークで面白い内容だった。しかし、数と量を優先する旅行業界の体質からはやや冒険という懸念もある。ところが従来にない専門パンフレットの制作やＴＶ番組企画をからめての広報・営業戦略ということで、媒体編集部長の手塚は大乗り気。国内旅行企画部の恩田部長も「これまでどの代理店も手がつけられなかったからこそ、ウチの独占企画になる」と意欲満々。今秋のフルムーンパス発行時から試験的にスタートするという方針で、現地のリサーチと企画詳細決定を行うことがあっさり決まり、雅人の国内ＦＴ企画課の課員がチームを組み、三つのプランそれぞれに下見を開始したのである。

なかでも『北海道三大秘湖をめぐる神秘の旅』は、人気が高い寝台特急『北斗星』を利用した七日間の豪華プランであり、今回の企画の広告塔とも見込まれた。ただし地理的には秘湖の最寄り駅から観光タクシーを利用せねばならず、その具体的な可能性と所要時間を探るため、課長の雅人と美悠がチームを組み、二日前に北海道へ下見に来たのである。

北海道三大秘湖とは、支笏湖《しこつこ》の近くにある『オコタンペ湖』、然別湖《しかりべつこ》の近くにある『東雲湖』、そして、阿寒湖の近くにある『オンネントー』の三湖である。選定の理由については定かでないが、一般的にこの三湖をもって三大秘湖と呼ぶようである。

則尾の企画によると、札幌までは北斗星で、そこから根室本線（滝川《たきがわ》まで函館本線経由）で富良野《ふらの》へ行き、そこで周辺観光をした翌日に再び根室本線で帯広市《おびひろ》へ。帯広で連泊し、観光タクシーで一日ごとにオンネトーと東雲湖をめぐり、帰路は根室《ねむろ》本線・石勝《せきしょう》本線を利用して千歳市《ちとせ》に行き、オコタンペ湖を見てから札幌へ戻り、札幌から北斗星で帰るという六泊七日の設定である。

その行程企画に沿って、雅人たちが最初に訪れたオンネトーは、原生林のなかにひっそりと息づく周囲四キロほどの小さな湖であり、光の加減で湖面の色が変化することから五色沼と別称されている。静寂な湖面へ、背後にそびえる雌阿寒岳《めあかん》と阿寒富士《あかんふじ》の霊峰が連なって映じる光景を見ていると、無垢《むく》な大気に溶け込んでしまったかのようなすがすがしい気分になる。まさに三大秘湖企画の目玉となるロケーションだった。

絵のような湖面に見とれていた雅人を、美悠の声が現実へと引き戻した。

「東雲湖はまだ雪があって行けないそうです」

三大秘湖のなかでも東雲湖だけは車での接近ができない。大雪山系の懐深くにある然別湖のきわから原生林をかき分けるケモノ道のような登山道を二キロほど歩かなくてはならない。途中に希少種であるナキウサギの生息地もあり、味わい深いトレッキングではあるが、今年はまだ雪が残っており、歩行は困難ということだった。

「この企画は秋の早目と連休明け以降じゃないと無理だな。採算にのるかどうか怪しいよ」

「でも寝台特急の北斗星が使えたり、オプションも豊富ですから、利用可能な期間は短くても集客は期待できるんじゃないんですか？　それに雪の心配は東雲湖だけですから、いざとなったら東雲湖を然別湖に振り替えてもいいと思うんですけど」

「部長連中もそう踏んでるようだけどね。とりあえず予定を一日早めて、あしたはオコタンペ湖の下見だな」

「でも課長、千歳南駅からの観光タクシーの予約はあさってですよ」

「そうだったなぁ」

「リサーチの時期が早すぎたんですね」

「会社が決めたことだからしょうがないさ。それに今回は観光タクシーの状況や周辺観光のオプションヨン調査がメインだから、そっちを優先するしかない。とりあえず、あさっての予定だった札幌支店訪問を一日繰り上げよう。あしたは然別湖を見たら、そのまま札幌だ」

「おかげで、また北海道に来られますね」

美悠がにこっと微笑む。

「仕事じゃなかったら大歓迎だけどね」

二人は待たせてあった観光タクシーで、宿泊を予約した帯広市のホテルへと戻った。

*

翌日、観光タクシーで然別湖を下見した雅人たちは帯広駅まで戻り、札幌・帯広間を結ぶ『スーパーとかち』の上り列車に乗った。

この特急列車は根室本線の途中駅・新得《しんとく》駅から日高山脈を貫いて千歳市に向かう石勝線を経由している。グリーン車のシートは革張りで、車窓を流れる日高山脈の新緑の風景が、映像のように静かに移り変わる快適さだった。

予定では石勝線が千歳線に交わる南千歳駅に下車する行程だが、日程が一日早まったため、そのまま終点の札幌まで乗って、自社の札幌支店に顔を出した。

札幌支店では今回の旅行企画商品の宿泊やオプションの売上が支店で計上できるとあって大変な歓迎ぶりだった。ミーティングもそこそこに夕刻から市内の観光スポットめぐりに連れ出され、夜は薄野《すすきの》のネオン街で生ラムのジンギスカンにビール園直送の生ビールと大盤振る舞いだった。

翌朝、札幌駅から千歳線の特急に乗った雅人はアルコールが抜けきれず、南千歳駅までの約三十分、倒したシートで惰眠を貪《むさぼ》るハメになった。

南千歳駅からは予約した観光タクシーで支笏湖の先にあるオコタンペ湖へ向かう。整備された山間の道道《どうどう》を三十分ほど登ると正面に支笏湖の湖面が現われ、室蘭《むろらん》方面からの国道453号線と合流する。さざなみが立つ湖面を望みながら北岸に沿った国道を十分ほど行くと湖面は次第に遠ざかり、道は小高い恵庭《えにわ》岳の山懐に入り込む。

すぐに『オコタンペ湖』の標識が現われた。それに従って道道へ左折し、ダケカンバやエゾマツの原生林のなかを数分走ると、右手の眼下、山間に広がる樹林の底に、まるで手鏡のように空の色をそのまま映した深いブルーの湖面が見えた。

「けっこう神秘的だなぁ！」

雅人の感嘆の声に、運転手が自慢そうに言った。

「周囲は四キロもない湖ですけど、天気によって水の色がエメラルドグリーンやコバルトブルーに変化するんです。車では湖畔まで行けませんので、とりあえず展望台へ行きますね」

やがて前方に展望台が現われる。駐車場には数台の車があった。

「課長、あの車、竹崎先輩たちの車じゃないかしら」

美悠が駐車場から出ようとする白い乗用車を目ざとく見つけた。なるほど、白い車はオンネトーで見た車種である。

国道へ戻る白い車とすれちがいざま美悠が声をあげた。

「やっぱり竹崎先輩ですよ。助手席の女性も同じ人だわ！」

「まずいなぁ、やっぱり敵さんも三大秘湖だよ」

「そうみたいですね……」

「でも、こっちはフルムーン企画だからな。そこまではバッティングしてないさ」

不安を拭おうと意識して明るく言ったが、美悠は悄然とうつむいたままだった。

二

北海道から戻った翌々日、雅人は他のチームの下見概要の報告書をまとめ、媒体編集部長の手塚《てづか》栄一《えいいち》に報告した。

「問題が多そうなのは北海道のプランか……」

手塚はヒゲ面《づら》をしかめ、ため息をついた。

「そうですね。今回も東雲湖は残雪でアウトでした。それとですね、東雲湖とオコタンペ湖は冬季にアプローチ道が閉鎖されるんです。だからフルムーン企画の稼動可能な期間は、実質で二ヵ月ちょっとしかありませんよ」

「そんなことも調べないで行ったの？」

「急かせて、日程を決めたのは部長ですよ」

「そうだったかな？」

《ほ～ら、はじまった》

雅人は手塚のヒゲ面を唖然と見た。この部長、やり手で聞こえてはいるが、その場の思いつきで物事を進めることもしばしば。うまくいったときでも『深慮なき結果オーライ』、しくじったときのとぼけ振りは『若年性アルツハイマー』と陰口をたたかれている。

「まあいいや。それで、そのほかの状況は？」

「在来線のグリーン車は快適です。それに観光タクシーとの折衝もＯＫ。料金的にもかなりダンピングしてくれそうです。来週までに宿泊候補やオプションなどを含めたレポートをまとめますから、詳しいことはそっちで見てください。それと……ちょっと気にかかることがあったんですけど……」

雅人はオンネトーとオコタンペ湖でＳＴＢの企画室長に出くわしたことを話した。

「オーマイガッ！」

手塚はオーバーに両手を広げ、口をあんぐりと開いた。

「部長、そのネタはもうやめましょうよ」

雅人は苦々しく手塚を睨んだ。

雅人が入社した十年前、最初に配属された国内旅行デスクで、手塚は直属のマネージャーだった。配属当初、へまを繰り返す新人に「おまえの名前をな、音《おん》で読むとガットじゃねえか。そのせいで俺は始末書を見るたびオーマイガッだよ」と、知られたくない名前の秘密を見破られてしまった。それ以来、手塚が媒体編集部長へ栄転するまでの三年間、何度このシャレをお見舞いされたことか。おかげでデスクのスタッフはおろか、本社中にこのシャレが響き渡ってしまった。雅人が国内FT企画課長に抜擢されてからは、さすがに役付きへのダシャレは憚《はばか》られ、影を潜めてはいるが、新人時代の直属上司である手塚には、課長の肩書などまるで通用しない。

「大前よ、STBの竹崎姐御《あねご》の妹が動いているとなると、もたもたしちゃあいられねえぞ」

久々のシャレで遊んではみたものの手塚もSTBの動きが気になるようである。

「ミュウちゃんの先輩ですから彼女に敵さんの状況を探ってもらいましょうか？」

「バカこけ、ヤブヘビになったらどうするんだ。相手は業界に聞こえた魔女の妹だぜ」

「じゃあどうしますか？」

「今回の企画を一日でも早くまとめろ。先に発表したほうが勝ちだからな。いいな！」

手塚はヤケクソ気味にタバコをくわえ、ジッポのライターで不機嫌に火をつけた。

翌日から雅人は課のスタッフにはっぱをかけ、フルムーン旅行商品のまとめに奔走した。ＪＲとの交渉はもとより、三つのプランの現地リサーチ、観光タクシーや宿泊施設の候補選定、オプション関係との交渉、さらには各支店で旅行を販売するためのセールスマニュアルの企画から顧客へのバックアップ体制づくりなど仕事は限りなくある。

原案者である旅行作家の則尾操一も、ときおり会社に顔を見せた。彼の来訪時はそのまま手塚部長をまじえた戦略会議となる。

しかし、ようやく大筋の目安がつきはじめた五月の後半、これまでの奮闘に冷水を浴びせる事件が報じられた。

＊

五月も最終の週に入った火曜日の朝九時ごろ、オンネトーの湖畔で初老の男の縊死遺体が発見されたのである。

道東はまさに春の花が咲き盛るシーズンに入り、その日も団体客を乗せたバスが、阿寒湖、摩周《ましゅう》湖、屈斜路《くっしゃろ》湖など道東内陸部の観光スポットへと押し寄せていた。それら団体客のうち、その日一番でオンネトーを訪れた一群が湖畔の遊歩道から少し入った林のなかで、エゾ松の低い幹にぶら下がる縊死体を発見し、パニックに陥った。

北海道では毎年千五百人を越える自殺者があり、都道府県別でもワースト３に数えられている。

疲弊した経済状況による心神耗弱者の増加が主な原因とされるが、最近の研究では冬場の日照不足による鬱《うつ》病説なども要因の一部にあると言われる。

駆けつけた釧路警察署管内の警察官も、当初は多発する自殺者とみなしていたようだが、身元が判明するにいたって事態はただならぬ様相を帯び、その日の午後にはトップニュースとなって全国のメディアを駆けめぐった。

縊死体は元衆議院議員の亀山隆盛《かめやまたかもり》だった。今年で七十二歳になる亀山は北海道出身の当選五回を数える代議士で、前々回の衆議院選挙前までは、与党の有力議員に名を連ねていた。ところが、前々回の衆院選挙で落選の憂き目を見て、政権交代の歴史的な選挙となった前回の衆院選挙でも票が届かなかった。現在は講演活動や企業のコンサルタントのようなことをしているが、政界への返り咲きにも十分にチャンスを残す年齢である。

その一報がテレビで報じられた午後、雅人は手塚部長と則尾操一の三人でミーティングの最中だった。血相を変えて会議室へ来た課のスタッフから、このニュースが告げられた瞬間、手塚は「オーマイガッ！」とそっくり返るように天井を仰いだ。

オンネトーは『北海道三大秘湖をめぐるフルムーン旅行』の目玉ともいえるスポットである。しかし神秘の大自然も、この縊死事件によって怪奇的なイメージに染まってしまう。

「部長、シャレてる場合じゃないですよ！」

「シャレじゃねえよ。心底からオーマイガッだ！」

「でも企画の販売は半年先ですし、そのころは世間も忘れてますよ」

「でもよ、亀山は親ロシア派で聞こえた議員だ。ロシアンマフィアなんかとの関係で真相究明がもめたら、秋口になっても世間を騒がせている可能性があるぜ、ちっきしょう！」

吐き捨てるように言った手塚を、則尾がのんびりした口調で慰めた。

「そう悲観したもんでもないさ。この事件を逆手に取って考えれば、話題性が増す可能性だってあるよ」

「おまえは相変わらず能天気だなぁ」

「ポジティブに考えただけさ。手塚こそ昔よりペシミストになったんじゃないの」

「こんな厳しい業界にいればよ、悲観的にもなるさ」

「そうかなぁ、手塚は学生時代からずっと悲観主義者だよ。だから今回のことも、おまえの杞憂ってことになるさ」

「だといいけどな……」

手塚部長は苦りきった顔でため息をついた。

オンネトーで縊死した亀山隆盛は、かつては党内でそこそこの勢力を持つ代議士である。しかし前々回の衆院選挙で、同じ党の別派閥の新人候補に敗れ、現在は政治の第一線から退いた形になっている。北海道という土地柄か、亀山は親ロシア派の議員として知られ、米国べったりの政策を旨とする与党内では異色の存在だった。もっとも、それがゆえに党内の主流派から疎《うと》まれ、対立候補を立てられる羽目になったとも言われるが、第一線から退いた今でも、政界の裏で暗躍していると伝えられる。

亀山の死は、その不可解な縊死状況とあわせ、報道番組を独占した。道警は大量の睡眠薬を服用しての自殺と発表したが、事情通のあいだでは、道内を跋扈《ばっこ》するロシアンマフィアとの関連も囁《ささや》かれ、トラブルに巻き込まれたのでは、という憶測も流れた。

その夜、亀山元議員の縊死を報じるニュースを見ているうちに、雅人は手塚部長の悲観的な憶測が、必ずしも杞憂ではないかもしれないと、不吉な予感を抱いた。

しかしその三日後、さらに絶望的な事態が発生した。

*

大雪山国立公園内でも唯一の自然湖である然別湖《しかりべつこ》は、周囲約十四キロのカルデラ湖である。北海道の天然記念物・ミヤベイワナをはじめ、貴重な淡水魚が自然繁殖する豊かな生態系が手つかずのまま残っている。

然別湖のさらに奥、深い原生林の底にひっそり息づく湖が、北海道三大秘湖のひとつに数えられる東雲湖である。周囲は一キロもなく、水深も浅く、湖というより沼に近い風情で、別名・東小沼《ひがしこぬま》とも呼ばれる。流入・流出する川もなく、湖底に堆積する枯れ葦などで陸化が進み、いずれ消滅する運命を背負った湖である。そんな儚さを秘めた東雲湖へは、徒歩以外にアプローチ方法がない。

以前は然別湖を周遊する遊覧船で対岸の船着場へ行き、そこから十五分ほど原生林を歩くルートもあったが、殺到する観光客が自然の生態系を乱すとして何年か前に船での接岸は廃止された。現在は然別湖畔の温泉街から白雲山《はくうんざん》登山道と呼ばれる原生林の道を歩き、途中から然別湖をぐるっと迂回する湖畔の道へ折れ、かつての船着場まで行く徒歩道があるばかり。

船着場跡から森林の登山道を行くと、いきなり視界がひらけ、原生林のあいだに岩がごろごろとむきだした光景が広がる。その一帯は天然記念物・ナキウサギの生息地として知られている。姿を見るのはまれだが、キュッキュという鳥のような声や、キュイーンと大気を切り裂く遠吠えを聞くチャンスは多い。

ようやく雪が消えたナキウサギの生息地で、東雲湖へのトレッキングを楽しむ観光客が、初老の男の死体に遭遇したのは、亀山元議員の縊死から二日後の日曜だった。

連絡を受けた警察は、臨時の船で現場に向かったが、司法解剖の結果、頭部および全身に打撲痕が認められたため、殺人事件として、最寄りの新得《しんとく》警察署内に初動捜査の本部を設置した。しかし並行して行われた身元捜査の結果、遺体が元農林水産省の官僚で、現在は農水省の下部団体である北海道農業推進機構第7局長の白石琢磨《しらいしたくま》であることが判明し、事件は釧路方面本部へと移管された。

白石琢磨は七十歳で、十年前に農水省を定年退職して現在の団体に天下った準キャリア官僚である。農水省時代から、出身地である北海道農政への思い入れが強く、この天下りはまさにはまり役でもあった。しかし事件の最大のポイントは二日前に縊死体で発見された亀山元議員との関連である。

亀山は、現役時代に北海道開発政務次官を務めた経験をもつが、当時から北海道の農業政策をめぐり、農林水産省の官僚・白石琢磨との蜜月が噂されていた。

亀山の死は自殺の線が濃厚としても、白石琢磨はあきらかに他殺である。とくに司法解剖の結果、白石の遺体が死後二日以上の経過と判明してからは、亀山の自殺との前後関係も含め、政官に根を張る不可解な謎としてさまざまな憶測を呼んだ。

＊

「部長、マジでやばいですよ」

「シャレになんねえよな……」

事件の速報が流れた翌日の夕刻、手塚部長の緊急招集で媒体編集部の応接室に集まった雅人と則尾は暗澹たる視線を交わした。

「則尾、この企画の代案……ある？」

生気を失った手塚が、ソファにぐったりもたれ、声を絞りだした。

「もちろんあるさ」

手塚をいたわるように、則尾はにっこり顔をほころばせた。

「秘湖のプランを考えたとき、『日本の最北と最東の岬をめぐる旅』というのも考えたんだ。同じ北斗星を使って、現地では稚内《わっかない》の宗谷《そうや》岬、根室《ねむろ》の納沙布《のさっぷ》岬の二つの岬をめぐるプランだけど、冬でも三大秘湖よりアプローチしやすいから営業面では有利かもね」

「でもよ、三大秘湖にくらべたら、インパクトが弱いよな」

「だから一番のお勧めプランで三大秘湖を選んだけどね。せっかく大前くんに下見までしてもらったのに、無駄になっちゃったね」

「オレは仕事だからいいんですけど、三大秘湖っていうアプローチは、ミステリアスな感じがして熟高年の旅心を惹きそうだと思ったんですけどね」

するとﾃ塚がヤケクソ気味にぼやいた。

「マジでミステリーツアーになっちまったなぁ……こうなりゃあ秘湖はあきらめて岬めぐりでいくか？　オレが役員連中に事情を説明してプランの変更許可とるからよ」

「それが無難な線ですね。でも部長、これでＳＴＢの企画もパアですよ。こっちには則尾さんの岬プランがあるからアドバンテージを稼げたとも言えます」

雅人は則尾を見て「ね？」と目でサインを送った。しかし則尾は「え？」と目をむき、

「ＳＴＢの企画って、なに？」

「あれ、則尾さんにはまだ話してませんでしたっけ？」

雅人はオンネトーとオコタンペ湖でＳＴＢの企画室長に出くわした一件を話した。

「敵さんは親会社のお客さんで、たしかＭＡファンドの調査員とかいう女性を案内しているだけだと言ってましたけど」

「ＭＡファンド？　本当に？」

則尾が目もとをゆがめて聞き返す。

「もらった名刺にはそう書いてありました。則尾さん、知ってるんですか？」

「ＳＴＢの親会社って、たしか四季観光産業だよね」

「そうですよ。全国にホテルチェーンを展開している業界最大手です。だからＳＴＢが本気でウチと同じような企画を立ててきたら、資本力が桁違いですからやばいですよ」

「四季観光産業の子会社とＭＡファンドか……」

すると黙って聞いていた手塚がやや焦《じ》れた様子で、

「そんなことはどうでもいいけどよぉ、とにかくウチは岬プランへの変更で決まりだ。則尾、岬案の具体企画をすぐにあげてくれ」

「わかった。来週の頭にはメールで送るよ。それで、ちょっと相談があるんだけど、新プランの下見で、また誰かが北海道に行くんだろう？」

「予算は厳しいけど、しかたねえよ」

「それなら下見日程と一緒でいいんだけど、ボクも取材したいんだ」

「ええ、則尾が行くってか？　おいおい、三つのプランを出したとき、実際に列車で行ったことがあるから取材はなしでもＯＫって大みえ切ったじゃねえか」

「それは三大秘湖プランの話だよ。新プランの釧路から先や旭川から先の路線はまだ乗ったことがないんだ。以前に行ったときは車だったからね、だから一度は乗ってみないと列車内の空気が見えないよ」

「マジかよ……」

大袈裟に顔をしかめた手塚はしばらく腕組みをして思案したが、

「わかった、紀行文を想像で書いたんじゃあシャレになんねえからな。大前、新プランの許可が出たら、取材はおまえと則尾の二人で行け、それでいいか？」

「こっちはＯＫですけど」

「則尾もそれでいいな？」

「いいよ。ただし、大前くんが現地の業者と交渉しているあいだ、ボクは自由時間ってことにしてもいい？」

「好きにしろ」

手塚はへの字にゆがめた唇にタバコをくわえ、しょんぼりと火をつけた。

## 三

それから二時間後、帰り支度をすませた雅人がエレベータに乗ろうとすると、上階から降りて来たエレベータに則尾の姿があった。

「あれ、則尾さん、まだ帰らなかったんですか？」

「あれからずっと手塚部長のグチを聞いてたよ。あんな調子のヤツだけどね、根は神経質で細かいんだ。大前くんは、これから帰宅？」

「ええ」

「ところでさぁ……」

則尾が言いかけたときエレベータが一階のロビーに着いた。

ＪＩＴの本社は文京区の春日《かすが》駅から徒歩五分、現在、再開発計画が進む地域の一角にある。本社前の白山通りからは、区役所を兼ねた文京シビックの建物が見え、その背後に東京ドームが顔をのぞかせている。歩道に出たとき再び則尾が話しかけてきた。

「大前くんの家はどこなの？」

「オレの家ですか？　市川《いちかわ》ですけど」

「なんだ同じ総武線で、駅もウチの近くじゃないか。ボクは船橋《ふなばし》だよ。そうか、市川ならラッキーだな」

「なにがラッキーなんですか？」

「もし時間があったら、これからボクにつき合わない？」

「メシでも食うんですか？」

「それもいいけど……その前に立ち寄る所があってね。錦糸町《きんしちょう》なんだけど、同じ総武線だから、途中下車して一時間ぐらいつきあってくれない？」

「急にどうしたんですか?」

「ミーティングのときMAファンドの話が出ただろう? ボクの仲間で、そのMAファンドに興味を持ってるヤツがいてね、そいつの事務所が錦糸町にあるんだ。そこへ寄って大前くんが北海道で会った調査員のことを詳しく話してもらえないかと思ったのさ」

「いいですけど……オレ、ちょっと会っただけですよ」

「印象だけでもいいんだ。ボクから伝えるより大前くんから直接話した方がいいからね。つきあってもらったお礼に晩飯をおごるからさぁ。もっとも自宅で奥さんの手料理が待ってるなら、晩飯のほうは無理には誘わないけど」

「あれ? オレがバツイチで一人暮らしだって、手塚部長から聞いてないんですか?」

「そりゃあ初耳だ。大前くんもバツイチ独身かぁ。ボクも同じだよ」

雅人は、とぼけた中年オヤジに、ちょっとだけ親しみを覚えた。

春日駅からひとつ先の水道橋駅まで地下鉄で行き、そこでJR総武線に乗り換える。人でふくれあがった車内に息を詰めて十数分、錦糸町の駅は、もわっとした熱気のなかに、毒々しいネオンや看板の明りが色めきたっていた。

＊

案内されたのは駅から歩いて七、八分の距離にあるオフィスビルの三階、ドアに貼られたアクリル板に『福田マネジメント研究所』と表記された部屋だった。

二十坪ほどの室内にはコンピュータがならび、その一角に設けられた簡素な応接スペースに中年の紳士が一人いた。「福田です」という自己紹介とともに渡された名刺には歴代総理の名をつなぎ合わせたような『福田勇人《ふくだはやと》』という活字に、経営コンサルタントの肩書きがのっている。百八十センチを超える上背だが、ひょろりとした体つきのためか、それとも柔らかな物腰のためか、威圧感はなかった。

「福田は昔からの仲間なんだけど、名前がいかにも政治家っぽいだろう？　ところがね、元は議員の秘書でマネーロンダリングを担当していたっていうシャレにならないオチあるんだ。経営コンサルタントなんか名乗っているけど、裏社会に詳しい危ないヤツだよ」

則尾の冗談めいた紹介に、福田は、ダンディな姿からは想像もできない人なつこい笑みを浮かべた。

「こいつの毒舌を真に受けないでくださいよ。ところで則尾の連絡では、MAファンドの調査員に会った方だということですが、そのときの印象を詳しく聞かせてくれませんか？」

「詳しくといっても、ちょっと顔を合わせただけですから……」

雅人はそう前置きし、オンネトーでの出会いを語った。

話を聞いた福田は、「やはりね」と、したり顔で則尾に目配せした。

「だろ？　やっぱり四季観光産業へのMAファンドの噂は本当だったんだよ」

「そうだな。こりゃあ、いよいよ面白くなってきたな」

話が見えない雅人は、勝手に盛りあがる二人に割って入った。

「その……MAファンドって、何か問題になってるんですか？」

すると則尾は「あ、わるいわるい」と愛想をくずし、隣の福田に説明を促した。

＊

MAファンドとは米国系のファンドで、一説には米国政府をバックにしたアンダーグランドのファンドということである。ベースとなった資金がいわくつきで、太平洋戦争末期に関東軍が旧満州から極秘に持ち帰った資金、あるいは戦後のGHQ最高司令官であるマッカーサーが、日本国内の美術品や金塊などを密かに米国へ運んだ資金とも言われている。満州とマッカーサーの頭文字からMAファンドと呼ばれるが、戦後、M資金などと騒がれ、裏社会の巨額な詐欺事件や政治的な疑獄事件の陰に見え隠れしていた謎の資金の多くは、このファンドに関係しているということである。現在は、米国政府の裏資金や米国に本拠をおくユダヤ財閥などの資金を巻き込み、世界中に莫大な投資を行っているらしい。

金融については無知にも等しい雅人だが、世界に投資されるMAファンドの総額を聞いたとき、その途方もない数字に耳を疑った。

「百兆円!?」

しかし福田は平然と、

「事情通の話ではそのくらいはあるそうだ。ファンドのベースになった資金の出所が日本だから、

ＭＡファンド側もそれに義理立てて、毎年、国内の大手企業の裏資金として数百億単位で投資されているらしいが、それをネタにした詐欺事件もけっこう多いようだ」

「非現実的な話ですね……」

「ははは、一般人には御伽話《おとぎ》だろうな」

「その裏ファンドが四季観光産業とどう関係してるんですか？」

「ん？　いや、それは……」

福田は困惑を浮かべた。隣に座った則尾が「話してやれよ」とせっつく。

「しかし、このことはなぁ」

「いいじゃないか、こっちだって情報をもらったんだから。それにＭＡファンドの調査員と一緒にいたＳＴＢの社員は、大前くんの部下の先輩なんだから、今後の情報収集に協力してもらう可能性もあるじゃないか。隠したってしょうがないよ」

則尾の説得に渋々うなずいた福田は、まるで品定めをするような目で雅人を凝視した。

「大前くんは、ブラックジャーナリズムって聞いたことあるかい？」

「知りませんけど」

「一般に公表される事件や事故の報道の裏にある、政治的・官僚的な思惑で公にできない真実を探る連中のことなんだが、その連中のあいだで話題になっていることがあるんだ。六年前に設立された会社に巨額のＭＡファンド資金が投入されたかもしれないという裏情報だ。ただし、それにはいくつかの問題があって……」

言葉をとめた福田は、話すことへの躊躇《ためら》いか、あるいは言葉を吟味するのか、眉間にシワを寄せて雅人の胸元あたりを見つめた。しかし、すぐに自分を納得させるように「ふむ」とうなずき、おもむろに顔を上げた。その視線には吹っ切れたような余裕があった。

「まずは投資額だ。推測では一千億円ぐらい投入されたとみられている」

「一千億円ですか！　それじゃあ投資先は相当な大企業ということですか？」

「それが第二の問題だ。名目上の投資先は北嶺《ほくれい》観光開発という会社で、その設立運営資金として投資されている」

「北嶺観光開発って、札幌《さっぽろ》の郊外で農園と牧場のテーマパークを運営している、あの会社ですか？たしかＳＴＢと同じで四季《しき》観光産業の子会社ですよね」

「さすがに旅行業界だけあってよく知ってるね」

「今や北海道観光の目玉ですからね」

「つまり、ホテル産業の最大手と言われる四季観光産業への信頼性から一千億円もの出資があったという筋書きなんだが……北嶺観光開発の設立にあたっては、施設資金や土地賃借資金などで二千億円程度かかっているとみられている。それから計算すると、その内の半分をＭＡファンドが提供したというわけだ」

「二千億円ですかぁ。そんなに巨額の資金があったんですね。どうりで施設も立派だし、派手に広告宣伝ができるわけだ。オレたちの業界では親会社がホテル業界の最大手だから資金が潤沢なんだと言われてますけどね」

「ははは、いくらホテル業界最大手でも一千億円なんて巨額の資金を準備するのは無理だよ。四季観光産業が出資したのは五百億円程度とみられている」

「でも、それじゃあ計算が合いませんよ。不足の五百億円はどうしたんですか？」

「それを出資したのは石油精製業界大手の北条《ほうじょう》エナジーだ。しかし、そこにも問題がある。エネルギー業界の大手企業が北嶺観光開発に出資したのは、北海道を拠点に新しいビジネスをはじめたからだ。北条エナジーは北嶺観光開発への出資と同時に、北海道の石狩港にあった石油精製工場の施設を大幅に拡張した。新たに買収した工場敷地だけも五十ヘクタール、土地買収と新設備に使った金は五百億円、つまり北条エナジーは北嶺観光開発への五百億円とあわせて一千億円程度は拠出した計算になる」

「やっぱりエネルギー業界は桁が違いますね」

「業界大手だからそれぐらいの資金力があっても不思議じゃあないが……それよりも俺たちが注目したのは、北条エナジーと北嶺観光開発のオーナーが二人とも曲者《くせもの》だってことだ。北嶺観光開発の方はキミも知っているとは思うが、四季観光産業会長の長嶺善季《ながみねよしき》、北条エナジーの社長は北条《ほうじょう》宗太郎《そうたろう》だが、二人とも会社を業界最大手に成長させた立志伝中の人物で、やり手の経営者ってわけだ」

そのあと福田は不敵な笑みを浮かべた。

「大前くん、二人の苗字を組み合わせてごらん。北条の北と長嶺の嶺で北嶺になるだろう。つまり新会社の社名からも北条社長と長嶺会長の意図が推察できる。つまり、やり手の企業人が二人つるんで何か新しい動きを開始したっていう筋書きだ」

「オレにはぴんとこないですけど、なにか問題でもあるんですか？」

「さっきも言ったけど、北嶺観光開発の設立にあたって四季観光産業と北条エナジーの二社が用意した資金の倍近い金がＭＡファンドから出資されていることだ。もしＭＡファンドが一千億円を出資したことが事実なら、実質的な経営権を握っていることになる」

「一番の出資者が経営権を握るのは当然じゃないですか」。

「まあ、そうなんだが……そのあたりの事情はちょっと複雑でね」

福田は膝をたたくと、「コーヒーでもどうだい？」と言いながら、部屋の隅にある給湯スペースへ立った。

＊

「大前くん、いまの日本経済の重要な問題は、なんだと思う？」

コーヒーで喉を潤した福田が穏やかな顔で聞いた。雅人は質問の意味がつかめずに戸惑った。

「オレに思いつくのは……デフレからの脱却とか、食糧自給率が低いとか、エネルギーやレアメタルの海外依存度が高いとか……その程度ですけど」

「それだよ。ひとつは原油を含めたエネルギーの問題だ。これは政府レベルで号令をかけ、今の中東依存体質を変えなけりゃ解決しない問題だが、実情はたいした策が打ち出せてない。官民協力のバイオエタノール開発なんかもいくつかはスタートしてるけどね」

「へえ、日本でもはじまってるんですか？」

「大阪、新潟、沖縄などでスタートしているようだ。しかしエネルギー危機の一番現実的な応急策として注目されているのは北条エナジーの動きだ」

「バイオエタノールを生産してるんですか？」

「その動きもあるが……それより現実的なのは東シベリア油田に関する動きだな。大前くんは東シベリア油田の話は知ってるかい？」

「はぁ、シベリアで大油田が発見されたということぐらいは……」

「最大の問題は、その輸送ルートに関する中国と日本の国際的な駆け引きだ。中国は大慶《たいけい》ルート、つまり、黒龍江省《こくりゅうこう》の大慶を経由するパイプラインの建設を主張してるが、ロシア側としては輸出先が中国に限定されるので、価格に対する決定権を失い、シベリアのエネルギー資源が中国に支配されるという懸念がある。そこで日本が主張するナホトカラインが注目されはじめた。これは、中国を通らずにロシアのナホトカまでパイプラインを通して、ナホトカ港から日本へ運ぶルートだが、そのルートが実現したとき、日本国内で最大の石油精製基地になるのが、北条エナジーの石狩精製工場という筋書きだ」

「へぇ～、そうなると日本の中東依存もすこしは緩和されますね」

「ただし、このラインの敷設費用や最終的な原油価格などハードルも低くない。そこで北条エナジーはシベリア油田からの原油精製計画に加え、石狩精製工場に新設した巨大な施設でバイオエタノール精製やメタンハイドレート開発などの技術研究も進めている」

「メタンハイドレート？」

「海底に眠るメタンの固体結晶のことだ。日本近海は世界最大級の埋蔵量を誇ると言われている。とくに日本海沿岸には魚群探知機に写るほど海底面に露出しているらしい。問題は採掘コストが高いことだが、それさえ打開できれば石油に代わる新しいエネルギー源になりうる。つまり、日本はエネルギー資源大国になるってわけだ。その採掘技術に関して北条エナジーは画期的な技術開発を進めているという噂もある」

「日本が資源大国になるなんて夢のような話ですね」

「それにバイオエタノールに関しても、日本が自給率百パーセントを誇る米などを原料にすれば国内生産が可能だ」

「でも食糧を原料にしたバイオエタノール生産が、世界の食糧価格高騰の原因だって問題になっているじゃないですか」

「ははは、そのとおり。そこで登場するのが長嶺会長が社長を務めてる北嶺《ほくれい》観光開発だ」

「え!?　北嶺《ほくれい》観光開発はミルクポットファームやベジタブルビレッジなんかの農畜産テーマパーク

運営でしょう？」

北嶺観光開発が札幌市郊外に建設した、有機畜産による酪農製品をメインに全国流通のブランド化を大規模に進める『ミルクポットファーム（ＭＰＦ）』と、個人が年間契約で無農薬野菜の配給契約ができる『ベジタブルビレッジ（ＶＶ）』は、昨今の健康志向にのって大ブレイクしている。北海道のパックツアーには、旭川市の旭山動物園とならんで必ずコースに組み込まれる観光スポットである。

そのとき則尾が神妙な顔で言った。

「ボクも去年行ったけど、面白い発想だし、規模もすごい。でもＭＰＦやＶＶは北嶺観光開発の表向きのビジネスに過ぎないんだよ。裏のビジネスは北海道の休耕田や離農地を借り上げ、多収穫米や多収穫トウモロコシの品種改良をして栽培するビジネスなんだ」

「本当ですか？」

「世間には知られてないけどね。それでなけりゃあ二千億円なんて巨額の資金は必要ない。ＭＰＦやＶＶの建設・運営だけなら半分もあれば充分だよ。ところが北嶺観光開発は観光農牧畜園だけでなく、農業生産法人の申請をして、北海道全域の耕作放棄地や遊休農地を買収したり借り上げたりしているんだ。全部で五千ヘクタールぐらいという話だけど、そこで自社開発の多収穫米やトウモロコシを生産しているらしい。五千ヘクタールだぜ。もしＭＡファンドの資金を使ったとしたら、買収資金や借り上げ資金、それに各所の施設・設備などじゃないかな」

「でも、米などは生産価格と販売価格に差があって、それが農業政策の問題にもなっているんでしょう？　採算がとれるんですか」

雅人がうろ覚えの知識で反論すると福田がにやっと口をゆがめた。

「たしかに大前くんの言うとおりだ。でも、それは従来の日本の農業が、農家という個人をベースにした生産体制だったからだ。北嶺観光開発は農業の完全工業化によって生産コストを従来の六割程度にまで抑えることに成功している。それに北嶺観光開発の多収穫米や多収穫トウモロコシは、味や品質よりも生産量に重点をおいているからバイオエタノール原料としても採算ベースに近づいているらしい。つまり北条エナジーと北嶺観光開発は見事な共同戦線を張って現代の経済問題の打開に乗り出したという構図だが、問題は、その経営権を米国系のファンドが支配しているかもしれないという点だ」

「それでＳＴＢの企画室長がＭＡファンドの調査員を案内していたんですね」

「ああ、これまで確証はなかったが、大前くんの話でＭＡファンドが北嶺観光開発のプロジェクトに関わっていることが見えてきた。大前くんが会ったのはたぶん北嶺観光開発が大口出資者のスタッフを接待していたのかもしれないな」

「福田さんはその動きに関係した仕事をしてるんですか？」

「ん？」

雅人の突っこみに福田は狼狽を浮かべた。すると福田の隣でにやにやしていた則尾の顔が、いきなりバカ笑いに変わった。

「ははは、こりゃあ鋭い質問だ。大前くん、福田は金《かね》のニオイに敏感なんだよ。この話には二千億円もの資金が動いているらしいし、ＭＡファンドなんていう真偽が定かでないやばい資金が絡んでいるんだ。福田が喰らいつく絶好の獲物ってわけさ」

それを聞いた福田は、「則尾、いいかげんなこと言うな」と顔をしかめた。

「大前くん、こいつの言うことはたわごとだよ。俺はただ調査しているだけさ」

福田はカップに残ったコーヒーひと息に飲み、ふう〜と大きなため息をついた。

＊

福田の事務所をあとにした二人は、錦糸町の裏通りにある和食店に入った。焼き魚定食を注文した則尾は、オシボリで手をふきながら声をひそめた。

「ここだけの話だけどね、福田は、あるクライアントの依頼で例の二社の内情を調査しているんだ。どんなクライアントなのかはボクも知らないけどね」

「でも福田さんは経営コンサルタントでしょう？」

「名目はね。でも実体は裏経済の仕事人さ」

「ということは則尾さんも裏経済にかんでるってことですか？」

「ボクが？　とんでもない。ボクはただの旅行作家さ。福田とは昔から腐れ縁っていうか、まあ、いろいろとお世話になった関係から、今でも懇意にはしてるけどね」

「そんな人と懇意にしていて大丈夫なんですか？」

「やつは信用できる人間だし、経済社会の裏ネタを仕入れるには、またとない仲間だよ。それよりさ……」

そのとき生ビールとお通しが運ばれて来た。話を中断した則尾は、「とにかく乾杯だ」とジョッキを掲げ、旨そうに喉を鳴らした。

「あ〜、ビールが最高の季節になったなぁ」

口の泡をオシボリで拭った則尾は神妙な表情に戻った。

「これは福田にもまだ話してないことなんだけど、オンネトーと東雲湖の事件さ、ボクは北嶺観光開発の動きと関連があるような気がするんだ。亀山元議員も、元農水省の白石も、北海道の農政や経済復興に深く関わっている人物じゃないか。それが相次いで死んだんだよ。ボクから言わせりゃ無関係ってほうがおかしい。三大秘湖での二人の死は何かのメッセージと読むべきだよ」

「メッセージ？」

「何を意味しているのかはボクにもわからない。だから北海道に行ったとき、ちょっと調べてみようと思っているんだ」

「下見にかこつけて何か調べる気ですか？」

「調べるというか、現地に行けばもっとビビッドな情報が得られると期待してるよ。それに、近いうちにオコタンペ湖でも事件が起きるはずだし……」

「マジですか？」

「予感だけどね。三大秘湖のうちの二つで事件が起こってるんだぜ、最後のひとつをスルーするなんてありえない」

雅人の脳裏に、原生林の底へ深いブルーの水をたたえるオコタンペ湖がよみがえる。オコタンペとはアイヌ語の『河口に集落がある場所』の意味と聞いたが、神の存在すら感じさせる神秘の湖面は、およそ人間の生活と隔絶した大自然の精気を漂わせている。

その精気のなかに放置された死体をイメージしたとき、不気味な悪寒が背筋を走った。

## 第二章　ダイイング・メッセージ

### 一

六月に入って最初の火曜日、出勤前に朝の報道番組を見ていた雅人は、緊急速報の画面に息をのんだ。見覚えのあるオコタンペ湖の展望台駐車場が画面に写し出され、『男性が変死、自殺か？』というアナウンスとテロップが流れたからである。

駐車場の車から発見されたのは三十代後半の男性であり、死因は排気ガスを車内に引き込んでの一酸化炭素中毒死とみられている。道警は身元の割り出しを急ぐとともに、自殺・他殺の両面で捜査を開始したという内容だった。

ニュースを見終え、あたふたと出社した雅人を、憮然としたヒゲ面が待ちかまえていた。

「大前、けさのオコタンペ湖のニュース見たか？　いったいどうなってるんだ？」

「オレにもわかりません。でも則尾さんは事件が起こることを予想してました」

「則尾が？」

「ええ、先週のミーティングのあと、一緒にメシを食ったときに言ってました」

「あいつ、今回の事件に関係してるんじゃねえだろうな」

「まさかぁ」

「でもな、あいつは学生時代からちょっとやばいんだ。あいつのガタイさ、けっこうがっしりしてるだろう？　ああ見えて少林寺拳法の学生チャンピオンなんだぜ」

「え〜！　則尾さんが？」

「そうは見えねえだろう？　でもよ、二年から四年生まで三年連続で関東選手権を制覇したスゴ腕よ。ただし、ちょっと躁鬱《そううつ》気味のところがあってよ。鬱のときはときどきおかしな行動をとるんだ。あいつがカミサンに逃げられたのもそれが原因らしいぜ」

「いま流行りの鬱《うつ》病ですか？」

「そんなところかな。最近は鬱状態も少ねえようだけど……」

目を伏せた手塚は、書類が散乱するテーブルからドラエモンのキャラが描かれたマグカップをつかみ、残っていたコーヒーのような液体をぐっと飲んだ。小学五年になる次男からプレゼントされた自慢のカップということだが、部内では密かに『親バカップ』とネーミングされている。

「とにかくウチが企画を変更したのは大正解ってわけよ。その企画だけど、きのうの夜に則尾から企画書がメールされてたから、プリントアウトしておいた。さっき連絡したら、午後にはこっちへ来るそうだから、それまでに内容確認を頼むぜ」

そう言って雅人の膝にパワーポイントの企画書をぽんとおいた。

＊

「いやぁ外はいい天気だよ。水無月《みなづき》とは名ばかりで、神々がおわす天の世界では梅雨に備えてタップリ水を貯めこんでいるのかなぁ」

午後三時ごろ、雅人の課にふらっと顔を出した則尾は、美悠の背後からコンピュータ画面をのぞき込みながら軽口をたたいた。

美悠はちらっと振り返り、

「則尾さん、今度の北海道下見へ行くんでしょう？　そのおかげで私は待機ですよ」

「えぇ！　結城さんは行かないの。それじゃあボクもやめようかな」

「何言ってるんですかぁ。そんな気ないくせに」

「いやホントホント。ボクはてっきり結城さんも行くもんだと思ってたからね。な〜んだ、北海道はバツイチ男のアベック旅行かぁ」

則尾は奥の席にいる雅人にしかめっ面《つら》を投げかけた。

「則尾さん、ミュウちゃんはわが課のアイドルですから、そんなこと言ってると、ここにいる男性社員全員を敵にまわしますよ」

それを聞いた美悠は、「やだ課長ったら、変なこと言わないでください」と屈託のない笑顔で受け流し、「則尾さんも、きょうは媒体編集部へ来たんでしょう。こんなところで油を売っていていんですか？」と則尾のからみをかわした。

「おっと肝心なことを聞き忘れるところだった。大前課長から聞いたんだけど、前回の下見で会ったＳＴＢの社員は、結城さんの先輩で、ＳＴＢの社長の妹なんだって？」

「そうですよ。竹崎先輩に興味があるんですか？」

「残念ながらまだ御姿《みすがた》を拝見したことがなくてね」

「美人ですよ」

「そんなに美人なの？」

「ええ、課長も見とれていましたから」

思わぬ展開に雅人は焦った。

「ミュウちゃん、変なこと言うなよ。オレはライバル社の動きが気になっただけさ」

あわてて弁解する雅人に、皮肉たっぷりの視線を浴びせた美悠は、

「そうかなぁ、魂を抜かれたように見えたけど」

「ばか、そんなこと言うと誤解されるじゃないか」

するとにやにやしていた則尾が、

「そうそう、大前課長にはこんな魅力的な女性が近くにいるんだから、ライバル社の女性にうつつをぬかすなんて失礼だよな」

「つたく、則尾さんもくだらないこと言ってないで早く手塚部長のところへ行った方がいいんじゃ

ないですか」

「おやぁ、むきになるところが怪しいな」

その揶揄《やゆ》に「則尾さんったら」と美悠が口をとがらす。

「はは、やばくなりそうだから退散するか。それじゃあ大前課長、またあとでね」

則尾は雅人をちらっと見たあと美悠に手を振り、そそくさと姿を消した。

すぐに手塚部長から召集の内線が入る。媒体編集部へ駆けつけた雅人は、会議室の則尾に、「先ほどはウチの課にわざわざ寄っていただいてどうも」と皮肉を浴びせた。

「えへへ、彼女、怒ってなかった？」

「大丈夫ですよ、まともに相手なんかしてませんから」

「ははは、そうだろうな」

則尾の向かいでタバコをくわえたヒゲ面が「ん？」と反応する。

「則尾、ＦＴの方に寄ってきたのか？　こっちはいらいらして待ってたんだぜ」

「たいしたことじゃあないよ。それより新しい企画はどうだった？」

「ちぇ、シカトかよ……まあいいや、それじゃあはじめるか」

手塚は不機嫌に煙を吐き出し、テーブルの企画書をぱらぱらとめくった。

それから一時間ほど、新企画のコースや利用電車など詳細部分を煮つめ、ミーティングは終了した。手塚は部員に企画書の訂正を指示し、ついでに新しいコーヒーを三つ頼んだ。

「ところで則尾よ、今朝のニュースでオコタンペ湖の事件のことやってたけど、おまえ、心あたりがあるらしいじゃん？」

湯気がたつ親バカップをふーふーと吹きながら手塚が則尾を睨んだ。

「えっ？」と上体を起こした則尾は、

「大前くんから聞いたのか……心当たりってわけじゃなく、起こっても不思議じゃないと思っただけさ」

「則尾、おまえ、なんか隠してないか？」

「隠してないよ、それより手塚は昼のニュース見た？」

「いや見てないけど、何か進展があったの？」

「車で死んでいた男の身元だけど、日系米国人だって報道していた。遺体が米国籍のパスポートを持ってて、警察が米国の入管に照会したら該当者なしって返事だったらしい。それと解剖の結果、血液中から強力な催眠剤成分が検出されたんだけど、注射されたみたいなんだ。それで他殺の線が濃厚になって道警でも捜査本部を設けたらしいよ」

「またしても謎めいた事件ってわけか……まったくよぉ。朝も大前に言ったんだけど、プランを変更してラッキーだったよな。それはそうと下見のことだけどな……」

手塚はオコタンペ湖の事件をそれ以上は詮索せず、翌週の頭からというスケジュールで決まった北海道下見の予算と詳細を話しはじめた。

＊

「大前くん、このあと時間ある？」

ミーティングを終え、媒体編集部を出た雅人に則尾が耳打ちしてきた。

「何ですか？」

「ちょっとね……三十分ぐらい外でコーヒーでもつき合わない？」

「じゃあこのまま行きましょうか」

エレベータで一階まで降りた二人は、本社前の通りにあるコーヒーチェーン店に入った。

カウンターでアイスコーヒーを買った則尾は、席につくなり神妙な目を向けた。

「昼ごろ福田から連絡があってね。オコタンペ湖の事件にはどうもＭＡファンドがからんでいるみたいなんだ……」

「え!?　何でそんなことわかったんですか？」

「例のブラックジャーナリズムの情報らしい。報道には流れてないけど、死体がＭＡファンドの名刺を持ってたってことだ」

「本当ですか？」

「福田が得た情報では、そういうことらしい。それで、もしかしたら近いうちに結城さんからＳＴＢにいる先輩を紹介してもらうことになるかもしれないと思ってね。だから、さっき彼女を表敬訪問したんだ」

そのあと則尾は周囲を注意深く見まわし、雅人に顔を寄せた。

「それと、今回の事件との関連は不明だけど、福田の情報によると、例の北嶺観光開発の長嶺社長が先週から行方不明になっているらしい。ブラックジャーナリズムのあいだでは、こっちのほうが問題になっているようだけど……誘拐されたようなんだ」

「誘拐!?」

「シー」

あわてて人差し指を立てた則尾はちらっと周囲をうかがい、

「これは報道協定が結ばれた極秘事件だから絶対に他言しないでほしいんだけど、裏情報によると身代金要求もあったらしい」

「営利誘拐ですか？」

「そんなところかな、要求金額は五十億円だって……」

「五十億！」

「桁違いの金額だけど、長嶺氏が会長を勤める大企業への身代金要求だからね」

「払ったんですか？」

「いや、犯人グループからの具体的な受け渡しの指示はまだないようだ。この手の事件は警察のお達しで一般には公表されないけどね。それでボクら中年探偵団が立ち上がったってわけさ」

「中年探偵団？」

「ははは、ボクらの仲間が勝手に自称している探偵団だよ。明智小五郎の少年探偵団は知ってるだろう？　それに対抗して中年オヤジどもが事件の謎に挑戦する探偵団だよ。今回の事件に関しては大前くんも特別メンバーさ」

「ちょ、ちょっと待ってください。オレはそんなつもりもないし……それにオレはまだ中年じゃないですよ」

「といって青年でもないだろう？　心配するなよ。大前くんには危ない役割を振るつもりはないよ。それより、さっきの話だけど、結城さんに頼んでＳＴＢの先輩を紹介してもらえないかな？」

「紹介っていっても……」

「口利《くちき》きだけでいいんだ。彼女にも迷惑はかけないよ。ボクらが直接ＳＴＢに顔を出してもいいんだけど、会ってもらえない可能性があるからね」

「どんな理由で紹介してもらうんですか？」

「適当でいいさ。知り合いの旅行作家が最近の国内旅行ニーズに関して取材したいっていう程度の理由でいいんじゃないかな」

「ミュウちゃんにも事情は話さないんですか？」

「知らない方が安全だろう？　とにかく急な話でキミも面食らっているだろうから、また福田と相談して具体的なことを連絡するよ」

「期待に沿えるかどうかわからないですよ」

「ははは、無理ジイはしないさ」
目を細めた則尾はズズズとストローの音を立ててアイスコーヒーをすすった。
《そんなことミュウちゃんに頼めるわけないよな》
しかしそれから二日後、則尾の連絡を待つまでもなく、美悠の方からSTBの竹崎七海に連絡する事態が起きた。

＊

《あの女だ！》
風呂上りのビールを飲みながら夜の報道番組を見ていた雅人は、ほてった体を硬直させた。テレビ画面に薬物中毒死として報じられた女のパスポートらしい写真、それはオンネトーで会ったMAファンドの調査員の顔だった。
遺体は、その日の朝、札幌から上野駅に到着した寝台特急カシオペアの最上級個室内で乗務員によって発見された。発見時にはまだ息があったようだが、搬送された病院で死亡が確認されたということである。遺体解剖の結果、死因はトリカブト系の遅効性薬物中毒によるもので個室内に残された車内自販機の紙コップから同じ成分が検出されたため、自殺・他殺の両方から捜査が開始されたらしい。
カシオペアの最上級個室はスイートEXを呼ばれている。二人用個室だが、死亡した女性は一人で利用していたという。女性の荷物に残されたパスポートから、名前と国籍はすぐに判明した。ところが偶然にも、同じ車両に民放の取材クルーが乗り合わせていたため、騒ぎの様子が映像で伝えられ、管轄の鉄道警察隊も事実を抑えることができず、緊急発表に踏みきったようである。

ビールを飲むのも忘れ、唖然とテレビに見入る雅人の横で携帯電話のバイブが震えた。ディスプレイには『ミュウちゃん携帯』と表示されている。

――課長！　ニュース見ました!?

「見たよ。カシオペアの事件だろう？」

――あの写真、オンネトーで逢ったMAファンドの調査員ですよね！

「うん、オレもそう思った」

――やだぁ……。

美悠の声が震える。

「落ち着けよ。まだ確実にそうと決まったわけじゃないんだから」

――竹崎先輩に連絡したほうがいいんでしょうか？

「まあ待てよ。あした、会社でもう一度冷静に考えよう」

何とかその場を取り繕ったが、美悠のショックはかなり大きいようである。雅人はすぐに則尾へ連絡を入れた。

――よう、どうした？

「則尾さん、さっきのニュース見ました？」

——ニュースって？

「カシオペアの車内で女性が死んだっていうニュースですよ」

——ちらっと見たけど……。

眠そうな声で応えた則尾は、次の瞬間、

——まさか、キミらが北海道で逢ったＭＡファンドの調査員って⁉

「そうですよ、その女ですよ！」

——そうか……。

一瞬、思案した則尾は、

——いよいよＳＴＢの企画室長に会わなけりゃならないな。すぐに結城さんに連絡してくれないか？

「もうあっちから連絡がありました。彼女も動転してます」

——とにかくあしたの始業時間にあわせてＦＴ課に顔を出すよ。

「わかりました」

電話を切った雅人の脳裏に、竹崎七海の艶やかな笑顔と優雅な所作がよみがえった。

《そうか、あの人にまた逢えるかもしれないんだな》

事件の衝撃とは別次元のところで、妙にそわそわした気分が湧いていた。

## 二

翌日の午前中、美悠の連絡で、その日の午後二時に竹崎七海と会う段取りがついた。

七海は昨日からテレビニュースや新聞は見ていなかったようで、美悠に事件を告げられたとたん言葉を失ったようである。

美悠から七海の驚愕を聞いた則尾は、「う～ん」と唸って腕組みをした。

「こんな状況になると、いきなりボクが行くのも変だから、最初は結城さんと大前くんの二人で会ってくれないか」

「課長と二人だけで？」

弾かれたように顔を上げた美悠は不安そうに唇をとがらせた。

「それで……どうしたらいいんですか？」

「鉄道警察隊へ行くよう説得するんだ。たぶん今回の事件は上野分駐所の管轄だから、とりあえずそこへ行くように話をもっていけばいい」

「竹崎先輩もそうとうにショックのようでした……」

「当然だよ。何日間か一緒にいた人間がこんな形で死んだんだからね」

「そうですよね……私たちよりショックが大きいですよね」

美悠は先輩の気持ちを察し、悲しそうに顔を伏せた。そんな美悠を横目に則尾は雅人の耳元へ顔を寄せた。

「大前くん、ＳＴＢに行ってもあのことは内緒だよ」

《親会社の会長が誘拐されている件か》

意を察した雅人は目でＯＫのサインを送った。

約束の午後二時、雅人は美悠と連れ立って大手町のＳＴＢ本社に行った。ＳＴＢは親会社である四季観光産業の資本力をバックに、小さいながらも自社ビルを構えている。セキュリティもＪＩＴとは比較にならず、来訪者は一階ロビー大理石のカウンターで自らコンピュータ画面を操作し、来訪先にコンタクトを取るシステムである。

ロビーのソファで待たされること数分、エレベータからスーツ姿の竹崎七海が現われた。二人の前まで小走りに駆けてきた七海は、「結城さん……」と後輩の名をつぶやき、すがるような目で美悠を見た。

「先輩、あれからニュースをごらんになりましたか？」

七海は口をへの字に結び、泣きそうな表情でうんうんと何度もうなずいた。

《美人はどんな表情をしても美人だな……》

雅人は不覚にも七海の横顔に見とれてしまった。オンネトーのときは周囲の空気から浮いているように見えたが、大理石をあしらった硬質なオフィスビルの空間にはしっくりなじんでいる。

「先輩の会社でも大変なんじゃないですか？」

「ううん」と首を振った七海は、

「張《ちゃん》さんの案内は、親会社の社長室から私の姉へ直接依頼されたことだから、ほかの社員は知らないのよ……」

「それで、このことは警察に報せたんですか？」

「私も結城さんの電話で知ったばかりだし……姉に相談したくても、ちょうどヨーロッパへ出張中で携帯もつながらないのよ」

「そうだったんですか。でも警察へ報せないとまずいですよね」

控えめだが有無を言わせぬ美悠の接し方に、雅人は感心してしまった。七海は後輩の毅然とした口調に困惑の色を浮かべたが、すぐに弱々しくうなずいた。

「そうね……」

「それじゃあ今から行きますか？」

「今から？」

「昼のニュースでは、張さんの国内での足取りが不明だと言ってましたから、情報提供は少しでも早い方がいいと思うんです。管轄は鉄道警察隊の上野分駐所のようですから、そこへ行って事情を説明しませんか？　私たちも一緒に行きますから」

唖然と美悠を見つめた七海は、やがて口元をほころばせた。

「一緒に行ってくれるの？」

「ええ、そのつもりです」

「ありがとう。じゃあ、すぐに用意をするからここで待ってて。それから、大前さんもよろしくお願いします」

七海はいくらか気力を取り戻し、エレベータへと小走りで戻った。

*

ＪＲ上野駅の不忍《しのばず》口から数分、鉄道警察隊・上野分駐所に着いた三人は、一階の受付で来所の旨を告げた。すぐに痩せた四十年配の私服警官が現われ、三人を二階の部屋へ案内した。部屋は会議用に使われているらしく、長テーブルを幾つか横につなげて組んだ四角い大机を、古びたパイプ椅子が雑然と取り囲んでいる。

警官から渡された名刺には『鉄道警察隊　第三中隊・特務課　第５小隊長（警部）田所正志』とある。

三人がパイプ椅子に座ったとき、紙を手にした若い男が室内に入って来た。

「彼は、藤巻刑事です」

田所警部がだみ声で紹介し、受け取った紙片をテーブルに広げた。張ミラー淑美のパスポート写真と氏名欄の拡大コピーだった。

「この女性に、間違いないですか？」

警部がギョロ目で確認する。

「はい、この人です」

七海がうなずくと、警部は藤巻刑事に記録を命じ、

「本日は、わざわざ来ていただいてありがとうございます。早速ですが、カシオペア車内の服毒死事件の情報とは、どのようなことでしょうか？」

向かいのパイプ椅子に腰をおろし、ゲジゲジ眉の下の目を細めた。

小さく咳払いした七海は、おずおずと北海道でのことを語った。それによると、彼女はオンネトーとオコタンペ湖を車でまわったあと札幌市内を二日かけて案内し、最後は札幌駅で別れたようである。

「すると親会社、つまり四季観光産業の要請でＭＡファンドの調査員である張さんを案内していたということですね。それで竹崎さんと別れたあと張さんがどこへ行ったかはご存じないのですか？」

「知りません。私は五日のあいだ、彼女の要望に従って道内を案内しただけですから……」

「ＭＡファンドは親会社とどんな関係ですか？」

「それもよくわかりません……」

警部の視線が微妙に揺れた。

「本当にＭＡファンドの人だったのですか？」

「本当と言いますと？」

「う～ん」

ため息をついた警部は、顔をしかめて後頭部をぼりぼりとかいた。

「カシオペア内で発見された女性は、たしかにＭＡファンドの名刺を所持していました。しかし名刺には詳しい連絡先がなかったものですから、外務省を通じてアメリカ本国に確認したんですよ。ところがですな……ＭＡファンドなるものは存在しないという返事でしてね。それに張ミラー淑美なる女性もアメリカ国籍者には存在しないようなんですなぁ」

警部の意外な言葉に雅人は思わず聞き返した。

「本当ですか!?　でも私が会ったときは、本人がそう名のっていましたけど……」

「このことはまだ発表はしてませんがね。われわれとしても非常に困っとるんです」

その困惑を見た七海が「お役に立てなくて申し訳ありません」と顔を伏せた。

「いやいや皆さんを責めるわけじゃありません。身元不明の死者が四季観光産業と関係があるらしいことがわかっただけでも大きな収穫ですから。それと、これは他には内密に願いたいんですが……」

ちょっと思案した警部は、ゆっくりと姿勢を正した。

「竹崎さんは、しのうみという言葉に心当たりはありませんか？」

「は？」

「素直に考えれば、死んだ海と書くのかもしれませんがね……じつは、最初に張さんが発見されたとき、まだ息があったようで、発見者の車掌が駆け寄った際に張さんがそうつぶやいたということなんです」

警部はギョロ目で七海を睨み、押しつけるように視線を上下させた。

「俗にいうダイイング・メッセージというやつですな。車掌が聞いたことを正確に言うと『しのうみ』と『こい』、字で書けばこういうことになると思うんですがね」

警部はコピーの余白に、『死の海に来い』と書いた。

「これに類することでもけっこうなんですが、心当たりはありませんか？」

「いいえ、ありません」

「そうですか……」

ため息をついた警部は憮然と眉間にしわを寄せた。

《死の海に来い……か》

メモを見ていた雅人の頭にひらめくものがあった。

「もしかしたら三大秘湖に関係があるんじゃないですか？」

それを聞いた警部は、これ以上大きくならないだろうと思われるぐらいギョロ目を見開いた。

「三大秘湖？　そりゃ何ですか？」

「北海道三大秘湖ですよ。竹崎さんが張さんを案内していたのも三大秘湖だったでしょう？　竹崎さん、三大秘湖の観光はどちらが言いだしたんですか？」

雅人の問いに七海は困惑を浮かべ、

「張さんからですけど……そう言えば彼女も三大秘湖に興味をもっていたようだわ」

「やっぱりね。おそらく死の海はそれを暗示してるんですよ！」

興奮気味の雅人を警部がたしなめる。

「ちょっと待ってください。その三大秘湖っていうのはどういうことですか？」

雅人は、ゲジゲジ眉をハの字にした警部に三大秘湖のことを説明し、ついでに七海と張ミラー淑美をオンネトーとオコタンペ湖で見たと、七海の話を補完した。

「あら、オコタンペ湖のときもお会いしましたっけ？」

七海が訝しげに眉をひそめた。

「直接は会ってませんが、オレたちがオコタンペ湖の展望台へ着くとき、駐車場から出て来るお二人の車とすれ違ったんですよ」

「そうだったんですか、ちっとも気づかなかった……」

そのとき緊迫した警部の声が二人の会話を遮った。

「そりゃあ事実ですか！」

びくっとして身を引いた雅人は、「はい、事実です」と反射的に応えた。

「北海道三大秘湖……オコタンペ湖……」

唸るように言った警部は、

「けさのニュースはご存知ですか？　そのオコタンペ湖で起こった事件ですが……」

「ええ知ってますけど……」

どぎまぎと言う雅人を見て、警部は再び渋面《しぶづら》でう～んと考え込んだが、数秒の沈黙のあと、ふいに官憲らしい冷徹な表情に豹変した。

「わかりました。三大秘湖ですね。非常に参考になりました。捜査本部で検討してみます。それで竹崎さん、張《ちゃん》さんの案内を頼んだのは四季観光産業のどなたですか？」

「社長室長の半田さんと聞いていますけど……」

「四季観光産業の社長室長の依頼ということで間違いありませんね。四季観光産業の関連会社からの依頼ってことはありませんね？」

奇妙な念押しに、「え？」と顔をあげた七海は、

「はい、親会社の社長室からだと聞いています」

「ハンダさんとはどのような字を書くんですか、それと下の名は？」

「半分の半に、田んぼの田です。名前は英夫……英語の英に夫と書きます」

それを聞いた警部は、記録係の部下に「いいか」と確認し、

「いずれ、その方にも話をお聞きすることになると思いますが、本日はわざわざいらしていただき、ありがとうございました。今後もご協力をお願いします」

警部は勝手にけりをつけ、イスから立ちあがった。

＊

分駐所を出たとき、美悠は二重《ふたえ》の目元をゆがめた。

「何よ、急に態度変えてさ、気分ワル～イ！」

そうひとこと言うと、背後の入口に向かって「べェ～！」と舌を出した。

「ははは、ミュウちゃん、警察ってのはあんなもんだよ」

雅人は警部の豹変の背景を何となく察していた。おそらく長嶺会長の誘拐事件の情報が入っていたのだろう。警部が『四季観光産業の関連会社……』と念押ししたのも、誘拐事件との絡みがあったに違いない。

「課長は悔しくないいんですか？　最初はいかにもお願いしますって感じだったのに、あんなに威張りくさった態度に変わったんですよ」

「警察には警察なりの事情があるんだよ」

「課長って大人ですね……」

「気にしてないだけさ」

「だから大人なんですよ」

「こんなのが大人なのか？　変なやつだなぁ」

「どうせ変ですよ！」

悪態をついた美悠がＪＲの自動検札機を抜けたとき、先にいた七海が立ちどまった。

「きょうは本当にありがとうございました。それと結城さん、気分を悪くさせてごめんね」

「いえ別に……本当は私もそれほど気にしていませんから」

「ううん、あれじゃあ気分を害するわよ。私だって頭にきたもの」

「やっぱり？」

「当然よ、急に追い返すような態度になったんだから、むかついたわよ！」

「そうですよね、むかつきますよね！」

「おいおい、こんなところで女性二人がそんな会話をするなよ」

呆れる雅人に七海は優艶な笑みを投げかけた。

「大前さん、本当にありがとうございました。これからもいろいろと情報交換をしていただけますか？　あ、もちろん仕事のことじゃなくて今回のこと関してですけど……」

「ええ、ご迷惑でなかったらそうさせてもらいます」

「助かります。正直に言いますと、事件を聞いたときから膝が震えるぐらい不安で怖かったんです」

「知った人があんな死に方をしたんだから無理ないですよ。お察しします」

「すみません……それじゃあ私のプライベートの携帯ナンバーをお教えしますので、何かありましたらご連絡をいただけますか？」

「あ、はい……」

「大前さんの携帯ナンバーは？」

七海はバッグから真紅の携帯電話を出し、雅人が教えたナンバーを押した。すぐに雅人の内ポケットでバイブが震える。

「届きましたね。それが私の番号です。それでは、親会社の社長室長にきょうのことを伝えてから戻りますので、ここで失礼します」

あわてて着信番号をアドレス帳に保存する雅人に、七海は笑顔で会釈し、美悠に軽く手を振りながら人ごみに消えた。

「課長！」

オンネトーのときと同様、その後ろ姿に見入っていた雅人の脇腹へ美悠の肘打ちがくい込む。

「何だよ」

「よかったですねぇ。恋の予感って感じ？」

「バカ言うなよ」

「でも竹崎先輩は昔からガードが堅いから、よほどの相手じゃないとプライベートナンバーなんて教えませんよ。私だって仕事用の携帯ナンバーしか知らないんだから」

「今回の事件に不安を感じているからだよ」

「それだけかなぁ」

「おい、変な勘ぐりをするなよ。オレは真面目に彼女をサポートするだけだからな」

「でも相手はライバル会社の管理職、それも社長の妹ですよ。そのうちに会社中の評判になっちゃったりして」

「頼むよ。このことはオレたちだけのことに留めておいてくれよ」

「あれ？　私も数に入っているんですか？　本当は竹崎先輩と二人だけの秘密にしたいんじゃないですか？」

「ミュウちゃん、いいかげんにしてくれよ。マジで頼むよ」

「へへへ、竹崎先輩に北海道では課長と同じ部屋に泊まったって言ってみようかな」

「おい、そんな嘘……冗談じゃないぜ！」

「あ、むきになった！」

美悠はけらけらと笑い、

「冗談ですよ。課長が竹崎先輩にデレッとしてるから、からかっただけですよ」

「たちの悪い冗談だよ、まったく……かんべんしてよ」

「わかりました、やめますよ。その代わり今夜のディナーをご馳走してくれますか？」

「ディナー？」

「口止め料ですよ。居酒屋やファミレスじゃだめですよ。そうだなぁ、最低でも東京ドームホテルのレストランですね」

「まったく……」

辟易とした表情を装ったが、心のなかは七海とプライベートナンバーの交換ができたことへの、むず痒《がゆ》いような興奮でいっぱいだった。

＊

その夜、美悠との食事を終えてマンションに戻った雅人は、鉄道警察隊でのやりとりを則尾に報告した。

——キミたちが行った時点では、もう誘拐事件の情報が入ってたんだな。

「ええ、オレたちへの態度が急に拒絶的になったのも、張ミラー淑美が四季観光産業に関係していることがわかってからですから。でも……オンネトーと東雲湖での事件のことは、こっちからは話してないですよ」

——警察もオコタンペ湖の自殺事件に絡めて今回の誘拐事件との関連性に気づいたのさ。でも極秘事項だからすぐに予防線を張ったんだ。ただし大前くんが三大秘湖の件を持ちだしたから、すぐにオンネトーや東雲湖の事件との関連にも気づくはずだよ。

「あのふたつの事件、今回のことに関連あるんですか？」

——ボクはあると思っている。それにしても……死の海に来いってどういうことなんだろうな？大前くんがひらめいたように三大秘湖のことかな？

「確信はありませんけど、海って言葉からはそれぐらいしか思いつかなかったんです。それに死って言葉から例のオンネトーと東雲湖の事件のことが連想できますし」

——たしかにね。その件に関してはボクも調べてみるよ。

「誘拐事件の方は何か進展があったんですか？」

――いや、福田から連絡がないからあのままだと思う。

「この事件が明るみに出たら、近年まれに見る大事件ですね」

――とくに米国政府がＭＡファンドの存在を否定したっていう事実が表沙汰になれば、日本だけじゃなくて世界の経済界にも大きな波紋を呼ぶ可能性はあると思うよ。

「でも、そんなファンド、本当にあるんですか？」

――経済界の裏社会じゃあ、あるってことらしいけど、真偽は謎だ。

「世間に知られていないことって、たくさんあるんですね……」

――ははは、あるなんてもんじゃないよ。ほら、防衛庁の問題にしても社保庁の問題にしても、これまでまったく表に出なかったんだよ。国家や官庁がらみの秘密なんてごまんとあるのさ。もっと言えば日本の古代史の問題や沖縄問題、それに北海道とロシアンマフィアの問題など、『まさか！』って耳を疑いたくなるような真実はいっぱいあるよ。

「一介のサラリーマンには無縁の世界ですね。考え出すと疲れちゃいます」

――あまり首をつっこまない方がいいかもね。

「でも、中年探偵団っていう怪しい集団に引き入れたのは則尾さんですよ」

――ははは、大前くんはオブザーバー程度のポジションだからそう心配するな。

則尾はへらへらと笑い、電話を切った。

## 三

雅人は心に渦巻く奇妙な興奮が信じられない気分だった。

三大秘湖での事件、カシオペア車内での事件、そして大企業の会長の誘拐事件……これまでミステリー小説やテレビのサスペンスドラマでのフィクションだったことが、ここ一ヵ月足らずの間で、突然ノンフィクションに変貌し、肌身に迫った。しかし実際に現場を見ていないせいか、死のリアル感はぼやけている。むしろ、その背景にある闇を思うと、不安や恐怖よりも先に、わくわくした気分すら抱いてしまう。

《生活に変化がないからそう感じるのかな》

好きな旅行業界とはいえ、十年以上も続けていると、あらゆることがマンネリ化してしまう。社会は急激に階層化へとなだれこみ、食糧危機だのエネルギー危機だの現実的な生活不安のネタは氾濫しているが、そこそこの給料を保障されている独身貴族にしてみれば、それほどの切迫感はない。

学生時代に抱いていた旅への想いも、時間のかなたへ置き忘れた青春時代の甘酸っぱい寂寥感のように感触が薄れてしまった。

《いつからこんなふうになったんだろう……》

改めて考えてみると、二年前の離婚と、その苦さが消えぬうちに中間管理職へ抜擢された時期、そこに精神の分水嶺があるような気がする。とりわけ新部署の役職に抜擢されてからは営業ノルマや部下の管理など新たな悩みに忙殺され、旅の味わいはおろか未来や夢といった人生のコクを味わう余裕などまるでない。

今回の一連の事件は、そんな日常の閉塞感をぶちやぶる暴力的な破壊の兆しにも思えたし、これまで考えもしなかったやばい世界に足を踏み入れたという奇妙なスリル感もある。ちょうど中学生の時分、悪友たちと夜の繁華街うろつきながら、初めてタバコをふかしたときのように、新たな世界に踏み込む不安とモラルへの反逆感が混在した不思議な興奮にどこか似ている。

その興奮の底には魅惑的な瞳で笑む竹崎七海がいる。ライバル会社の管理職の地位にある彼女との急接近が、女性との親密な関係のモラトリアムとも言うべきバツイチ二年間の終焉すら予感させる。

《ビジネス人としての不倫のようなものかもな》

二十八歳で結婚するまで複数の女性との交際はあった。しかし『不倫』と後ろ指を差される関係はまだ経験していない。機会がなかったのではなく、雅人自身の倫理感がチャンスの芽を摘み取っていた。これまでの旅先での密かなアバンチュールに、その類の女性がいなかったとは断言できないが、少なくとも日常での交際にはなかった。

そんな雅人にとって、ライバル会社の女性、それも企業のトップに直結した女性管理職に抱く親密な関係の予感は、悪魔の囁《ささや》きのように、ビジネスモラルを犯すことへの疼くような快感を煽《あお》りたてていた。

＊

北海道下見までの数日間、雅人はテレビニュースや新聞記事を注意して見るようにした。長嶺会長の誘拐事件は報道管制がしかれているためか、メディアにはまったく現われないが、それ以外の事件についてはは大半のメディアが策を凝らして捜査状況を報道していた。

しかし警察の公式発表の内容は唖然とするものばかりである。

オンネトーで縊死した元衆院議員の亀山隆盛は、政界復帰への不安による心神耗弱での自殺と報じられた。また、オコタンペ湖で死亡した身元不明の日系米国人と、カシオペア車内で死んだ中国系米国人・張ミラー淑美も、原因不明の自殺とみなされたようである。

なかでも雅人が一番愕然としたのは、東雲湖で殺された元農水省官僚の白石琢磨が、その後の調べによって、単独トレッキングの途中でヒグマに襲われて死亡した可能性が高いと道警が発表したことである。

その記事を見たとき、雅人は割り切れない気持ちで則尾に連絡を入れた。しかし彼は、

——まあ予想どおりだな。公式発表はこんなもんだと思っていたよ。

驚いた様子もなく、のんびりした口調で言うばかり。一方、張ミラー淑美のニュースを見て、どきどきしながら竹崎七海のプライベートナンバーをコールしてみると、彼女は憤慨して訴えた。

——自殺なんて信じられません。鉄道警察隊に行ったときだって、担当の警察官はオコタンペ湖

の事件との関連をにおわせていたじゃないですか。それにダイイング・メッセージのことなんかまるで発表されてないでしょう？　単なる自殺なんて考えられないわ。大前さんだってそう思うでしょう？

「警察の公式発表としてはあの程度が限界でしょう。まあ、こっちはこっちで独自に調べてみますよ」

——独自って、大前さんは何か心当たりがあるんですか？

「心当たりというわけじゃありませんけど、知り合いの一人に裏社会の情報に詳しいヤツがいましてね。その人がいろいろと裏情報を探ってるんです」

——そうだったんですか……あ、それと『死の海に来い』っていう言葉のこと、何かわかりました？

「いや、今のところはまだ……」

——あれから私も死の海って言葉をネットで検索してみたんですけど……ほとんどの項目は海洋汚染の内容でした。特定地域に関する情報は東京湾の海洋汚染、メチル水銀の水俣《みなまた》病で有名な熊本の水俣湾、それと……ちょっと待ってください。

紙をめくる音が聞こえる。

——ごめんなさい、メモを確認してるんですけど……あ、あった。あとは諫早《いさはや》湾を堰で仕切った有明海や、コンビナート排水で汚れた四日市《よっかいち》市の海、それに、大都市近郊の湾や瀬戸内海などの赤潮や青潮に関する情報が多いですね。海外では中国の渤海《ぼっかい》の汚染のサイトが多かったわ。それと、海以外では中国のタクラマカン砂漠が死の海と呼ばれているという興味深いサイトもありました。

「へぇ〜、よく調べましたね。オレもちらっとはネットを検索しましたけど、メモまでは取っていませんでした」

——性格なんです。疑問なことは徹底して調べなければ気がすまない性質《たち》なんです……いやな性格ですね。

「そんなことないですよ！　オレは竹崎さんのそんな探究心、好きだなぁ」

思わず言ってしまい、雅人は焦った。

「あ、変な意味じゃなくて……さすがに企画室長だって、感心したんです」

すると七海は、『いんです』と自嘲気味につぶやいた。

——こんな性格だから男性には敬遠されるんですね……。

「何言ってるんですか。あなたを敬遠する男なんて見る目がないやつですよ」

——そんなこと言ってもらえたの初めてです。

「いや、まぁ……とにかくオレも多少は関係した事件ですから、オレなりに調べますよ」

——大前さんが気づいたこと、私にも教えてくださいね。

「もちろん連絡します。それと、来週から一週間ぐらい出張で不在になりますけど、携帯はフリーですから、竹崎さんも何かわかったことがあったら連絡してください」

——出張って、遠方なんですか？

「いや……」

雅人が言いよどむと、

――あらごめんなさい。仕事のことは言いにくいですよね。

七海の声が小さくなる。雅人はあわてて、

「そんなことないですよ。出張先は北海道です。札幌支店との企画調整ですよ」

――また北海道ですか？　結城さんも同行するんですか？

「今回は、旅行作家と同行です。バツイチ男二人の味気ない出張ですよ」

――あら、大前さんバツイチなんですか。

「ええ……二年前に離婚しましてね。今は侘しい一人暮らしですよ」

――ごめんなさい。また立ち入ったこと聞いてしまって……それじゃあ、何かわかったことがあったら連絡してくださいね。

「わかりました。竹崎さんも何かあったら遠慮なく連絡してください」

電話を切った雅人は、しばらく呆然とベッドに寝転がった。

三半規管には七海の声が心地よくこだましている。一緒に鉄道警察隊へ行ったときの、つやつやと輝く栗色のロングヘアや、きりっとした目もとの印象が、雅人の意識を柔らかく刺激していた。

# 第三章　さいはての地へ

## 一

北海道下見の当日、午前中のラッシュ時を迎えた羽田空港の出発ロビーは人があふれていた。二人が搭乗した便もほぼ満席の状態で、その半数が中高年の旅行者である。

窓側に座った雅人は則尾に耳打ちした。

「やっぱり平日は年配の旅行者が多いですね」

「でもさぁ、いつも思うんだけど、飛行機に乗る人の顔って不安そうだよな」

「鉄の塊に命を託すんですからね。オレだって緊張してますよ」

「そこなんだよな」としたり顔をした則尾は、

「乗客の会話もどこか空々《そらぞら》しい感じで歯切れが悪い。飛行機だけに言葉も空々しいってか？　はは
は、こりゃあいいや」

「則尾さん、そういうのを空笑《そらわら》いっていうんでしょ？」

「やべぇ、やられたぜ。大前くんも言うじゃないの」

「則尾さんと一緒にいるからですよ」

「でもさ、真面目な話、列車の旅にはこんな不安というか、緊張感がないんだ。たしかに飛行機の安全性はピカイチだけど……」

そのあと声をひそめ、

「事故が起きたらアウトだ。ボクなんかちょっと揺れただけでびくびくもんだからね。よほど時間に急いでいるか、飛行機でなけりゃならない必然性がない限りごめんだな」

「その気持ち、わかりますよ。だからＪＲのグリーン車の旅は時間に余裕がある中高年には絶対ヒットするはずです」

しかし彼は「う～ん」と渋い顔をした。

「楽観はできないよ。そういった精神的なことも含め、列車の旅を啓蒙する方法が問題だ」

「つまり、このプランの命運は則尾さんの紀行文の出来次第ってわけですね」

「おいおい、出発前からプレッシャーかよ」

「当然でしょう。けっこうな取材費がかかってるんですからね」

「あ～あ管理職は金にシビアでやだねぇ。ミュウちゃんと二人で行きたかったなぁ」

「彼女の金銭感覚はオレよりシビアですよ」

「へぇ～、それじゃあいい嫁さんになるじゃないか。大前くん、もらってやったら？」

「そっちへの振りはやめてください」

雅人が辟易と顔をそむけたとき、ボーイング777型機は滑走路へ動きはじめた。

機体が水平飛行に入ると機長からのアナウンスが流れる。新千歳空港の天気は快晴、気温は二十三度ということだったが、二時間弱のフライトで降り立った北の大地は、湿気が少ないせいか空気がひんやりと感じられた。

「やっぱ陽射《ひざ》しが透明だなぁ。さてと、まずは札幌だっけ？」

フライト中ずっと眠りこけていた則尾は、腫れた瞼をこすり、JRとの連絡通路に歩きはじめた。

新たなプラン『日本最北・最東の岬を極める旅』は次のような日程である。


【初日・二日目】上野発・十九時〇三分【寝台特急『北斗星』・デュエット寝台】札幌着・（二日目）十一時十五分（着後は市内観光／札幌泊）

【三日目】札幌発・七時〇三分【根室本線・特急スーパーおおぞら1号・グリーン車】釧路《くしろ》着・十時五十一分〈乗り換え〉釧路発・十一時〇一分【快速ノサップ】根室《ねむろ》着・十三時〇八分（着後は観光タクシーで納沙布《のさっぷ》岬散策）根室発・十六時〇〇分【普通車】釧路着・十八時十七分（釧路泊）

【四日目】釧路発・九時〇五分【釧網《せんもう》本線・快速しれとこ】網走着・十二時〇五分（着後、市内および周辺観光）〈石北《せきほく》本線に乗り換え〉網走発・十七時十八分【石北本線・特急オホーツク8号グリーン車】旭川着・二十時五十九分（旭川泊）

【五日目】旭川発・九時五十三分【宗谷《そうや》本線・特急スーパー宗谷1号・グリーン車】稚内《わっかない》着・

十三時二十八分（着後、観光タクシーで宗谷岬散策／稚内泊）
【六日目・七日目】稚内発・七時十分【宗谷本線・特急スーパー宗谷2号・グリーン車】札幌着・十二時〇六分（札幌市内観光）札幌駅発・十七時〇二分【寝台特急北斗星・デュエット寝台】上野駅着・（七日目）九時四十一分

現地の下見は三日目から六日目の道内行程に合わせた進行である。

二人は翌日早朝の根室本線『特急スーパーおおぞら1号』に乗るため、札幌へ向かった。新千歳空港と札幌間は『快速エアポート』が結んでいる。都市交通のような軽快な車両だが内部は二人掛けのシートが対にならび、さながら特急電車の雰囲気だった。

「大前くん、きょうの予定は？」

シートを倒した則尾が眠そうな声で聞いた。

「新しいプランの説明がありますから、とりあえず札幌支店に顔を出す予定です」

「大前くんが仕事しているあいだ、ボクは札幌近郊のリサーチでもしようかな。今夜の宿泊はKホテルだったよね。夕方の六時ごろには行くから、そのあと夕飯を食おう」

それだけ言うと一分もしないうちにイビキをかきはじめた。

＊

札幌支店でのミーティングのあと、前回もお世話になった菅原《すがわら》支店長が、夕食をご馳走してくれることになった。則尾の携帯電話にそのことを伝えると、「そりゃあいいや。じゃあ支店に直接行くよ！」と嬉しそうな声が返ってくる。声の背後で人がざわめいていた。

還暦を来年に控えた支店長は生粋《きっすい》の道産子《どさんこ》である。夕刻、支店に来た則尾が今回の紀行文のライターと知り、市内の割烹に向かう車中でさかんに北海道の自慢話をした。その熱弁には、紀行文を少しでもよく書いてほしいという切実な思いがこもっている。支店長の自慢話は、割烹料理店の個室に通され、生ビールで乾杯するまでずっと続いた。

やがて支店長お薦めの船盛りが運ばれる。漆塗りの船形容器に盛られた刺身に、「こりゃあすごい！」と感嘆した則尾は、満面に笑みをたたえながら支店長を見た。

「ところで菅原さんは北嶺観光開発のＭＰＦとＶＶのことは詳しいですか？」

突然の質問に、「へぇ？」とまぬけな反応を示した菅原支店長は、

「ええ……一応は旅行業界に身をおいてますから」

「あそこの運営は採算ベースに乗ってるんですかね？」

「いや、北海道のテーマパークは、あそこに限らずどこも赤字ですよ。それは北海道に限ったことじゃないっしょ？　東京ディズニーリゾート以外は全部赤字ですよ」

「北嶺観光開発はテーマパーク運営だけじゃなくて、北海道の広いエリアの農牧地を借りあげてるって聞いたんですけど」

「米やトウキビなどの品種を改良して栽培しているって噂は聞きますけど、規模までは……あ、ど

うぞ刺身を食べてください。旬の魚ですから旨いですよ」

愛想笑いで料理を勧めた支店長はすぐに真顔に戻った。

「それより則尾さん、あのテーマパークには妙な噂があるんですよ。私はあの施設がある岩見沢《いわみざわ》の近くに住んでますが、あそこができたときに地元への人材募集がなかったんです。ふつう大規模なテーマパークができれば、その地域の雇用が生まれ、地元も潤うもんですが……私が聞いたところじゃ、百人近い従業員がいるはずですけど、全員がよそ者らしいですね。みんな施設内の寮暮らしで地域との付き合いもほとんどないようです」

「変ですね。ボクもきょうの昼間、あの施設へ行ってみたんですけど、従業員に米やトウモロコシの栽培のことを聞こうとしたら、妙によそよそしい態度をとられました。どうも聞かれたくないことのようですね」

するとと支店長はテーブルに身を乗り出し、

「じつは私の従兄弟《いとこ》が、あの施設のボイラーメンテナンスを請け負っている会社にいましてね。その従兄弟から聞いたんですが、あそこの従業員は在日の二世や三世の人が多いみたいなんだわ。親しくなった従業員がぽろっと漏らしたそうですよ」

「在日というと在日韓国人や在日朝鮮人ですか？」

「そのへんまではわかりませんけど……」

「そうですか……」

思案顔で刺身を口に入れた則尾は思いついたように話題を変えた。

「ところで菅原さんは、石狩《いしかり》港の近くにある北条エナジーの工場のことは知ってますか？」

その質問に支店長の箸がとまる。

「名前ぐらいは知ってますが、詳しいことは……でも支店のスタッフで石狩市に住んでる者がおりますから聞いてみましょうか？」

「え？　そりゃあラッキーだな、ぜひお願いします！」

ちょこんと頭をさげた則尾は、嬉しそうに雅人を振り返った。

「やっぱり地元にはいい情報が転がってるね。ボクなんかが現地へ行っても、外から建物を見ることぐらいしかできないからね」

「則尾さん、石狩港にも行ってきたんですか？」

「うん、北嶺観光開発も北条エナジーの石狩精製所も札幌からなら車で一時間以内さ。あれからレンタカーを借りて行ったんだ」

「市内リサーチじゃなかったんですか」

「おんなじようなもんさ」

「則尾さん、北海道へ来たのは下見と取材のためですからね、お願いしますよ」

「ははは、わかってるよ」

則尾は屈託なく笑い、白身魚の刺身をほおばった。

＊

翌朝、アルコールが残る頭で札幌駅に行くと、すでに『特急スーパーおおぞら1号』は、根室線のホームに入線していた。札幌と釧路を約三時間半で結ぶ特急列車は、北海道プランの目玉のひとつである。『おおぞら』の名前どおり、先頭車両突端のブルーを基調に大自然の緑と丹頂鶴の赤をあしらったカラーリングの車両は、滑るようにホームを離れた。

グリーン車のシートは横三列の配列で、電動リクライニングやレッグレストも装備され、飛行機のビジネスクラスを思わせる豪華さである。乗り心地も『ゆったりと横になって北海道の大地の移動をお楽しみください』と言わんばかりの快適さだった。

「こりゃあいいや。こんな列車で旅ができるなんて最高のプランじゃないか！」

則尾は初めて列車に乗った子供のように電動リクライニングで遊んだ。

根室本線は、前日の快速エアポートと同じ軌道を南千歳駅まで走り、そこからは内陸の夕張方面へと分岐する。南千歳駅を出るとすぐに日高山脈の深い森が迫り、新夕張駅から先は山脈を貫く軌道になる。前回の下見でも反対の帯広方面から乗った路線だが、車窓を流れる山肌の緑は確実に濃くなっていた。

則尾は、昨夜の念押しがきいているためか事件の話題には触れず、ぼんやりと車窓を眺め、「ほら！あの谷の風景、すごいよ！」などとはしゃいでいる。アルコールが抜けきらない雅人は、夢うつつに曖昧な返事を繰り返した。

帯広駅《おびひろ》が近づくにつれて北海道らしい牧畜風景が広がりはじめる。ノンビリと草を食《は》む乳牛の姿や、巨大なポプラ並木に囲まれた赤屋根のサイロの風景が続き、北海道の大地を走っている実感が心に満ちていく。帯広駅を出ると十勝平野の遠望が車窓を流れはじめた。ヨーロッパの田舎を彷彿とさせる牧歌的な風景を楽しみながら数十分、列車は再び濃緑の山間や荒れた牧草地に入った。やがて終点の釧路駅での乗り換えアナウンスが車内に響くころ、右手の彼方に煌《きらめ》く海が見えはじめた。

「海ですね、オホーツク海ですか？」

雅人は陽光の目映さに目を細めた。則尾がだるそうな声で応える。

「まだ太平洋さ。寒流の冷たい海だよ。釧路などで霧が発生する原因は、あの寒流と温暖な大気の温度差なんだ。釧路から根室に向かう海べりに霧多布《きりたっぷ》なんて地名もあるけど、五年ぐらい前の夏だったかな、釧路の先の厚岸《あっけし》から海沿いの道道を車で走ったことがあるけど、霧多布の海で海面から霧が発生しているところを見たよ」

「またぁ、話をつくっているでしょう」

「つくってないさ。信じられないかもしれないけど、本当に海面から霧が湧いてるんだ」

「へえ〜不思議な光景なんでしょうね。海の神秘ってところですか」

するると則尾は声のトーンを落とし、

「海で思い出したんだけど、死の海っていうメッセージさぁ……」

ご法度《はっと》の話題のためか、ためらいが滲んでいる。

「則尾さん、遠慮しなくていいですよ。本音をいえばオレも気になってるんです」

「そうか」と安堵した則尾は、

「STBの竹崎女史も調べたらしいけどさ、あれからボクもネットで検索してみたんだ」

「何かわかりましたか？」

「三大秘湖っていう発想はとりあえずおいといて、死んだ海っていう言葉での検索ではたいした発見はない。だから角度を変えて考えてみたんだ」

「変えるって？」

「シノウミのとらえかたさ。ボクらは勝手に漢字をあてはめているけど、そのあとに続く言葉はコイだよ。これを命令形の『来い』と考えたら、かなりピンポイントの場所を暗示しているわけだ。死の海っていう漠然とした概念じゃ、来いって言葉が曖昧になっちまう。仮に公害で有名な八代海や富山湾、それに東京湾としても、あまりにエリアが広くて漠然としているし、中国の渤海やタクラマカン砂漠だとしても同じことだ」

「でもネットにはその程度しか出ていないんでしょう？」

「だからシノウミって言葉を違う言葉に置き換えてみたらって考えたのさ」

「どんな言葉に置き換えるんですか？」

「シノとウミをわけて考えてみるとバリエーションが広がるんだ。いいかい…」

おっくうに立ち上がった則尾は、荷台からバッグを降ろしてノートパソコンを出そうとした。

「これからパソコンですか？　もうすぐ釧路へ着きますよ」

「そうか……じゃあ続きはノサップ号に乗ってからだな」

則尾は出しかけたパソコンをしぶしぶバッグにしまった。

＊

釧路駅では隣のホームで一両編成の快足ノサップ号が待っていた。くすんだ銀色のボディに褪《あ》せた赤色のラインが入った素朴な車両だった。ローカル線と言ってしまえばそれまでだが、長いホームにぽつんとある姿には、厳寒の地で黙々と生きる老人のような孤高さと朴訥《ぼくとつ》さが漂っている。

釧路以東は雅人にとって初めての土地である。特急の豪華な車両から乗り換えたせいか、ディーゼル車両の年季が入った床やシート、あるいは錆びかけた旧式の窓枠などそこかしこに、さいはての地へ向かうという侘しさが漂っている。

ディーゼル特有の振動音が高まり、老いた体に鞭打つような軋み音とともに車両がホームを離れた瞬間、ふいに救いようのない心細さが雅人の意識に走った。

釧路市街地を抜けたディーゼル車は、熊笹の荒地や牧草地が広がる大地を、まるで観光電車のようにゆっくりと進んだ。中央付近の席に陣取った則尾はパソコンのことも忘れ、小刻みに振動する車両の乗り心地と、道東の寂《さび》れた風景を楽しんでいた。

やがて人家がまばらになり、太平洋と熊笹の荒地に囲まれた、呆れるぐらい単調な風景が続きはじめる。初夏の陽射しを映じ、海面も荒地も安穏と輝いていた。

思い出したようにパソコンを開いた則尾は膝の上でキーボードを操作した。

「ほら、これだよ」

彼が示した画面には、『志野』『滋野』『篠』などの文字がならんでいる。

「シノっていうワードは、ざっと考えただけでもこれだけある。それで、この漢字に海をつけて検索すると……」

則尾は画面のインターネット検索サイトのアイコンをクリックする。

「ありゃあだめだ、圏外だよ」

「沿線の風景をゆっくり楽しめっていう神さまのお達しですよ」

「そうかもね。ネット検索は根室に着いてからにしよう」

厚岸《あっけし》駅を出ると右手に広い湖が広がった。「厚岸湖だよ」と則尾がつぶやく。その湖が背後に去ると、繁茂する雑草のあいだを澄んだ水がとうとうと流れる川沿いになった。人家が姿を消し、川面をうめた葦のような植物群生が線路のきわまで迫っている。

「ここから内陸にかけての根釧《こんせん》台地には別寒辺牛《べつかんべうし》湿原っていう湿原が広がっているんだ」

「ベッカンベウシ?」

「ベッカンベはアイヌ語で水草の菱《ひし》、ウシは『たくさんある場所』の意味。つまり菱がたくさんある場所というアイヌ語地名だよ。釧路湿原の半分ぐらいの大きさだけど、ラムサール条約にも登録されているし、釧路湿原よりも自然が残っていて一見の価値はあるよ」

やがて湿原を離れた線路は広大な荒地を一直線に貫きはじめた。十勝平野の牧歌的な風景とは異なり、極寒の大地がすべての人工物を荒廃させてしまったかのような光景だった。

「エゾジカだ！」

則尾が指差す方向には牧草地の土手を駆け上がるシカの群れがいた。

釧路から二時間、道東の風土をたっぷり味わいながら到着した根室駅は、終着駅だというのに地方の小さな駅を思わせる平屋の駅舎だった。閑散としたホームの最後尾には『日本最東端の駅』と書かれた白いボードがあり、最果ての地に来たという感慨がじわっと心へ滲む。駅前広場にも高い建物はない。閑散とした商店街の上に六月の空が果てしなく広がり、そこから吹きおろす風がひやりと頬をなでた。

駅前でタクシーをひろい、低木と熊笹だけの荒涼たる台地の道を納沙布岬《のさっぷ》まで走った。

納沙布岬は、『さいはて』のイメージとはほど遠い、明るい光があふれていた。日本最東端のモニュメントがある芝地に立った則尾は、目を細め、水平線に雲を携えた海を見ながらつぶやいた。

「ほら、あそこに島のようなものが見えるだろう？　あれは貝殻島《かいがら》だよ。その後ろにちょこっと見える影のようなのが歯舞諸島の水晶島《すいしょう》だ」

「問題になっている北方四島ですか？」

「そのひとつだよ……でもさ、こんなに穏やかで明るいのに、この海が領土問題を抱えているって思うと、妙な緊張感があるね」

「本当ですね。オレも北方四島がこんなに近いとは思いませんでした……」

「百聞は一見にしかず……ってね」

緊張感をぬぐうように陽気な顔をした則尾は、「そろそろ行こうか」ときびすを返し、待たせてあるタクシーに向かって歩きはじめた。

＊

納沙布岬から根室市内に引き返した二人は、市内の観光協会や観光タクシー会社を表敬訪問した。予定の行動を終え、根室駅まで戻ったのは午後三時を少しまわった時刻だった。夏至を控えた太陽は、まるで衰えることを忘れたかのように真上からの強靭な光を日本最東端の街に注いでいる。

「釧路行きにはまだ時間があるな……ちょっと遅くなったけど昼飯でも食っておこうかな」

独り言のようにつぶやいた則尾は、ふいに「カニは好き？」と意味ありげな目を向けた。

「ええ好きですよ」

「バッチリだな。それじゃあ花咲《はなさき》ガニを食いに行こう！」

「ちょっと待ってください。シノウミの検索はどうするんですか？」

「そんなの釧路のホテルでもいいよ。ここにきたら花咲ガニを食わなけりゃ話にならない。すぐ先にカニ市場っていう通りがあるから、そこへ行こう。ほら、今回は旅行の下見だろう？　グルメ情報の収集も大事な仕事だよ」

則尾が案内した街路には、寒風で傷んだ漁師小屋のような板張りの店舗が軒を連ね、『カニ』とりならんでいる。

書かれた素朴な看板を掲げていた。店頭の木製台にはトゲトゲの甲羅《こうら》をした真っ赤なカニがぎっし

「花咲ガニは、カニって呼ばれているけど、じつはヤドカリの仲間なんだ。旬にはちょっと早いけど、もうだいぶ出ているな」

目についた店で花咲ガニを買った則尾は、食べやすいようにカットしてもらい、店先の粗末なテーブルに包装紙を広げた。

「さあ食おう!」

勧められて口にした花咲ガニの身は、これまで味わったことのない濃厚な味だった。

「旨いだろう?」

大きなハサミの身をかじりながら則尾が微笑む。

「たしかに旨いですね」

「この花咲ガニは希少種だから、漁は夏から九月ぐらいまでに規制されているんだ」

「え!? じゃあこのカニは?」

「冷凍モノか密漁モノだ。ロシア領内の海域で獲ってくるのさ」

「やばいんじゃないですか?」

「やばいさ。ほら、この前もロシア海軍に拿捕《だほ》された漁船のニュースがあっただろう? それにさ、タクシーで市内を走っているときに気がつかなかったかい? 店の看板なんかにロシア語が併記さ

れたじゃないか」

「あのアルファベットはロシア語だったんですか」

「うん、根室にはロシア人がけっこう入ってきてるんだ。そういった連中のなかにはロシアンマフィアの人間もいるらしい」

「マジで？」

「マジさ。今のロシア経済を牛耳《ぎゅうじ》ってるのは富裕層のオリガルヒやその関連のマフィア組織だよ。政府と結託して、なかば公然とビジネスをしている。根室にも多いけど北海道全域に入り込んでいるみたいだな。それにロシア製の拳銃……トカレフって言うんだけど、それも簡単に手に入るらしい。ほら、あいつらだってトカレフぐらいは持ってるかもよ」

則尾は雅人の斜め背後を目で指した。目線の先では三人の白人男が大声で話しながら店をひやかしている。Ｔシャツからのぞく太い二の腕には幾何学模様のタトゥがびっしり刻まれ、見るからにガラが悪そうである。

「ここはね、のどかで荒涼としたさいはての地であると同時に、ロシアと深く接触するゲートウェイなんだ」

則尾の話を聞きいているうちに、雅人の心にやりきれない思いが込みあげてきた。それは根室の街路を吹き抜ける海風のように薄ら寒い感触だった。

## 二

釧路に戻り、予約したホテルに入ったのは十時に近い時刻だった。

部屋に入るなり、則尾は福田の携帯電話を呼び出し、札幌支店長から聞いた話を伝えた。

「北嶺観光開発の社員のことは福田が調べてみるってさ」

電話を切った則尾はノートパソコンの電源を入れた。

「最近のホテルは部屋にワイハイを備えているから助かるよ」

パチパチとキーボードをたたき、ノサップ号のときと同じワードを打ち出す。

「シノウミのシノって字はざっと変換してもこれだけある。このうち志野、滋野などに海をつけても、せいぜい人名ぐらいで、それらしいサイトはヒットしない。ところが篠という字だと……」

インターネットの検索サイトを立ちあげ、『篠海』と打ちこみ、検索を押す。則尾が使っている検索サイトの最初の画面に、『篠海の青椿堂』というサイト名があった。

「これこれ」

クリック操作で現われたのは、東伊豆・城ヶ崎《じょうがさき》海岸の蓮着寺《れんちゃくじ》にある『篠海の青椿堂』を紹介する画面だった。

「篠海は、正式にはササミと読むらしいけど……そのまま素直に読めばシノウミだし、実際にはシノウミって言ってる人も多いって話だ。それと、青い椿《つばき》の堂は『せっちんどう』と読むんだ。せっちん……つまりトイレだよ。この寺の周辺が藪椿《やぶつばき》の群生地だったことから、雪に隠すと書く雪隠《せっちん》に代えたお洒落なネーミングさ」

「便所ですかぁ？」

「でもポイントになる建物だ。写真を見ても純和風の建物で立派じゃないか。それに、これだけじゃなくて……」

ふたたび検索画面に戻って別のサイトをクリックする。

「篠海の青椿堂のほかにも、篠海灯明台というのもあるんだ」

現われたサイトは、東伊豆にある城ヶ崎海岸の遊歩道を紹介するホームページだった。

「篠海は、鎌倉時代に日蓮《にちれん》上人が流罪された場所らしい。それにちなんで建てられたのが、日蓮が着くと書いて蓮着寺。青椿堂も灯明台もみんな蓮着寺に関連した施設だ」

「日蓮は法華経の宗祖でしょう？　つまり宗教に関係したメッセージってことですか？」

「断定はできないけど、東京に戻ったら、すぐに青椿堂と灯明台へ行ってみようと思っている。大前くんも一緒に行く？」

「土曜か日曜ならＯＫですよ」

「じゃあ戻った翌週の土日のどちらかにしようか」

「戻るのが今週の土曜だから……次の日の日曜でもいいですよ」

しかし則尾は「いやぁ」と煮え切らない表情で、

「じつはさ、この下見のあと、二、三日こっちに残ってリサーチしようと思っているんだ……だから伊豆行きは翌週の土曜か日曜にしよう」

「え～!?　オレと一緒に帰らないんですか？」

「せっかく北海道へ来たんだから二、三日は好きに使わせてくれよ」

「何を調べるんですか？」

「え？　そりゃあ……今回の紀行文に関することに決まってるじゃないか」

「怪しいなぁ、二つの会社のことを調べるんじゃないですか？」

「まあ、仕事の方が優先だけど……」

どきまぎと言った則尾は、とってつけたように表情を輝かせ、

「そうだ、伊豆へ行くときさ、例のＳＴＢの企画室長も誘ったら？」

「どうして彼女を誘うんですか？」

「カシオペアの車内で死んだ女性は彼女が案内した女性だろう？　彼女だってダイイング・メッセージの謎を真剣に考えているみたいだし、きっと喜ぶよ」

脳裏に七海の表情が浮かぶ。

「彼女、行きますかねぇ」

「絶対に行くさ。もし彼女が都合悪かったら結城さんを連れて行けばいいじゃない」

「ミユウちゃんを？」

「結城さんもキミのことを憎からず思っているんじゃないの？」

「へんな想像しないでくださいよ」

「いやいや。結城さん……ミュウちゃんだっけ？　彼女はキミに気があるよ。ちぇ、羨ましいなぁ。バリキャリアの美女とキュートなミュウちゃんの両手に花かぁ！」

「やめてくださいよ」

則尾の話術にはまったようで癪にさわったが、脳裏に浮かぶ竹崎七海の知的な面差しは、無性に心地よかった。

＊

翌日は、釧路駅を九時五分に発車する『快速しれとこ』で網走《あばしり》に向かった。

釧網《せんもう》線は、道東南部の釧路湿原国立公園、道東内陸の阿寒国立公園、オホーツク海沿岸の網走国定公園と三つの国立・国定公園を貫く総延長一六九キロの路線である。北海道でも最高の車窓景観が広がる路線として人気が高い。

「大前くん、釧網線の列車って上り下りの表示が変だと思わない？」

則尾は駅構内の時刻表を見上げた。

「え？　どうしてですか？」

「釧網線の起点は東釧路駅なのに、網走に向かう列車が上りになっているじゃないか」

「本当だ。どうしてですか？」

「諸説あってボクも詳しくは知らないけど、初期の釧網線は網走本線の一部で、そのころは網走が起点だったらしいけど、そのなごりじゃないかな」

前日のノサップ号と同じように、くすんだシルバーの車体に赤ラインが入った一両編成の快速しれとこ号は、平日にもかかわらず横4列座席の九割程度が観光客でうまっている。華奢《きゃしゃ》な車両に観光客を満載した快速は、ディーゼルの唸り音とともに釧路駅を発車した。

釧路駅からしばらくは釧路湿原東端の雄大な眺望のなかを一直線に快走する。

「冬だったら丹頂鶴《たんちょうづる》が見られるんだけどなぁ」

半開きの窓枠に両手をかけた則尾は、車内に吹き込む湿原の風に髪を揺らし、外の景色にうっとり見入った。ゆったりと蛇行する釧路川の流れや、陽光に輝くシラルトロ湖・塘路湖《とうろ》などが次々に車窓を過ぎる。風景がしっとりと濡れているように感じられた。

湿原の眺望が背後に消えると、列車は内陸山岳地の阿寒国立公園に入った。このエリアには摩周《ましゅう》湖や屈斜路湖《くっしゃろ》など道東内陸部の観光スポットが点在している。停車駅も摩周駅や川湯《かわゆ》温泉駅など、かつて雅人も訪れたことがある観光地名が続くが、車窓には単調な平原や森、そして広大な牧草地などの風景が流れるばかりだった。

川湯温泉駅のひとつ先の緑《みどり》駅を過ぎると、その名のとおり、空気が緑に染まったと錯覚するほど密集した木々が車窓に迫り、路線は深い森の起伏をうねりはじめた。開放された窓から初夏とは思えない冷気が忍び込んで半ソデの肌を冷やす。やがて森が遠のき、ゆるい下り勾配に入る。そこから約三十分、車輪を軋《きし》ませて下った先には、ため息が出るほど広大な畑作地のパノラマが待っていた。直線的に続く防風林で区切られた畑では、麦の穂が青々とした波を描き、はるか後方には雪を残した連山の峰が霞んでいる。

「けっこう高い山だなぁ、まだ雪が残っている」

雅人のつぶやきに則尾が応える。

「斜里《しゃり》岳さ。あの連山は知床《しれとこ》半島にまで続いているんだ。それにしてもめちゃくちゃ広いなぁ。北海道じゅうのジャガイモや小麦やビートがここで穫れるって言われたら信じちゃうよね。北嶺観光開発はこのあたりにも進出してるのかな？」

「こんな豊かな所に耕作放棄地や遊休農地なんてあるんですか？」

見わたす限り続く畑作の平原を見ていると耕作放棄地という言葉が空疎に響く。

「どの農家も後継者不足は深刻だからね」

則尾がにこっと雅人を見たとき、知床斜里《しれとこしゃり》駅への到着アナウンスが流れた。

知床斜里駅からは網走国定公園に入る。畑作地をしばらく走ると右手に海が広がった。

「オホーツク海ですよね」

雅人が声をかけると、

「うん、真冬には流氷が見れる海だよ、ボクもまだ見たことはないけどね……海か……」

「きっと凍てつく神秘的な海なんでしょうね」

「たぶんね……」

則尾はうなずいたきり黙ってしまった。

流氷の映像はテレビなどで見たことはある。しかし車窓から望む六月のオホーツク海は、流氷が漂う厳寒の海の映像記憶とは重ならず、安穏とした温暖な海にさえ見える。ただ、水平線のあたりに淀む深いブルーの色と、線路と道路以外には何もない物悲しいような光景だけが、この地の寒冷さを彷彿とさせるばかり。その茫漠とした視界に黄色やオレンジの色が見えはじめ、やがて暖色系の花が大地をうめつくした。

「大前くん、四季観光産業って琵琶湖《びわこ》の近くが発祥だよね」

小清水原生花園《こしみずげんせいかえん》のまっただなかを走っているとき則尾の声が聞こえた。原生花園の背後には涛沸湖《とうふつ》の湖面が蜃気楼のように煌めいている。ぼんやり外を見ていた雅人は、一瞬何を聞かれたのかわからなかった。

「え？　何ですか？」

「四季観光産業の発祥地さ。旅行業界のキミだったら知ってるかと思って」

ようやく脳細胞が働きはじめる。

「そうですねぇ、現在の本社は東京にありますけど、創業期は滋賀県あたりを中心に関西以西へ発展したホテルチェーンだったたって聞いたことがあります」

「そうだよな、近江《おうみ》ホテルチェーンって名前も琵琶湖の古名に由来してるんだしね」

嬉しそうにうなずいた則尾はパソコンを取り出してインターネットに接続した。

「こんなところで電波がつながるんですか？」

「見通しがいいから何とかいけそうだ」

則尾はしばらくネットを検索していたが、やがて雅人の膝を軽くたたき、パソコンの画面を向けた。画面は琵琶湖の鯉《こい》ヘルペスのサイトだった。

「鯉ヘルペスですか？」

「うん、琵琶湖の鯉が鯉ヘルペスで大量に死んだっていう情報さ」

「それがどうかしたんですか？」

「死の海だよ。昔から琵琶湖は近江と呼ばれているけど、万葉集などに詠まれる琵琶湖は、淡水の海と書いて淡海《あふみ》なんだ。死の海の海は、本当の海を指すとは限らないし、鯉が大量に死ねば、まさに死の海じゃないか」

こじつけにも聞こえるが、もしかしたらという微かな期待もある。

「ということは、ダイイング・メッセージのコイは、魚の鯉のことだったんですかね？」

「あくまで可能性だけどね。とにかく篠海の青椿堂に続いてまたひとつのポイントが見つかったわけだ。それも四季観光産業の発祥地である琵琶湖という関連性もある」

「でも、それがＭＡファンドとどう関連するんですか？」

「それは……」

言葉に詰まった則尾は肩をそびやかし、「今後の課題かな」と唇をへの字にゆがめた。

＊

岬めぐりプランでは、網走駅での石北《せきほく》本線乗り換えに五時間の余裕が設定されている。則尾いわく、市街観光はもとより網走刑務所、モヨロ貝塚、北方民族記念館などの施設が昼食ついでに見られ、時期によっては流氷観光もできる時間設定ということである。

「とにかく市内をぶらついてみようよ。腹も減ったしね。ホッカイシマエビの旬にはちょっと早いけどホタテなら食えるよ。それに案外と知られてないけど、ここはミンククジラの捕鯨基地でもあるんだ。クジラ料理を食わせる店もあるよ。冬だったらサロマ湖産の牡蠣《かき》やキンキっていう魚が絶品なんだけどなぁ」

「則尾さん、オレのほうはオプションや流氷見物の観光タクシーなどのリサーチや折衝がありますからあんまり時間はないですよ」

「じゃあ手っ取り早くタクシーで店を探すか」

則尾は駅前の客待ちタクシーの運転手に地元の旨い店をたずね、勇んで乗り込んだ。

網走市は雪深い地方の小都市を思わせる街並だった。中小の店が肩を寄せ合う街路には、雪よけ屋根がせり出し、どこか気だるい空気が漂っている。しかしここが厳寒のさいはてだと意識した瞬間、街路のどこかしこに侘しいようなすき間が見えはじめ、まばらな通行人さえも自我にこもって黙々と歩いているように見えてくる。案内された小さな割烹料理店にも、地元の人が昼餉《ひるげ》を楽しむ空間の底に、無表情で寂然とした慎ましさが漂っていた。

昼食をすませ、観光協会や観光タクシー会社への表敬訪問を終えたのは石北本線の特急オホーツク8号が出発する三十分前だった。あわてて駅へ駆けつけると、ホームにはすでに列車が入っていた。

札幌・網走間を約五時間で結ぶ特急オホーツク号はわずか4両の列車だが、明るいグレーを基調に緑とラベンダーカラーの線が入った軽快なイメージの車体だった。グリーン車の横三列シートは淡い茶色でコーディネートされ、通路にも同系色の絨毯《じゅうたん》が敷きつめられている。平日のためかグリーン車には数組の乗客しかいなかった。

網走駅を出てしばらくは網走湖が視界を流れる。しかし最初の停車駅である女満別《めまんべつ》駅から先は原生林の山岳地が延々と続く。車窓を流れる風景がじれったいぐらい遅い。

「特急のわりにスピードがのろいんですね」

「この路線は最高でも時速六五キロ程度なんだ。だから旭川まで四時間近くもかかるのさ。でも冬場のこの時間じゃあ外の風景はあまり見れないし、釧網線のような景観も少ないから、旭川までゆっくり体を休めながら移動するにはちょうどいいよ」

その言葉どおり北見《きたみ》駅を過ぎるころから薄暮が漂いはじめ、旭川駅への最終停車駅である上川《かみかわ》駅のホームでは、古びた蛍光灯の眠たげな明かりが深い闇にひっそり瞬《またた》いていた。

旭川市街で名物の旭川ラーメンを食べ、ホテルのロビーに入ったとき、則尾の携帯電話が鳴った。

フロントでチェックインの手続きをする雅人の耳に、「あさっての午後四時に千歳空港で……」という断片的な声が聞こえる。

「則尾さん、あさっての空港で誰かと会うんですか？」

エレベータのなかで雅人は聞いた。

「聞こえた？」

「その部分だけですけど」

「福田だよ。あさっての午後の便で北海道に来るんだ」

「誘拐事件に何か進展があったんですか？」

「いや、そっちの動きはないようだ」

「でも福田さんが来るのは北嶺観光開発や石狩精製所を調べるためでしょう？」

エレベータを降りた雅人はキーナンバーの扉をあけた。

「それもあるけどね……お、わりといい部屋じゃん！」

則尾はツインの奥のベッドに荷物を投げ、窓から市街の夜景を眺めた。

「則尾さんがこっちに残るのは紀行文のリサーチじゃなかったんですか？」

「えっ？」と振り返った則尾は苦笑いをこぼした。

「もちろん、それがメインさ」

「怪しいもんですね」

「でもこの旅行プランは、北海道に着いた日は札幌で一泊するし、最終日も帰りの北斗星の時間まで札幌で五時間近くも時間があるんだよ。札幌近郊で少しでも多くのオプションプランを用意しておいた方がいいだろう？」

「またぁ、そんなこと言って……中年探偵団の中心人物が二人で北海道にいるんだから、事件のリサーチがメインなんでしょう？」

「旅行のリサーチもバッチリするさ。そうだ、帰り予定の千歳発は午後七時過ぎだろう？　それじゃあ福田に会えるじゃないか。大前くんも中年探偵団の臨時メンバーなんだから、空港で福田の話を聞かない？」

「まあ、予約便までは時間があるからコーヒーぐらいはつきあいますよ」

本音を言えば雅人も福田の話に興味があった。この下見のあいだ、テレビや新聞はほとんど見ていない。三大秘湖での事件もそうだがカシオペア車内で死んだ張ミラー淑美の事件、そして長嶺社長の誘拐事件などに関してブラックジャーナリズムにどのような情報が流れているのか……これまでの自分の人生では想像すらできなかった社会の裏側への好奇心が心の奥で疼いていた。

＊

最終日の目的地は最北の地・稚内《わっかない》である。

二人は朝九時五十三分に釧路駅を出る宗谷《そうや》本線の特急スーパー宗谷1号に乗った。札幌と稚内を五時間弱で結ぶ特急スーパー宗谷は先頭と最後尾が深いブルーに塗られた車両で、一昨日のスーパーおおぞらと同じような印象を受けた。しかしグリーン車は先頭車両の一部が仕切られただけでシートも九席しかない。

「これだけしか席がないんですかぁ」

思わずもらした不満に、則尾はにやにやしながら返した。

「だから特別待遇って感じがするだろう？　ほら、シートごとにテーブルもついているから、パソコンだって使えるしね」

「フルムーンのお客さんはパソコンなんか持ってこないですよ」

憮然として則尾の隣に腰をおろす。座り心地は思ったよりソフトで優しかった。

特急スーパー宗谷1号は、前日のオホーツク号に比べると、特急らしい速度で街中や牧草地帯を快走した。最初の停車駅・和寒《わっさむ》駅までの通過駅は過疎地の寂れた駅といった印象だったが、それから先の通過駅は、閑散とした空間に無人の駅舎がぽつんとあるばかり。

雅人の携帯電話が鳴った。

《会社からかな？》

ポケットの携帯画面を見た瞬間、竹崎携帯の文字に心臓が高鳴った。あわてて席を立ち、グリーン車両の先頭デッキへ走る。

「はい、大前です！」

――あ、大前さん、竹崎です。仕事中すみません。

七海の声が心地よく鼓膜を震わす。

「大丈夫ですよ。何でしょうか」

――大前さんのお戻りはあすの土曜日でしたよね？

「ええ、新千歳発が午後七時過ぎだから羽田には九時前には着く予定ですけど」

――忙しくて大変ですね。

「でも新千歳には午後四時前には着いてるんです。ちょっとヤボ用がありまして……」

――そうですか……じつは直接お会いして話したいことがあるんですけど、大前さんが着く時間に羽田へ行ってもよろしいでしょうか？

「ええ、かまいませんけど……何かあったんですか？」

――先ほど姉が帰国したんです。それでカシオペアの事件のことを話したんですけど……。

「お姉さんから新しい情報があったんですか？」

――詳しいことは羽田でお会いしたときに話します。大前さんのほうは北海道で何かわかったこと、ありました？

「ありましたよ。死の海の謎が解けそうなんです」

――え!?　本当？

「一緒に下見に来た旅行作家が発見したんです。会ったときに詳しく話しますけど、死の海は、死んだ海じゃなくて、シノという部分を竹カンムリの篠という字にしてみたんです。そしたら篠海っていう名前がついた東伊豆の施設がヒットしたんです」

――すごい！

七海は感歎の声をあげた。

「いやぁそれほどでもないですよ。それで東京に戻ったら来週の土日のどちらかでその施設に行ってみようと思ってるんですけど……」

《一緒に行きませんか？》という誘いができず、言葉を飲みこんだ雅人に、女神が囁《ささや》いた。

――もしご迷惑でなかったら、私も連れていってくれませんか？

「大丈夫なんですか!?」

――はい、来週の土日は予定が入っていませんから、どちらでも大丈夫ですけど……ご一緒してよろしいんですか？

「もちろん！　一緒に行きましょう！　どっちの日にするか決まったら連絡します」

――お願いします。それではあす、羽田でお待ちしています。

「わかりました！」

ふわふわと車内を舞うような気分で席に戻ると、則尾が怪訝な面持ちで迎えた。

「どうしたの？　やけに嬉しそうだね」

「竹崎さんからの連絡でした。彼女、伊豆へ一緒に行くそうですよ」

「だろ？　言ったとおりじゃない。ちぇ、聞くんじゃなかったよ」

ふてくされたように顔をしかめる則尾の背後で名寄《なよろ》市の街なみが流れていた。

名寄駅から先の通過駅は、広大な牧草地や水田の一角、あるいは深い森の空き地などに古びたホームが侘しく取り残されたような無人駅ばかりで、乗降客がいるのだろうかと素朴な疑問さえ抱いてしまう。やがて天塩《てしお》川の流れと深い森に囲まれた狭い軌道を悠然と走った列車は、牧草地と水田だけが延々と続く大地に出た。

「大前くんはこのあたりに来たことある？」

豊富《とよとみ》駅へ停車したとき則尾が言った。

「いえ、旭川から北は初めてです」

「そうか……ボクは二回来たことがある。二回とも車だったけどね。そのときこの近くにある豊富《とよとみ》温泉に泊まったんだ。石油採掘で偶然に噴出した温泉だけど、日本最北端の温泉郷だよ。お湯がちょっと石油臭かったけどけっこうオツな温泉だったよ」

「それじゃあ豊富温泉に宿泊するオプションもありですね」

「そうだね。稚内市からもそれほど離れてないしね」

豊富駅から先のレールは呆れるほど一直線に原野を貫いていた。

「サロベツ原野だよ。遊歩道を歩いたことがあるけど何にもない草だけの土地だ」

サロベツ原野は人間の息づきが感じられない広漠とした酷寒の大地をイメージさせる。しかし七海の声を鼓膜の片隅に残した雅人の心は妙に温かだった。

最北の終着駅である稚内は、低層の商店街に囲まれた簡素な建物だった。薄暗い構内から駅前に出た瞬間、強烈な陽光が目頭を疼かせたが、漂う微風は爽やかな涼気を含み、列車のシートで汗ばんだ背中が心地よく冷えていく。

「宗谷岬《そうや》はここから三十キロぐらい離れているし、バス便が一日四本程度しかないから観光タクシーが便利なんだ。それと、ここでは一泊するプランだから、レンタカーで周辺を観光するオプションも用意したほうがいいな。とりあえずは昼飯を食わないか？　近くに旨いカニ丼を食わせる店があるんだ」

大きな伸びをした則尾は、どっこいしょと大仰な声をあげてバッグを背負った。

＊

タラバガニの身がどっさり盛られたカニ丼で腹を満たしたあと、二人はタクシーで宗谷岬へ向かった。海に沿った道をタクシーで三十分、到着した宗谷岬の駐車場には、まばらな乗用車を圧するように四台の大型観光バスがならび、オホーツク海を見据えるように建てられた間宮林蔵《まみやりんぞう》の像の周囲には熟年層の観光客がたむろしていた。そこから少し海側に建てられた鋭角な三角形を描く宗谷岬のモニュメントのはるか後方、冷たそうな藍色に染まる水平線には、青い塊のような陸地が空に溶けこみそうに霞んでいる。

「あの陸地はサハリン……かつての樺太《からふと》だよ。ロシアがあんな近くに見えるんだ」

海風と観光客の声にまじって則尾の声が聞こえた。

「ほんとに近いんですね」

「こんなに狭い海が国境なのさ。だから稚内にはロシア人が気軽にやって来る」

その言葉どおり、宗谷岬から戻って市内を散策すると、ロシア語が併記された店舗看板や建物標識が多く、ここが国境の街だと思わずにはいられない。それをさらに感じたのは、観光協会や観光タクシー会社との折衝をすませ、夕食をとろうと入ったレストランだった。ほとんどの席が白人に占領され、意味不明なロシア語が飛びかっていたのである。

店内を一瞥した則尾は、雅人に顔を寄せた。

「な、多いだろう？」

「フルムーンの熟高年夫婦が街をうろついても大丈夫ですかね？」

「めったなことはないと思うけど……事前に注意はしといたほうがいいかもね」

「どんな注意ですか？」

「まあ……節度をもって行動しましょう、てな感じ？　でも考えようによっては、根室も稚内も肌で国境を感じる町だから、それなりに味わいも深いんじゃないのかなぁ」

「言えてますね。三大秘湖のプランより、このプランのほうが列車をフルに使えるし、北海道のいろんな景色が堪能できるから、オレたちの企画にしてみたら今回の事件はかえっていい結果を生んだのかもしれませんね」

「神の啓示ってところかな。でも神さまは気まぐれだから、どうなることやら」

「やなこと言わないでくださいよ」

「旅行プランのことじゃなくて事件のことだよ」

目を細めた則尾が小声で言ったとき注文した海鮮料理が運ばれてきた。透明な赤色のイクラと、まったりしたオレンジ色のウニが新鮮な暖色系の色相を描き、そのまわりを囲んだイカの刺身が艶々《つやつや》と輝いている。

「白銀に咲く原生花園の花々ってイメージだな。北の海鮮は旨いものが多いから、今回の旅行プランではグルメが最高のオプションになるかもしれないよ」

「ほんとにそうですね。グルメ情報は充実させた方がいいですね」

大量のイクラをご飯にのせた則尾が、大口をあけて頬張ったとき、横の席でビールを飲んでいた四人の白人が野太い笑い声をあげた。

## 三

下見の最終日、札幌へ戻る宗谷本線の特急列車は朝七時十分発のスーパー宗谷だった。

「もうすこし余裕ある時間の特急はないんですか？」

朝食もとらず、覚めやらぬ意識のままグリーン車に乗った雅人は思わず愚痴った。

「札幌直通のスーパー宗谷は日に二本だけだから、これを逃すと午後四時までないよ。昼過ぎのサロベツっていう特急もあるんだけど、それだとグリーン車はないし、札幌着が夜の七時過ぎだから、北斗星の出発時刻に間に会わないんだ」

「不便ですね」

「でも、この特急なら札幌着が十二時ごろだから、お土産を買ったり市内見物をしたりする時間があってちょうどいいんじゃないかな。それに旭川着も十一時前だから、そこから観光タクシーで美瑛《びえい》や富良野《ふらの》を観光して札幌に行くオプションも組める。もっと言えば、この路線の旭川までの景色は昨日も見ているから、帰路はゆっくり横になって最北の地の余韻や旅情に浸りながら札幌へ戻るのも悪くない」

「余韻や旅情ねぇ。それじゃあ我々もそれに浸って帰りましょうか」

「そうそう、旅は余韻と旅情が最高のスパイスってね」

則尾はにやっとしてシートを倒したが、札幌までの五時間、余韻と旅情はどこへやら、ずっと高イビキをかいていた。

札幌駅へは定刻どおりに到着した。

支店へのあいさつと昼食をすませ、往路と同じ快速エアポートで新千歳空港に着いたのは午後三時半を少しまわった時刻だった。しばらく展望デッキで時間をつぶし、福田が乗った便の到着時刻に合わせて到着ゲートへ行く。

ゲートから押し出される人波のなか、「よお」と手をあげた福田は、ジーンズに麻のジャケット、そして派手なロゴタグ絵柄が入ったベースボールキャップという姿で、手には小振りのボストンバックを持っていた。

「福田さん、オフィスで会ったときとイメージが違いますね」

雅人は目を丸くしたが、則尾は小馬鹿にした口調で、

「こいつのカジュアルはデタラメさ。だいたいアルマーニのキャップにプラダのバッグだぜ、まるっきり悪趣味な成金ファッションじゃないか」

その嘲《あざけ》りを「適当に選んだ結果さ」と軽くいなした福田は、

「それにしても大前くんがいるとは意外だったな」

「オレの羽田行きの便は七時過ぎですから、それまで福田さんの話を聞こう思って」

「それじゃあ、とりあえずお茶でも飲もう」

福田は新千歳空港に詳しいとみえ、自らカフェに案内した。

＊

「則尾から報告があった件だが……」

カフェオーレに口をつけた福田は、ぼそっと話しはじめた。

「あれからいろいろ手をまわして調べてみたが、どうも胡散臭い。はっきりとはしないが、北嶺観光開発の施設には、在日二世や三世のスタッフを雇用しているようだ。長嶺会長は以前からその方面との接触があったという噂も流れている」

則尾がアイスコーヒーの氷をストローでかきまわしながら、つぶやくように聞いた。

「何か理由があるのかな？」

「そこまではわからないが意図があることは確かだな」

「そうか……それで長峰会長の誘拐事件の方はどう？」

「身代金の要求以後は犯人側からの連絡がないようだ。ブラックジャーナリズム連中のあいだでは死亡説まである」

「進展なしか……」

「ただし妙なことがある。オーナーが誘拐された北嶺観光開発だが、ふつうに考えればパニックになっていてもおかしくないんだが、相変わらず平常業務を続けてるんだ。極秘の事件だから外部に悟られないよう予防線を張っているとも考えられるが……それともうひとつ、長嶺会長の誘拐には中国マフィアが関わっているという憶測がある」

「中国マフィア？」

「北嶺観光開発がＭＡファンドの意向で動いていたとしたら、これは米国主導の事業になる。そうなると不快に思うのがロシアと中国だ。中国はチベットや南沙諸島問題などでアメリカとの関係がギクシャクしている。それに東シベリア油田のパイプラインの敷設ルートは中国にとって死活問題だ。もし日本直通のナホトカルートを選択したら米国に利益をさらわれると考えるだろう。そこで中国系マフィアの存在が浮上したってわけだ」

則尾が深いため息をついた。

「中国系マフィアか。それじゃあオコタンペ湖やカシオペア車内でMAファンドの調査員が消された事件も連中の仕業ってことか」

「そう仮定すればな」

「ロシアンマフィアって線はないの？」

「事件の構図としてはその線も考えられるが……そうなるとオンネトーの亀山隆盛と東雲湖の白石琢磨、そのふたつの事件の位置が不明確になる。とくに亀山は親ロシア派、つまり旧ソビエト派で知られた議員だからな」

それを聞いた則尾が「ちぇ、やっぱりね」と舌打ちをした。

「福田もあの事件と今度の誘拐事件とを関連づけていたのか……」

「俺を見くびるなよ。親ロシア派の政治家と官僚の事件だぜ。自殺やヒグマに殺《や》られたなんて発表を真に受けるわけがないだろう。ブラックジャーナリズムでは親ロシア派の亀山と白石は米国政府によって排除され、その報復としてロシアンマフィアにMAファンドの人間が消され、長嶺会長が誘拐されたという憶測もあるんだ」

「へぇ〜やっぱりね」

「しかし俺としては、その線はないと思う。内政問題を抱えるロシアは今のところアメリカとは事を構えたくないはずだ」

「中国だってアメリカとの国際問題には絡みたくないんじゃないか？」

「短期的に見ればね。しかしその先を見据えたらどうかな。あの国は長期的な深謀を得意とする国だから、表立って動けないぶん、裏での動きは熾烈になるはずだ。それと……もし中国系でないとしたらアルカイダの線も考えられる」

「なるほど、米国の利己的な世界支配に対して一番過激に反応する組織だからなぁ。それに身代金目当ての要人誘拐もお得意芸だし」

「でもな、今回の事件に関しては中東系のニオイがしないんだ。それに、いくら米国政府がからんでいたにしても中東問題とはあまりに遠すぎる」

「じゃあ裏で動いているのは中国系のやつらかな……でも米国政府が相手だとかなり厄介な国際問題にもなるし……」

そこまで言った則尾はふいに何かに気づき、

「米国政府って、もしかしたらＣＩＡか？　まさかＭＡファンドの調査員って……」

福田は則尾を一瞥し、「うん」と小さくうなずいた。

「ＣＩＡのアジア要員という線が濃厚だな」

雅人の脳裏にオンネトーで見た女の面影がよみがえる。ＣＩＡ（アメリカ中央情報局）の名はハリウッド映画や米国ドラマのなかで目にしている。『米国の諜報機関』という程度の認識はあったが、オンネトーで見た張ミラー淑美の清楚な印象とＣＩＡの概念がまるで重ならない。雅人は思わず身を乗り出した。

「福田さん、カシオペア車内で死んだ女性もＣＩＡなんですか？」

「その可能性が高い。そうなると日本の警察じゃあ太刀打ちできない」

「アメリカの政府機関が日本の事件に関係してるんですか？」

「ははは、あまり知られてはいないが、かなり関係しているよ。だいぶ以前、米国からの戦闘機輸入に絡んで失脚した首相がいただろう？　ブラックジャーナリズムのあいだでは、あの事件も中国との国交回復を断行した首相の失脚を狙ったＣＩＡの謀略だと言われているんだ。当時の日中接近は米国政府にとってマイナスだったのさ」

「信じられない話ですね」

雅人の表情がよほど深刻だったのだろうか、福田は「う〜ん」と低く唸り、

「普通の人には縁のない組織だ。しかし政策レベルでは深く関係している。一般人は気づかないだけだ。それはそれとして……」

言葉をとめた福田は、口をへの字にして雅人を見つめた。

「これは今回の事件と直接的に関係した情報じゃないが、大前くんが三大秘湖で会った女性の姉、つまり四季ツーリストビューロの社長はどうやら長嶺会長の愛人のようだ」

「え！　竹崎由布子《ゆうこ》がですか!?」

「その女社長についてはキミの方が詳しいと思うが、旅行業界では有名な存在らしいね」

「有名ですよ……」

「その女社長もヨーロッパへ出張中ということだ。長嶺会長の誘拐事件は知っているはずなんだが、そんなときに出張っていうのも変な話だ」

「でも、きのう帰国しているはずです」

「ん？　どうして知ってるんだ？」

「きのう妹さんから聞いたんです」

福田はすぐに「ああそうか」と勝手に納得し、

「大前くんは妹の方と直接連絡できる状況にあるってわけだ」

「それほど親しいわけじゃありませんけど……」

雅人はカシオペアの事件以降の出来事をかいつまんで話した。福田は腕組みをして聞いていたが、話が終わるとふーと肩から力を抜いた。

「まあ……その女社長が今回の事件に関係しているとも思えないし、ましてその妹じゃ、会長の誘拐事件やＭＡファンドの裏事情なんて知るはずないしな。ただし情報ソースに近いことは確かだから何か情報が引き出せる可能性はある」

「彼女、そんな情報を持ってますかね」

「ん？」

七海に対する雅人の感情を怪しんだのか、福田は眉間にしわを寄せて雅人を凝視した。すかさず則尾が割り込んだ。

「まあまあ、それほどシビアに考える必要はないよ。うまく情報交換することで何かヒントになるような情報が得られるかもしれないってだけのことさ」

「そうですね……」

雅人は福田の視線を避けて顔を伏せた。七海の面影の背後で超大国の政治的な思惑が絡んだ事件の構図が不気味に揺れている。それは非現実な御伽話《おとぎ》のようにも思えるし、七海に襲いかからんとする魍魎《もうりょう》の蠢動《しゅんどう》のようにも感じられる。

そのとき携帯電話の着メロが鳴った。慌ててポケットから携帯電話を出し、画面を確認した瞬間、雅人は身を硬くした。まるで妄想の底から誘うように竹崎携帯の文字が表示されていたからである。

「はい、大前です」

――あ、大前さん。もう新千歳にいます？

「いますけど、何かあったんですか？」

――じつは、姉なんですけど……今そちらにいるんです。

「この空港に？」

――北海道に急用ができて午後の便に乗ったんです。さっき着いたと連絡がありました。それで姉が、大前さんと直接お会いして例のカシオペアの件をお聞きしたいということで、とりあえず私から確認の電話を入れさせてもらったんですけど……。

「お姉さんが……」

数年前、業界の会合で見た竹崎由布子の妖艶な姿が浮かぶ。

——ご迷惑でなかったら姉と会っていただけませんか？

「でも、こっちには連れがいますけどいいんですか？」

——同行している旅行作家の方ですか？

「それともう一人……オレたちのアドバイザーみたいな人ですけど」

——でしたら反対にご迷惑かしら。たぶん姉の方はほかの方がいらしても問題ないとは思うんですけど。

そのとき横から則尾が小指をつき立てて「これ？」と小声で揶揄する。

慌てて携帯電話を手でおおった雅人は、「則尾さん」と諌め、

「ＳＴＢの竹崎さんからです。お姉さんが今、この空港にいるみたいなんですけど、オレと会って話をしたいらしいんです」

「ボクらがいてもいいの？」

「ええ問題ないようですけど」

それを聞いた福田の顔に緊張が走る。

「すぐＯＫと伝えろ！」

押し殺した声だが有無を言わせぬ迫力があった。その形相に気圧された雅人は、

「お姉さんがよければこっちは大丈夫ですけど」

――じゃあすぐに姉に連絡します。空港のどちらにいらっしゃるんですか？

「××というカフェラウンジですけど」

――行くように伝えます。大前さんは姉がおわかりになるかしら？

「ええ存じてます」

――それなら大丈夫ですね。

安堵の声を残して電話が切れた。

「大前くん、ラッキーな展開になったな！」

福田が嬉しそうに片頬をゆがめてウインクした。

＊

それから五分もしないで、ラウンジの入口に竹崎由布子が現われた。

漆黒のパンタロンスーツに身を包み、ダークブラウンの髪をうしろで軽くゆわえ、繊細なゴールドリングのピアスをつけた姿は、顔を知らない則尾でさえ「あれだろう？」と雅人の肩を小突くほど周囲から浮きたつオーラを放っていた。

竹崎由布子は立ちあがった雅人に気づき、口元に笑みを浮かべて歩み寄ってきた。

「はじめまして、ＪＩＴの大前です」

「妹から聞いています。突然こんなことをお願いしてすみません」

真っ赤なルージュの口からハスキーで艶っぽい声がもれる。

「いえ、そんなことはいいんですけど……」

雅人は慌てて福田と則尾を紹介した。席を立った福田は慇懃に名刺を交換し、そのまま自分がいたソファを竹崎由布子に勧めた。遠慮がちにソファへ座り、三人の名刺を見る由布子の目元には心なし疲労の色が滲んでいる。妹の七海よりずっと小柄だが、目尻でやや跳ね上げたアイラインのためか、勝気な色香が漂っている。その切れ長の目が、おもむろに雅人をとらえた。

「カシオペアで亡くなった女性ですが……妙な言葉を残したと聞きましたけど」

「死の海に来い、ですか?」

「ええ、そうですわ。妹から大前さんがその謎を解明したと聞いたものですから」

「まだ確証はありませんが、シノウミという言葉は、死んだ海ではなく、シノというワードにタケカンムリの篠という字を使うのではないかと考えたんです。このことは、きのう妹さんにも伝えたんですけど」

「私も聞きました。その名前のついた施設が東伊豆にあるということでしたけど」

「ネットで検索してみたら篠海の青椿堂と灯明台の二つの施設がヒットしました」

「どんな施設なんですか?」

「それは、つまり……トイレのことです」

「トイレ?」

「はい、トイレにつけた名前なんですよ。灯明台に関しては情報が少なくてはっきりしません。それで来週の土日あたりにその施設の確認に行ってみようと思っています」

「そのことは妹からも聞きましたけど、危険はないんでしょうか？」

由布子は不安そうに目を細めた。そのとき福田がぼそっと声をかけた。

「竹崎さんは城ヶ崎海岸に何か心当たりはありませんか？」

突然の質問に、「え!?」と目を開いた由布子は、

「いいえ、ありませんわ」

すると福田はその顔を鋭い目で睨んだ。

「きのうヨーロッパから帰国されたそうですが、それは長嶺会長の件ですよね？」

一瞬、幽霊でも見るように胡乱《うろん》な目で福田を凝視した由布子は、すぐに目を伏せ、暗澹とした視線をテーブルに這わせた。

「竹崎さんは、その事件を、いつ、どこで知ったんですか？」

容赦のない福田の言葉を浴び、由布子は観念したように吐息した。

「長嶺のこと……ご存知なんですか？」

「おおよそのことは」

すると由布子はテーブルの端においた名刺をちらっと確認し、

「失礼ですけど、あなたは……どのような素性の方なんですか？」

「名刺にあるとおり経営コンサルタントですよ。ただし裏世界のジャーナリストたちも多少は知っていましてね。ところで……犯人は大陸のマフィアですか?」

再び由布子の顔に狼狽が走る。

「何を根拠に……?」

「あてずっぽうですよ。カシオペア車内やオコタンペ湖で死んだMAファンド調査員のこと、それに、オンネトーで死んだ亀山元議員、東雲湖で死んだ白石局長などの情報を、論理的に組み立てただけです。これは金銭目当ての犯罪という域を超えていますからね」

『あてずっぽう』と言いながら、口調には『どうだ』と言わんばかりの確信があふれている。そのとき則尾のおっとりとした声が福田と由布子の間に割って入った。

「ところで道警とはもう連絡をお取りになったのですか?」

「ええ、昨日の午後……」

「あなたが北海道へ来たのは道警の要請があったからじゃないんですか。もしかしたら大前くんと会うのも道警の意図が働いているんじゃないですか?」

「それは違います。ここでお会いしたのは私の意志です。大前さんが死の海の謎を解明したと妹から聞いたものですから」

由布子は困惑気味に否定したが、則尾はまるで意に介さず、

「カシオペアで死んだ女性の素性はご存知ですか?」

「素性？」

「ええ素性です。もしかしたらＣＩＡ関係じゃないんですか？」

またも由布子の表情が固まった。

「なぜ、そんなことまで……」

「先ほどの福田と同じで、あてずっぽうですよ」

口調はのんびりしていたが、その目は鋭く由布子に注がれている。

ふいに由布子の表情が柔らかくなった。

「あなた方には何も隠せませんわね……でも親会社から頼まれたときは私もＭＡファンドの調査員の接待としか聞いていませんでした。ちょうどヨーロッパへの出張予定がありましたので妹に頼んだんですが……すぐに長嶺があんなことになって……私には何がどうなっているのか……」

その語尾は、涙声のように震えていた。それを庇うように福田はソフトな口調で言った。

「お気持ちはお察しします。われわれもその件に関して調べているんです。もちろん本気で事件の真相を探りたいと思っています。きょう私が北海道へ来たのもそのためです。大丈夫ですよ。組織的な誘拐の場合、無事に解放されるケースが多いんです」

軽くうなずいた由布子は、バッグから取り出したハンカチを目にあて、絞り出すような声で懇願した。

「お願いです……長嶺を助けてください……」

福田は周囲を気にし、僅かに由布子の方へ顔を寄せると、囁くように言った。

「警察も秘密裏に動いているようですが、われわれもここ数日はこっちに滞在して調べてみます。こっちのルートでわかったことがあればお教えしますよ」

「お願いします……」

由布子はハンカチを膝元で握りしめ、深々と頭を下げた。そしてテーブルを見つめたまま小さく吐息すると、ふいに何かを思いついたように顔を上げた。

「こちらでのご宿泊先はもうお決まりですの？」

「これから札幌に行って決めようと思っています」

「それでしたらぜひ私どもの親会社のホテルにお泊まりください。お礼といっては失礼なんですが宿泊費はこちらで持たせていただきます」

「いやぁ、そこまでしてもらったんじゃあ……」

「ぜひそうしてください。札幌近江グランドでいいかしら？　私もそこへ滞在する予定なんですけど……ちょっとお待ちください」

由布子は携帯電話でホテルのフロントに確認すると、

「大丈夫ですわ。ツイン一部屋でよろしいかしら？」

「しかし我々の滞在は長引く可能性もありますので、そんな高級ホテルじゃあ……」

「ご心配なく。関連会社に割り当てられた宿泊枠がありますから何日お泊まりになってもけっこうですわ」

「そうですか……それならお言葉に甘えようかな」

恐縮する福田に「遠慮なさらずに」と笑みを返した由布子は、ふいに真顔で雅人を見た。

「妹のことをよろしくお願いします。七海は相当にショックを受けています。私がついていてやりたいんですが、警察のこともあってこちらへ来なくてはならなかったものですから……お忙しいとは思いますけど、助けてやってください」

憂いに満ちた目で見つめられた雅人は、一瞬頭が白くなった。

「はあ……あの、妹さんとはこれから羽田で……」

「聞いています。妹も心の不安を誰かに話したいのだと思います。よろしくお願いします」

由布子の目に力がこもる。突然の緊張で硬直した雅人の腕を則尾の肘が小突いた。

「大前くん、お姉さんのお墨付きになったな！」

その揶揄《やゆ》に、雅人は哀れなほどうろたえてしまった。

＊

羽田空港の到着ゲートにはカジュアルなパンタロン姿の七海が待っていた。

「やあ」と近づいた雅人に「すみません」とひとこと詫び、

「姉とお会いになりました？」

「はい会いました。それで……長嶺会長のこともお聞きしました」

「そうですか……姉はそこまで話しましたか……」

悄然とつぶやいた七海はすぐに笑顔を繕った。

「大前さん、お食事は？」

「あっちの空港でお姉さんにご馳走になりました」

「それでしたら大前さんの自宅まで私の車でお送りします。車のなかでお話を聞かせていただけません？」

「いいんですか？」

「大前さんもお疲れでしょうし、姉が長嶺会長の事件ことを話したと聞いて、私も気持ちが楽になりましたから」

「それじゃあ、そうさせてもらいます」

案内されたパーキングには白いＢＭＷが待っていた。緊張しながらあけた助手席のドアから、南国の花のような情熱的で爽やかな香りがふわっと這い出す。

《彼女の香水だろうか？》

複雑な気持ちで助手席に腰をおろすと、雅人の住所を確認した七海はカーナビをセットし、ゆっくりと車を出した。

「北海道では、篠海のほかに何か収穫はありました？」

首都高速の料金所を抜け、本線に合流したとき、それまで無言だった七海が口を開いた。このところの経済不況の影響か、土曜の夜だというのに車の数はまばらで、首都高速はスムーズに流れている。

「収穫というほどでもありませんが、もうひとつの考え方にも気づきました。死の海は琵琶湖のことじゃないかということです」

「琵琶湖？」

「ええ、琵琶湖はかつて淡い海と書いて淡海《あうみ》と呼ばれていました、四季観光産業の発祥は滋賀県の彦根市でしょう？　そこからの連想で、コイっていうのは、琵琶湖にいる魚の鯉、それが鯉ヘルペスで大量に死んだって情報があったんです」

「大前さんは発想力が豊かなんですね」

「いやぁ、これは同行した旅行作家の発想ですよ。そうだ、お姉さんの厚意で彼らは札幌市内にある四季観光産業の高級ホテルに宿泊させてもらうことになりました」

「札幌近江グランドホテルですか？」

「確かそのホテルです。彼らは市内のビジネスホテルか何かを予定してたんでしょうけど、それが、いきなり超一流のシティホテルですからね。喜んでいました」

「姉も頼りにしているんだと思います」

「ちょっと怪しい連中ですけど裏社会には明るいようですからね」

「あら、そんなこと言って……」

笑った横顔の背後でオレンジ色の東京タワーがそそり立っていた。

車内に漂う芳香のせいだろうか、それとも疲労した体のせいだろうか、雅人は七海の横顔に、理性を麻痺させてしまうようなエロチックな翳りを見たような気がした。

# 第四章　見えざる牙

一

北海道から戻った翌週の月曜日、雅人は下見の状況を媒体編集部の手塚部長に報告した。道内の列車状況や経由地のオプションなど、旅行に関する報告を聞くあいだ、手塚は満足そうにうなずいていたが、話が則尾のことにおよぶと「現地に残ったぁ!?」と目をむき、不機嫌に顔をしかめた。

「則尾のやつ、北海道で女と待ち合わせてたんじゃねえのか？」

「現地を詳しくリサーチするってことでしたけど」

あわてて則尾を庇《かば》ったが、手塚は辟易《へきえき》とした面持ちで後頭部をぼりぼりと掻いた。

「則尾らしいって言えばそれまでだけどよぉ……それでいつ戻るんだ」

「二、三日ということでしたけど……」

「三日としても、あしたの火曜までか……とにかくきょう中に連絡がなかったら大前の方から連絡して、あいつの状況を確認してみてくれ」

「わかりました」

「つたくよぉ。超過した滞在分の経費は出さねえって言っておけ！」

「はい、きつく言っておきます」

「それから下見のレポートだけど、あした中には仕上げてくれよ」

《則尾さんのおかげでこっちまでとばっちりだ》

しかし雅人は内心を隠し、「はい」と神妙に頭をさげた。千歳空港での顛末を話せない状況では手塚の不機嫌を甘んじて受けざるを得ない。

ＦＴ企画課に戻った雅人はレポートの作成に没頭した。

ようやく大筋の内容がまとまったのは夜の九時に近い時刻だった。課員はすでに退社し、室内には雅人しか残っていない。パソコンの電源を切って背筋を伸ばしたとき則尾のことが頭をよぎった。

《連絡してみようか》

携帯電話に手を伸ばしたが、首筋に積もった疲労感がその気力をそいだ。

《あしたでもいいや。それより早く帰って一杯やろう》

昨日の日曜日は下見の疲れで部屋から出る気になれず、留守録したドラマのＤＶＤとカップ麺で過ごした。そのせいか一週間以上もご無沙汰している馴染みの小料理屋の地酒が妙に懐かしい。雅人は携帯電話をバッグに放りこんで帰り支度を急いだ。

＊

「あれまぁ、お久しぶり！」

市川駅から歩いて数分、縄暖簾《のれん》をくぐると店主《あるじ》の威勢のよい声が迎えた。二十坪ほどの店内には一組の客しかいない。夏のボーナス前ということもあろうが、それでも雅人がこの街に越してきた二年前は、飲食以外の商店がシャッターをおろす時刻ともなれば、仕事帰りのサラリーマンや近所の商店主などの姿でごった返していたものである。しかし米国のサブプライムローン問題やそれに続くリーマンショックの影響で経済が冷え込んでからは、まるで潮目が変わったように客の寄りが鈍っている。雅人の定位置であるカウンター最深部のイスも、独身男の侘しい指定席のように、いつもカウンター天板の下に収納されている。

そのイスを引っぱり出した雅人は、生ビールのジョッキを注文した。

「大前さん、先週はご無沙汰でしたね。忙しかったんですか？」

ポジティブを絵に描いたような店主も、不景気風の冷たさに心なし表情が冴えない。

「北海道に出張でね」

「羨ましいなぁ、この季節の北海道はいいんでしょう」

「でも仕事だからねぇ」

しばらくは当たり障《さわ》りのないやりとりで席を温め、頃合いをみて好物のタラコのおにぎりと生海苔の味噌汁で腹の虫を鎮める。あとは黙っていても小鉢に盛られた肉ジャガと地酒の徳利がカウンターにおかれる。客が少ないせいか話好きの店主は雅人にべったり張りつき、世間や世情を愚痴りはじめた。年金問題や児童手当の方法がどーのこーの、はては中国やロシアとの領土問題まで、いっぱしの評論家と化して矢継ぎ早に自論を展開する。そのマシンガントークを適当にかわしながら、雅人は嘗めるように地酒の香りを味わった。

ちょうど一本目の徳利が空になったとき、足元のバッグで携帯電話が鳴った。

《誰だよ、こんな時間に》

舌打ちをしてディスプレイを確認した瞬間、脳裏に曙光が射した。まるで夢の世界からの甘い誘いのように『竹崎携帯』の文字が表示されている。

反射的に咳払いをし、雅人は酔いを追い払った。

「はい、大前です」

肩に力をこめ、声のトーンをさげて応える。しかし耳に飛びこんできた緊迫した声が、その気負いを跡形もなく粉砕した。

——大前さん！　大変です！　姉が……。

「え？　な、何が、どうしたんですか？」

——襲われたんです！

「え？　襲われたって……いつ？　どこで？　だれに？」

うわずった声でTPOの常套句を連発する。その狼狽ぶりを案じた店主が、「大前さん何かあったの？」とカウンターに身を乗り出した。雅人はそれを手で制し、『ホテルの前です』という七海の声を聞きながら店の外へ走り出た。

「ホテルって札幌近江グランドですか？」

――ええ、そのエントランスの外で暴漢に襲われて……きょうの夜七時頃です。

「そ、それで、お姉さんは？」

――はい、幸いにも意識を失っただけですが……でも……。

声がフェイドアウトする。

「竹崎さん！　大丈夫ですか!?」

――はい、姉は大丈夫なんですけど……一緒にいた人が……。

「誰が一緒だったんですか？」

――北海道で大前さんと一緒だった旅行作家の方と……。

「則尾さん!?」

――ええ……それともう一人……。

「福田さんも……」

膝が震えた。酔いは吹っ飛び、不吉な予感がみぞおちのあたりから湧きあがる。

「二人はどうなったんですか……？」

雅人は息を止め、七海の言葉に意識を集中した。

――姉からの連絡では命には別状はないそうですけど……。

思わず吐き出した緊張とともに、不吉な想像が夜気の喧騒に霧散した。

――お二人とも姉と同じ病院に運ばれ、手当てを受けているそうです。

「すみませんが、何が起きたのか最初から教えてもらえますか？」

胸をなでおろした雅人は改めて事態を確認した。

七海が姉の由布子から受けた緊急連絡によると、三時間ほど前の七時頃、札幌近江グランドのエントランスでタクシーから降りた三人に複数の暴漢が襲いかかったということである。突然の襲撃に由布子は気を失い、抵抗した則尾と福田は、ホテルマンが警察に連絡を入れているあいだに地面へ這いつくばってしまった。暴漢はすぐに逃げ去ったが、救急車で運ばれた病院の応急所見によると、則尾は骨折、福田は脳震盪《のうしんとう》ということである。

事件の大筋を話し終えた七海は神妙な声に変わった。

――私はあしたの朝一番の飛行機で現地に行きますけど、大前さんはどうされます？

「オレは……」

脳裏に手塚部長のシブ面《づら》が立ちはだかる。

「仕事の予定が詰まっていて……」

――わかりました。現地で詳しいことがわかりましたら、またご連絡します。

「はぁ、よろしくお願いします」

雅人はジレンマの渦に喘ぎながら誰もいない歩道に向かって深々と頭をさげた。

竹崎由布子の事件は深夜の情報番組でも扱われ、『旅行業界の麗人、暴漢に襲われる』『札幌の夜の怪奇、美人社長の奇禍』など、いかにも視聴者の気を引くタイトルで仰々《ぎょうぎょう》しく報じられた。竹崎由布子の写真を右肩に配した画面では、レポーターが病院前から緊迫した口調で事件の状況を伝え、続いてモザイク処理のホテルマンがインタビューに答える。そのあとアナウンサーが、一緒にいた二名の男性の一人は胸部骨折の重傷、もう一人は打撲による軽傷と締めくくった。

インタビューに応じたホテルマンの話によると、暴漢の数は五、六名でいずれもヘルメットとマスクをしていたようである。しかし由布子と同行していた二人の男性の抵抗にあい、蜘蛛の子を散らすように数台のバイクで逃げ去ったようである。

＊

翌日、出社した雅人は真っ先に媒体編集部へ顔を出した。

手塚も昨夜の事件報道は知っていたが、竹崎由布子と同行していた男のうちの一人が則尾だと聞いて愕然と固まった。

「マジかよ！」

「はい、昨夜の連絡では」

「あいつは武道の学生チャンピオンだぜ。それが簡単にやられたのか？　それに何であいつがＳＴＢの社長と一緒にいるんだ？」

「詳しい事情はわかりませんが暴漢は五、六人いたようです」

「こっちから連絡はできないのか？」

「入院してますから無理ですよ」

「ったく、あいつ何を考えてるんだ。でもよ大前、どうしたらいいと思う？」

「オレが現地に行って状況を確認しましょうか？」

「北海道にかぁ？」

目をむいた手塚は「そりゃあ無理だ」とにべもなく首を振った。

「それじゃあ札幌支店の菅原支店長にお願いしてみましょうか」

「その手があったな！　すぐ連絡をとってくれ！」

ＦＴ課に戻った雅人は札幌支店の菅原支店長に連絡を入れた。ご当地の事件であり、被害者が同じ業界の人間とあって、札幌支店でも朝から話題になっていたようである。

その当事者が則尾と知って菅原支店長も絶句した。

——まさか則尾さんとは……。

「それで菅原さんに病院まで状況確認に行ってもらいたいんです」

——わかりました。病院の見当はつきますからすぐに行ってみます！

支店長は咳き込みながら了解した。そのやりとりを聞いた課員が慌てふためいて雅人のデスクを囲んだ。

「課長、則尾さん大丈夫なんですか？」

真っ先に美悠が口をひらいた。

「重傷といっても胸部骨折だから命に別状はないようだ」

「どうして則尾さんがＳＴＢの社長と一緒にいたんですか？」

「そんなことオレにもわからないよ」

「もしかして則尾さんってスパイだったんですか？」

「スパイ？」

「ＳＴＢに頼まれてウチの企画を盗もうとしてたとか……」

「何言ってるんだよ。今回の企画は彼の方から持ち込んだんだぜ」

「だからぁ、思わせぶりに企画を持ち込んで、ウチの費用で下見をして、すぐに身を翻すってパターンですよ」

「そこまで考えるか」

雅人は美悠の逞しい想像力に呆れ、「そのうちはっきりするさ」とケリをつけた。

《竹崎由布子を襲ったのは長嶺会長を誘拐した連中かもしれない》

腑に落ちない表情の美悠から目をそらせたとき、そんな思いが唐突にひらめいた。

＊

その日の昼過ぎ、思いがけず福田から連絡が入った。ちょうど外のレストランでランチを食べ終え、社に戻ろうと腰を浮かせたときである。雅人は慌てて椅子に座り直し、恐る恐る携帯電話を耳にあてた。

——大前くんか？

福田の声は思っていたよりも落ち着いていた。雅人は周囲を気にし、押し殺した声で応えた。

「福田さん……ですか？」

——ああ俺だ。事件のことは知ってるだろう？

「もちろんです。ゆうべ竹崎社長の妹さんから連絡がありましたし、夜のテレビでも速報されました」

——俺たちの実名は伏せられていただろう？

「同行の男性二名って報道でしたけど、ケガは大丈夫なんですか？」

——俺なら大丈夫だよ。頭にケリを喰らって脳震盪を起こしたが、精密検査の結果ではたいしたダメージはないようだ。今、病院の屋上からかけているんだが、警察やマスコミがうるさくてな。しばらくは病院にカンヅメ状態だ」

「則尾さんは胸部骨折の重傷って報道されていましたけど、どうなんですか？」

——心配ない。アバラの一本にひびが入った程度だよ。ついさっきも昼飯をお代わりしたあげく、早く退院させろって担当医にゴネていた。とは言っても痛みが治まるまでは病室とトイレぐらいしか動けないようだ。それであいつに代わって俺が連絡を入れたんだ。

「それを聞いてほっとしました。襲われたのはどんな状況だったんですか？」

――竹崎社長に誘われて市内のレストランで食事をして帰った矢先だ。ホテル前でタクシーを降りたとたんヘルメットをかぶったヤツらに襲われた。

「犯人の見当はついているんですか？」

――さっぱりわからん。ただし狙われたのが俺や則尾でないことだけは確かだな。

「じゃあ襲われたのは竹崎社長ですか？」

――それしか考えられん。警察からもしつこく聞かれたが、俺たちには身に覚えがない。

「福田さんが絡んでいる裏社会の危ない連中の仕業ってことは考えられないんですか？」

――ははは、裏社会と言ってもジャーナリズムの世界だからな。あんなチンピラのような暴力沙汰はないよ。

「そうですか……それで竹崎社長は大丈夫だったんですか？」

――ああ、彼女に迫った二人を則尾が一気になぎ倒した。暴漢連中も則尾が武道の使い手だというのは想定外だったんだろう。あいつがいたおかげで彼女は無傷だった。きょうの午前中には退院してホテルへ戻ったようだ。

「もし暴漢の狙いが彼女だったとしたら、襲ったのは長嶺会長を誘拐した連中と関係があるんじゃないですか？」

――その可能性はあるが、俺の印象ではマフィアというよりチンピラって感じだった。

「そうですか。ところで二人の退院はいつごろになりそうですか？」

——そうそう、電話を入れたのはその件だ。

福田はふいに声のトーンを下げた。

——俺の方は数日で退院許可が出るとは思うが、則尾の方は何とも言えない。下手をすればギブスが取れるまで入院ってことになるかもしれない。それで則尾から伝言されたんだが……大前くんと伊豆に行く件だ。

「篠海の確認ですね」

——その件だ。俺も則尾からちらっと聞いたが、予定どおりなら今週の週末あたりに行くはずだったんだろう？

「その予定でしたけど、則尾さんが退院して東京に戻るまでは延期ですよね？」

——いや……。

福田は言い難そうに言葉をためらった。

——あいつは少しでも早く確認したいようだ。ただしこんな事件があっただけに、伊豆行きについても危険性を覚悟する必要がある。

「オレ、どうしたらいいんですか？」

——則尾は予定どおり今週の土日で大前くんに行ってもらいたいらしい。ただし単独では危険だからキミの会社にいる則尾の友人に事情を話して、同行を頼むようにということだ。それと、現地に行っても遠目に確認するだけで、それ以上は踏み込むなと警告していた。

「そうですか。わかりました」

――大前くん、則尾の忠告を忘れるな。場合によっては命に関わるぞ。

「わかっています」

電話を切った雅人の心境は複雑だった。福田を介した則尾の警告の背後に七海の妖艶な笑みがちらちらと現われていたからである。『篠海』という推理が正鵠《せいこく》を射ているとすれば、札幌での暴漢事件と考えあわせ、則尾の警告にも一理ある。しかし単に確認するだけの行為がそのまま深刻な状況へ直結するとも思えない。

雅人の心には七海と二人で行けるかもしれないという邪《よこしま》な想像が膨らんでいた。この千載一遇のチャンスを手塚のヒゲ面でフイにするなど神への冒涜にも等しい。

《彼女に連絡して、もし都合がつかないようだったら延期だな》

手前勝手に決着してはみたものの、則尾への疚《やま》しさが重い碇となって意識を繋留している。雅人は碇の鎖をえいっとばかりに巻き上げながら七海の携帯をコールしてみた。

――はい。

予想に反し、張りのある声が応えた。雅人の心で鎖を巻き上げる速度が加速した。

「大前です。電話して大丈夫ですか」

――ちょうどこちらからかけようと思っていたところです。先ほどまで姉の部屋にいましたが、ちょうど今、食事をとろうと思って下のレストランに来たんです。

「札幌へは何時ごろ着いたんですか？」

——九時過ぎです。姉が十時前には退院してホテルへ戻ると聞いていましたから、そのままホテルで姉を待ちました。

「お姉さんの状態は？」

——ショックだったようです。でも同行したお二人に助けられたということで感謝していました。

「警察の事情聴取はどうですか？」

——姉と一緒にホテルの部屋へ刑事が来て、三十分ぐらい……。

「警察は長嶺会長の誘拐事件との関連はにおわせていましたか？」

——いえ、それに関しては姉も話していませんから……。

「でも遅からずバレますよ」

——そうですね。でも、そうなったとしても姉の証言は変わらないと思います。

悄然と言った七海は、重苦しい空気を振り払うように明るい声で聞いてきた。

——ところで篠海に行く予定ですけど、どうなりました？

ふいに核心を突かれ、雅人はうろたえてしまった。

「それが……一緒に行くはずだった則尾さんがしばらくは退院できそうもないので……でも、さっきもう一人の福田さんって人から則尾さんの伝言があって、則尾さんはオレに予定どおり現地へ行ってもらいたいということなんですけど……」

意を含み、おずおずと言う雅人に、七海の意外な言葉が聞こえた。

――それでしたら今週の土曜にしません？　それなら私も行けますから。

「え⁉　土曜日？」

――はい。大前さんのご都合は？

「オレの方はＯＫですけど、竹崎さんはそれまでに東京へ戻れるんですか？」

――姉はもう心配ないと思いますので、あすには戻るつもりです。

「でも二人だけだと危険じゃないですか？」

――あら、どうして？

「こんな事件があったから、則尾さんも単独行動を危惧してました」

――でも単独じゃありませんわ。

「まあ、そうですけど」

――万一のとき、守ってはいただけないのかしら。

その言葉が姉を守った則尾との対比に聞こえ、雅人は奮然とした。

「とんでもない！　命に代えても守りますよ！」

――だったら私も安心です。

「それは保証しますけど」

――二人ではいけません？

媚びるような七海の表情がリアルに浮かび、ＢＭＷの車内で感じた芳香が鼻腔によみがえる。すでに雅人の意識を繋留する疚《やま》しさの碇はすっかり巻き上げられ、七海と二人の伊豆行きが煌《きら》めく水平線となって視界に広がっている。

雅人は傲然《ごうぜん》と出航の銅鑼《どら》を鳴らした。

「わかりました。行きましょう！　何が起きてもオレが守ります！」

――当日の交通手段は？

「あ、そうですよね。じゃあオレ、レンタカーを用意します」

慌てる雅人に、七海は含み笑いをもらした。

――私の車で行きません？　大前さんの住まいは知ってますから、そちらまではお迎えに参りますけど、そこからは大前さんに運転をお願いしてもいいかしら？

「もちろんしますよ。それじゃあ出発は何時ごろにしましょうか？」

――午前十時ごろでは、早いかしら？

「大丈夫です！」

――それでは十時にそちらに参ります。

「お待ちしています！」

電話を切った雅人は席を立つのも忘れて七海の言葉をかみしめた。

《幸運ってのは重なるもんだな》

そう思ったとき、則尾の奇禍を僥倖《ぎょうこう》にすり替えた自分への後ろめたさが、ちくっと心に刺さった。

それから週末までの三日間、雅人は新たな北海道プランの仕上げに追われた。販売マニュアル制作や媒体編集部との打合せ、さらにはパフレットの広告主へ営業部員と同行するなど追いこみ作業に忙殺された。

則尾や福田からは何の連絡もない。札幌支店長からの報告で、則尾はいたって元気だが、胸と腕をギブスで固定され、しばらくは動けないことを知った。その報告を手塚部長に伝えると、「今月中に紀行文の原稿がねえとまずいぜ。来週になったら強制的に東京へ連行だな」と気色ばんだが、伊豆行きに関する同行依頼は入っていない様子で、それ以上則尾の話題を持ち出すことはなかった。

ただ、打ち合わせなどで手塚と顔を合わせるたび、雅人の心では則尾の警告を無視する疚《やま》しさと週末の秘めたる野望が葛藤した。軍配はすでに決しているが、後ろめたさは絶えず野望の影となってつきまとっている。

札幌の事件は、被害状況がそれほど深刻でないためか、あるいは揺れ動く経済情勢や政局の報道に追いやられてか、事件当日の報道以後はニュース番組に登場しなくなった。

## 二

土曜日の朝、雅人は十時前にマンション前の小路で七海の到着を待った。空は花曇りで、雨の心配はなさそうである。

すぐに白いＢＭＷが現われ、雅人の脇へ停まった。

「おはようございます！」

挨拶しながら車を降りた七海を見て、雅人は自分の服装を悔いた。

上品な刺繍が入った白っぽいＴシャツにタイトなジーンズを履き、やや濃い目のサングラスをかけた七海は、まるでファション誌から脱け出たような、都会的な色香を放散している。ベージュのスラックスに柄シャツという自分の姿とはまるでつりあわない。

「あとはお願いしますね」

雅人の焦りをよそに、運転席からおりた七海は、さっさと助手席に乗りこんだ。

車内にはあの芳香が漂っている。運転席に座った雅人は気を鎮めようとシートやルームミラーをあれこれ調整してから、おもむろにキーをひねった。心地よい振動音とともにカーナビが作動する。

雅人はそれを操作し、城ヶ崎海岸にセットすると、車を発進させた。

カーナビは、首都高速・東名高速・小田原厚木道路と車を導き、熱海《あたみ》から先は伊豆スカイラインへと誘導した。その間、緊張してハンドル握る雅人に七海は積極的に話題を提供してくれた。話題といってもほとんどが七海からの問いかけだったが、雅人は問われるままに学生時代のことや自分の旅への想い、さらには今回の事件に関連し、則尾のことや福田のことなどを話した。雅人からも七海の学生時代のことなどを聞いてはみたが、彼女は自らのことはあまり語らず、美悠の話へと巧に誘導し、美悠の卒業時にＳＴＢへ勧誘したという話題にすり替えた。

「彼女、しっかりしていますよ。ウチに来てほしかったわ」

雅人の反応を試すように、七海はリクルーティング時の遺恨を仄めかす。

「オレも彼女の能力には助けられていますよ」

「でしょう？　大切にしてあげてくださいね」

「え？　ええ……もちろんですよ。ウチの重要な戦力ですから」

「戦力ってだけですか？」

七海の心が読めず、雅人は返答に窮した。

「まあ、そうですけど……」

こんな調子で七海にリードされて三時間、伊豆スカイラインの終点から大室山のきわを抜け、城ヶ崎海岸に着いたのは午後一時の少し前だった。

「食事はどうしますか？」

駐車場に車を停めた雅人は七海の顔をうかがった。

城ヶ崎海岸は、かつて活火山だった大室山の噴出マグマによって形成された断崖絶壁のリアス式海岸である。その延長距離は十数キロにも及び、東伊豆海岸きっての景勝地として人気が高い。夏の観光シーズンにはまだ間があるものの、週末の駐車場はほぼ半分ほどが観光客の車でうまっていた。

「とりあえず目的の場所に行ってみません？　食事はそのあとでゆっくりしましょう」

「そうですね。じゃあ、まずは場所を確認します」

雅人は後部座席のバッグを引き寄せ、昨夜ネットからプリントアウトしておいた城ヶ崎のイラストマップを取り出した。『篠海の青椿堂《せっちん》』は、車を止めた駐車場から1キロほど離れた蓮着寺の境内にあるトイレの名称だった。

「ここからでも遊歩道で歩いて行けるようですけど……」

雅人がイラストマップの遊歩道を指でなぞったとき、七海がつぶやいた。

「あら、ここのトイレの名前、みんな面白いネーミングだわ」

なるほど城ヶ崎海岸一帯のトイレマークには『磯の和香家』『いがいがの静落庵』などユニークな名が冠されている。

「これも何かの暗号ですかね……」

そう言いかけたとき、七海がイラストマップから目を外し、「とりあえず蓮着寺まで車で移動しましょう」と雅人を見つめた。その視線にどぎまぎしながら、雅人は「そうですね、行きましょう……」と車を発進させた。

蓮着寺境内の無料駐車場はすでに満車の表示だった。雅人は仕方がなく手前の道脇にある有料駐車場へ車を入れた。そこから境内まではゆったりとした石段が組まれている。石段の周辺には観光客の姿もあった。

《これだけ人目があれば急に襲われることもなさそうだな》

それまで抱いていた恐怖感や緊張感が薄らぎ、七海と二人で観光地を旅しているような気分があふれてくる。空は花曇りで直射日光はそれほど強くはない。全身に絡みつく海風の熱気と湿気に乗って、横を歩く七海から南国の花を想わせる香りがほんのりと漂ってくる。潮のにおいに混じる芳香は、つい先ほどまで車中に満ちていたときよりずっと扇情的に感じられた。

石段を登り切ると、急斜面の山肌に囲まれた境内が拡がり、正面の森の手前に目指す建物があった。和風の庭園にぽつんと添えられた茶室のような建物である。境内の端から建物へ続くわずかな路面には石畳が敷かれ、その両脇は整然と刈り込まれた藪椿の木に覆われている。

「あのメッセージがこの建物を指しているとしたら内部に何かが隠されているのかな」

「どうでしょうか」

あまりの平穏さに七海も当惑しているようである。

「とにかく調べてみましょう」

さしたる緊張感も抱かず、それぞれ男性用と女性用に分かれて内部に入った。雅人が入った男性用の内部はやや和風の雰囲気はあるものの、通常のトイレと何ら変わるところはない。幸いにも他の利用者もなく内部は静まり返っていた。雅人は小用便器の周辺をざっと見たあと、大便用の扉をあけて内部をうかがったが、そこも平凡なトイレであり、特別に意味を含んだ空間には感じられない。再び小用便器の周辺を注意深く見たが、どう見てもメッセージ性がある空間とは思えない。

拍子抜けして建物を出ると、先に出ていた七海が「どうでした?」と聞いてきた。

「特別に変わったところはありません。普通のトイレですよ。そっちの方はどうでした?」

「こっちも別に変わったところはありませんでした。もしかしたら内部じゃなくて外に何かがあるんでしょうか?」

建物の背後には藪が密集し、やや陰湿な雰囲気が漂っている。

「とりえず見てみましょう。オレが行ってきます」

雅人はトイレの背後の藪に足を踏み入れ、蜘蛛の巣を腕で払いながら建物を半周した。

「背後にも変わったところはありませんね」

「じゃあ次は灯明台ですね」

「そっちに期待しましょう」

拍子抜けした気分で境内の中央付近まで戻ったときである。背後から「すみませんが」と声がした。驚いて振り返ると三十年配のカップルが神妙な表情で近づいてきた。

「あなた方、あの建物の周りを調べていましたね」

髪を七三分けした銀行員のような風体の男が、雅人に鋭い視線を注ぐ。

「え?　そんなことないですよ」

思わず否定したとき、斜め背後から新たな人影が迫った。先の二人よりやや年配の目つきが悪い男だった。その男が脇に忍び寄ったとき、七海がすがるように雅人の腕をつかんだ。とっさに後ろ手で七海のカラダを庇いながら雅人は目一杯虚勢を張った。

「あなたたちは誰ですか？」

その言葉を無言で受け流した男は、おもむろに身分証を示した。

「警察ですが協力していただけませんか？」

「何の協力ですか？」

「今、あの建物をお調べになっていたようですが何か理由があったんですか？」

「調べていたわけじゃありませんよ」

「何をされていたんですか？」

「何って……用を足していたんですよ」

それを聞いた年配男は辟易としたように口をゆがめた。

「とにかくお聞きしたいことがありますのであちらまでご同行願います」

《こいつら本当に警察官か？》

三人の姿が札幌の事件の暴漢と重なり、不信と不安が膨れあがる。

「あっちって、どこまで行けばいいんですか？」

「行けばわかります」

年配男の目に凶暴な光が射したとき、観光客らしき中年女性が四人、ボソボソと話しながら歩いてきた。雅人はそれに力を得て年配男の視線に抗《あらが》った。

「行かないといったら、どうします？」

「しかるべき手段をとらねばなりませんよ」

「強制連行ってわけですか？」

「公務執行妨害罪になりますが、それでもいいんですね？」

「どうして……」

雅人が男から顔を背けたとき、背後から七海の毅然とした声が聞こえた。

「あなた方は警視庁の方ですか、それとも静岡県警の方ですか？」

三人の目が七海に注がれる。次の瞬間、真ん中の女性が敵意を露《あらわ》にして七海を睨んだ。

「なぜ、そんなことお聞きになるの？」

「本当の警察なら所属を隠す必要はありませんよね」

七海も負けていない。雅人は再び後ろに手をまわして庇おうとしたが、七海はその手をおしのけて、女性に詰め寄った。

「鉄道警察隊の田所警部、ご存知？」

三人の顔に戸惑いが走る。

「どうしてその名前を？」

年配の男が目尻を下げて七海をのぞきこんだ。

「ご存知なんですね。それでしたら田所警部に連絡して竹崎七海という名前を確認してみてください。それができればあなた方を警察官だと信じます」

「確認も何も……田所警部はすぐあちらにおられます」

年配男は呆気にとられた顔で応えた。

「いらっしゃるんですか？　それなら私たちも一緒に参りますわ」

何のことはない、カシオペア事件を担当する鉄道警察隊も『シノウミ』のアナグラムに気づき、密かにこの場所を監視していたようである。

＊

事前連絡を受けた田所警部は、蓮着寺からほど近い伊豆海洋公園の管理室で二人を迎えた。

「竹崎さん、本日はどのようなご用で？」

バツが悪そうに白髪まじりの頭をかいた。

「たぶん警部さんたちと同じですわ」

七海は少しもひるまず毅然と答えた。鼻で笑った警部は、「まあどうぞ」と椅子を勧め、

「同じと言いますと？」

「シノウミという言葉の解釈です。警察も私たちと同じように、篠海の青椿堂や灯明台に着目されたんでしょう？　いつから監視していらっしゃるんですか？」

「いつからと言われてもねぇ」

「何か成果はございました？」

警部の表情が険しくなった。

「そんなことより、民間の方にこんなことされては困るんですよ。捜査にも支障があります」

「あら、私たちは旅行代理店の人間ですよ。仕事で観光地の調査をしていただけですわ」

七海の抵抗に警部はゲジゲジ眉をハの字にゆがめ、ギョロ目を細めてため息をついた。

「竹崎さん、そんなお芝居はやめませんか。これはあなたも関係した事件の捜査ですよ」

その表情につられ、七海の横顔に笑みが浮かぶ。

「私たちも確証があったわけではありません。ですから不確かな情報で警察の手を煩わせるのもためらわれたものですから」

「こういうことはまず我々に言っていただかないと。ほれ、あなたのお姉さんが襲われた札幌の事件、あんなこともありますのでね」

どうやら竹崎由布子の襲撃事件が、カシオペア事件の捜査に影響しているようである。

雅人は二人のやりとりに割って入った。

「警察は札幌の事件とカシオペア車内の事件の関連性を疑っているんですか？」

すると警部は眉間のしわをぐっと深めた。

「捜査の内容はお答えできません。いずれ正式発表がありますから、それでご判断ください。それと、今後このような行動は謹んでください。何か思いついたことがありましたら、まず自分に連絡してください。とりあえずきょうはお引き取りいただいて結構です」

「わかりました。お手数をおかけしました。じゃあ竹崎さん、行きましょう」

そう言って雅人が立ちあがったとき、「竹崎さん」と警部の声が追いすがった。

「ほかに隠していることはありませんね？」

一瞬、七海の視線が揺れる。しかし彼女はすぐに平然と返した。

「何もありませんわ」

「そうですか。それならけっこうです」

憮然と言った警部は、入り口近くの椅子で待機していた女性警官に「お送りして」と顎で命令した。

三

「警察も気づいていたんですね」

エンジンをかけた雅人は、助手席で暗然とうつむく七海に声をかけた。

「ええ、警察も手をこまねいていたのではなかったのね」

「でも成果はないみたいだったから、篠海のアナグラムは見当はずれだったのかな？」

「まだわかりません。警察の監視は姉の事件が起きてからのようですし」

「それでも一週間近くああしているわけでしょう？　その間、青椿堂にも灯明台にも何の発見もないってことですよ。これじゃあ灯明台へ行ってもしょうがないですね」

「そうですね……」

悄然と目を伏せた七海を励まそうと、雅人は意識して陽気な声で言った。

「それより竹崎さん、おなかは減っていません？」

七海はニコッと笑んで顔を上げた。

「そうですね。お昼もまだですものね」

「帰りは海沿いの国道を走って適当な店を探しましょう！」

雅人は明るく言って車を発進させた。

城ヶ崎海岸から熱海へ向かう国道135号線は、途中に川奈《かわな》や伊東《いとう》などの老舗温泉地や海水浴場が点在し、シーズンの土日ともなれば行楽客の車がひしめく道である。しかし梅雨を控えた六月の中旬、安穏と輝く相模湾を望む午後の国道は交通量もまばらで、首都圏の大観光地のイメージとはほど遠い寂れた海浜リゾートの風情が漂っている。

やがて雅人は高台にあるレストランに車を入れた。ランチの時刻を過ぎた店内は閑散としており、海を一望する特等席が待っていた。

「きょうはお疲れさまでした」

水のグラスを掲げた雅人は乾杯のポーズをした。

「大前さんこそお疲れさまでした。本当に意外な展開でしたわね」

七海もグラスを掲げる。

「面白い経験でしたよ。それより竹崎さんがあんなにしっかりしているとはねぇ。これじゃあ暴漢に出くわしても助けられるのはオレの方かもしれませんね」

「あら、そんなことありません。内心はビクビクでした。でも乾杯できるような成果はありませんでしたわね」

「いやぁ、竹崎さんの逆襲に警察もたじたじでしたから今回は竹崎さんの勝ち。つまりは警察の完・敗ってわけです」

「あら、乾杯のシャレ？　へえ〜大前さんもオヤジギャクを言うんですね。でも本心はアルコールで乾杯したいんじゃないですか？」

「アルコールは嫌いじゃありませんけど運転がありますからね。竹崎さんを送り届けたら、部屋でゆっくりやりますよ」

「それでしたら市川の方へ直接行ってください。そこからは自分で運転しますから」

「そんなわけにはいきませんよ。竹崎さんを送り届けてから電車で帰ります。ところで竹崎さんのお住まいはどちらなんですか？」

グラスを口に運びかけた七海の手がとまる。

《やばいこと聞いたかな》

雅人は目を伏せた七海を神妙に見つめた。七海はゆっくりとグラスを戻し、大きな目に怪しい光を浮かべた。

「大前さん、よろしかったら私の部屋でもう一度乾杯しません？」

「え!?」

「私、ワインに凝っているんです。モーゼル産のおいしい白ワインがありますから、きょうのお礼にご馳走しますわ」

「い、いいんですか？　そりゃあ感激だなぁ」

「ええ、大前さんを信頼していますから」

それが七海の本意なのか、それとも形式的なガードなのか、瞬時には測りかねた。しかし雅人の心はウインドウの向こうに広がる相模湾の水平線を越え、夢の世界へと飛翔していった。

＊

七海の住まいは渋谷区の猿楽町の一角、瀟洒なマンションの一室だった。二十畳以上ありそうな広いリビングに振りわけの個室がついた2ＬＤＫで、渋谷駅へも徒歩圏内である。

「高そうな部屋ですね」

思わずもらした下世話な感想に、七海は「え？」と戸惑いを浮かべたが、雅人をソファへと促しながら「姉のモノなんです」と乾いた声で言った。

「お姉さんが所有しているんですか？」

「ええ、個人所有のマンションですけど、会社が社宅扱いにしていますから家賃はほとんどかかりません」

「羨ましいなぁ。オレなんか狭い１ＬＤＫですからね」

「あら、独身ならその方が気楽でいいわ。一人でこの部屋は、使いきれませんもの」

笑顔を取り繕った七海は「ちょっとすみません」と言い、ソファの背後の個室へと姿を消した。

《あっちが寝室なのか》

長いソファの端に座った雅人は、七海が消えた扉の奥を想像しながら広いリビングを見まわした。

ソファの正面には大型の薄型テレビが据えられ、その両脇を囲むガラス製のシンプルな棚にはハイテックなデザインの時計、電話機、照明器具などがさりげなく置かれている。個室との仕切り壁には、白い物入れが配されているが、何が入っているのかはわからない。ただ物入れの上には外国製らしい人形が四体ならび、そのあたりだけが女性の居住まいらしい空気に包まれている。

来客を意識してか、リビングには生活を感じさせるようなものは見あたらない。ただしワインに凝っているという言葉を裏づけるように、キッチンとの間仕切り部分に中型の冷蔵庫ほどもあるワインセラーがあり、ボトルがぎっしりならんでいた。

ゆったりしたブラウスに着替えた七海は、そのワインセラーから一本を抜き取り、雅人とは反対側の端に座った。

勧められた白ワインは、アルコールを感じさせない透明な香りと引き締まった舌触りがあった。香りが鼻に抜ける瞬間、ほのかな甘みが舌を伝わるが、あとは香りの余韻のなかに潔く消えていく。

乾杯のあと、七海は冷蔵庫から大きな包装袋をいくつか取り出し、テーブルに広げた。包装の中身は一斤の丸いライ麦パンとブロックのチーズ、そしてローストビーフだった。七海はそれらの食材を薄っぺらな樹脂製のマナ板の上でスライスした。

「ライ麦パンのサンドイッチですか？」

「ええ、この白ワインはお肉にも合うんですよ」

七海は食材を重ねたサンドイッチをひとくちサイズに切り分けた。

なるほど、厚めに切った肉とチーズを挟んだライ麦パンのサンドイッチは白ワインの香りとしっくり溶け合い、その旨さが倍増する。

飲みながら、食べながら、七海は巧に雅人の話をねだった。酔いも手伝ってか、雅人は次第に饒舌になる自分を自覚できないまま語った。ただ二年前の離婚のことに話がおよんだときは、さすがに《しゃべり過ぎかな》と冷ややかな焦りが脳裏をよぎったが、その場の勢いに身を任せ、仕事で家に戻れなかった自分と相手との生活時間や家庭感覚のズレや、そのあげくの醜い葛藤の日々を、つい話してしまった。

七海は、意識してか、自分の仕事のことや個人的な話題には触れなかった。しかし雅人が七海の出身地を聞いたとき、暗澹《あんたん》と顔を伏せ、躊躇《ためら》いがちに自らを語った。

七海が生まれたのは三重県の鳥羽市である。しかし中学生のときに両親が亡くなり、それ以後は東京にいる姉の手で育てられたという。両親が突然の交通事故で亡くなったとき、すでに東京で勤めていた姉の由布子は、都心に購入したマンションに妹を引き取り、高校・大学と生活の面倒をすべてみてくれた。

当時、姉の由布子はまだ二十代の前半である。いくら大手の四季観光産業に勤めていようと、都内にマンションを買い、妹を私立の大学にまで入れるほどの収入があったとは思えない。七海は実家の家屋敷を売り払ったお金で賄ったと言うが、雅人は、業界の麗人として名を馳せる竹崎由布子の背後に、四季観光産業の会長・長嶺善季の影を見てしまう。

結局、二本のワインをあけるのに一時間、期待していたような艶事もなく、雅人は帰途についた。別れぎわ、アルコールで薄紅色に目を潤ませた七海が「きょうは、ありがとうございました」と手を差し出したとき、《このまま抱きしめたら》という衝動が走った。しかし業界の倫理を犯す大罪の予感が、その衝動に冷水を浴びせ、雅人はかろうじて自分を制した。

複雑な気持ちを抱えたまま渋谷駅まで夜の街を歩く。

渋谷駅は若者に占領されていた。時刻は既に十時をまわっているが、週末の夜を楽しむ若者にはまだ宵の口である。十数年前まで雅人もその一角にいた。しかしそのころにくらべると男も女もファッションへの気遣いや力の入れようが違う。

大学生の雅人がこの街を闊歩していた頃、世の中はバブル崩壊の余波に揺れていた。企業倒産が相次ぎ、若者は就職氷河期に凍え、厭世的な空気が蔓延していた。この街にも化け物みたいな女子高校生がうようよし、さながら世情の憂さを晴らす掃きだめの様相さえ帯びていた。しかし昨今の若者は格段にセンスがよくなり、上品になっている。

変わらないのは、アスファルトの歩道から立ちのぼる饐《す》えた臭いと構内に充満する青臭い人いきれだけである。しかしそれすらも上品な若者を染めあげる力はない。彼らは、まるで観光地に群れ寄る旅人のように、渋谷と名がついた空間を楽しみ、去っていく。

雅人はJR山手線で代々木まで行った。渋谷からひとつ先の原宿駅ではカラフルな人波がどっと乗り込み、華やかで幼い喧騒が車内に蔓延する。しかし代々木駅で乗り換えた総武線には、疲れたサラリーマンの異臭が漂っていた。土曜だというのに不況に喘ぐ企業戦士には一時《いっとき》の休息も許されないようである。

《離婚する前の自分もこんな状態だったなぁ》

雅人は数年前の自分を想った。

酔いに任せて七海に話してしまったが、旅行業界の厳しい実情を知らない女には……ことに将来の夢を平穏で幸せな家庭に描いている女性には、過当競争に生き残りをかける業界のシビアさなど理解できるはずがない。子供はまだ早いという雅人の慎重さも、己の夢にフタをする疎ましい男のわがままとしか映らなかったのだろう。

それにくらべ、同じ業界の第一線にいる七海には、どこかに肌で理解し合える共鳴感のようなものがある。

ドアの脇に立ち、流れる都会の夜景を見ながら、雅人は、競合会社の役職との関係を正当化する理由をあれこれ考えた。しかしどう考えてもビジネス倫理を正当化する理由は見つからない。逆にそのことが七海との関係をスリリングな快感へと導くのかもしれない。
《こりゃあ覚悟がいるな》
七海の華奢《きゃしゃ》な手の感触を思い起こし、雅人は疼くような破戒の予感を抱いた。

# 第五章　著書の秘密

## 一

「大前よぉ、則尾のやつ、どうなってるんだ!?」

手塚部長は月曜の朝から苛立っていた。

「オレも心配してるんですけど、こちらからの連絡がとれないものですから……」

「札幌の支店長にもう一度頼んでみろよ」

「そのつもりです。このあと連絡を入れようと思ってます」

「あいつ、今月中に三つの紀行文なんて書けるのか？　あと一週間しかねえのにさ。もしこの企画が滑ったら大前の課も危ねえぞ。よくて団体旅行企画との統合、悪く転べば廃止って可能性もある。それに媒体編集部だって縮小ってことになるかもしれねえしな」

手塚はいつになく深刻な面持ちで、小さな吐息をもらした。

フルムーン旅行のパンフレットは、従来のパック旅行用とくらべて十倍以上のページ数が予定されている。商品パンフは商品販売の支援ツールであり、それ自体での採算性は問われないが、今回の場合、紀行文やそれに関連する写真などを含め、小規模なガイドブックに匹敵する予算を要する。編集媒体部では、編集制作にかかるソフト部分の予算を全国のJR各社や旅行関連グッズメーカー、さらにはプラン中で選択させる宿泊施設やオプション関連などの広告収益で賄う計画である。本来ならば首都圏に配布する約五千部の印刷費用もスポンサーに依存したいところだが、昨今の経済情勢では編集制作費を得るのが限界で、印刷費はフルムーン企画の営業利益に頼らざるを得ない。

当初、広報宣伝計画の目玉だったテレビ局とのタイアップ計画も、低迷する経済情勢の影響でメインのスポンサー確保が難航し、保留の状態である。最後の頼みは雑誌社だが、手塚部長は営業部長や国内旅行企画部長などと連日のように雑誌社へ出向き、タイアップ企画やパブリシティ掲載の交渉に汗を流しているようである。

問題はそれだけではない。米国のリーマンショックに端を発した金融不安は、世界的な経済不況を巻き起こし、この夏以降の海外旅行需要もかつてないほど深刻な状況が予想されている。頼みの綱は経済発展著しい中国からのインバウンド需要であるが、それも国内旅行代理店各社はもとより、現地中国の旅行代理店との熾烈な争奪戦に晒《さら》され、なかなか思うような成果はあがらない。そんな渦中にあって今回のフルムーン企画は、いわゆる勝ち組と呼ばれる熟高年層の新たな国内旅行需要を発掘し、独占できる可能性を秘めた企画であり、商品単体の収益性も、薄利多売合戦にしのぎを削るパック旅行とは比較にならないほど高い。つまり今回の企画は国内FT企画課の下半期の戦略商品というだけでなく、次年度の課の予算さえも左右する重要なエレメントなのである。部員たちから『深慮なき結果オーライ』『若年性アルツハイマー』などと陰口をたたかれる手塚部長ではあるが、経営にタッチする立場からすれば、商品の売上に影響する紀行文への想いは、期待というレベルを超え、神だのみに近いものがあるだろう。

「すぐに札幌支店に連絡を入れます！　あとは任せてください！」

はけ口のないストレスに懊悩する手塚を、雅人は精一杯の明るさで励ました。

＊

札幌支店長から報告があったのは課員がぼちぼちと帰り支度をはじめる夕刻だった。

――いやあ、則尾さんの体力はたいしたもんですね。

開口一番、菅原支店長は則尾の回復ぶりに感嘆した。

「退院の目安はどうでした？」

――本人はあしたでもＯＫと言ってました。あとは医者の判断ですわ。

「紀行文については？」

――心配ないと言ってました。大前さんにもそう伝えるようにということです。

《心配ないって言ってもなぁ》

手塚部長の心痛だけではない。自社の経営内情を知っている雅人自身の意識にも先行きへの不安が慢性的な痛みとなって滞っている。

ふいに七海の顔が浮かんだ。

もし七海と深い関係になり、そのままSTBへ転職したら……先週の土曜日、自宅へ帰る総武線のなかで考えた正当化の理由のひとつであるが、それは宝クジを買うときの、当たりの予感にも等しい大いなる夢想のような気もする。

そう考えると、三大秘湖のプランで行った北海道下見から二ヵ月足らず、突如として身に迫った非日常的な出来事に、慢性化した日常から脱する夢想を抱いたのも一時《いっとき》の錯覚ではないのかと、恐怖感にも似た自嘲さえ湧いてくる。ただ、南国の花を彷彿とさせる七海の香りだけが奇妙なリアル感で意識にへばりつき、雅人を非日常の世界へと誘っていた。

「課長、お先に！」

突然、鼓膜を殴りつけるような声がして雅人は椅子から転げ落ちそうになった。背後から忍び寄った美悠が、いつもの茶目っけ攻撃を仕掛けたようである。

「な、何だよ！」

「やだぁ本気でビビってる！」

美悠は小バカにしたような上目で雅人を見た。

「いい加減にしろよ！」

「課長、何を考えていたんですか？」

「べつに何も考えちゃいないよ」

「嘘ばっかり、則尾さんのことでしょう？　午前中も手塚部長からさんざん言われたんでしょう？

でも、それっておかしいですよね。則尾さんを抜擢したのは媒体編集部ですよ。それにパンフレットの制作や広告営業なんかウチの課と直接関係ない仕事じゃないですか。それなのに課長が編集会議や広告営業に引っぱりまわされるなんて変ですよ」

「この企画はウチの課が中心になって進めているんだからしょうがないさ」

美悠はふ〜んと不満そうにうなずき、

「話は変わりますけど、あの件、どうなりました？」

「あの件って？」

「シノウミニコイですよ。カシオペアの」

「ミュウちゃん、それはこれだよ」

雅人は慌てて口にチャックをするポーズで警告した。

「そっか……」

美悠はおずおずと室内を見まわした。すでに大半の課員は退社し、課内には二人の残業組みしかいない。その二人も早く仕事を終わらせようとパソコン作業に没頭している。

それを確認した美悠は、近くのイスを雅人のデスクに引き寄せ、ちょこんと座った。

「あれから私も調べてみたんですけど、あのダイイングメ……じゃなくて、あの言葉って、もしかしたら公害や自然破壊に関係あるんじゃないですか？　だってカシオペ……じゃない、あの路線の出発地は北海道ですよね。それに例の女性が興味をもっていたのは三大秘湖でしょう？　三大秘湖といえば自然環境保全の代表格のイメージがあるじゃないですか。あのとき課長が言ったことはけっこういい線をついてたと思うんです。それに今回のあれも札幌でしょう？　両方とも四季観光産業がらみだし、もっと言えばＳＴＢがらみです。だから北海道の環境破壊問題に関係した事件なんですよ」

「へぇ〜そんなこと考えていたの？」

「私が思うに、あの議員と官僚の二人が怪しんいんです。ネットで調べたら、あの二人は現役時代、北海道の農業行政や開発行政のリーダー的な存在だったようです。そのころ北海道の環境破壊に関する何かを仕掛けたんじゃないでしょうか？　たとえば四季観光産業の北海道開発に特別な便宜を図る不正のようなもの……三大秘湖を埋め立てて大規模農地を開発するような、そんな政官財が癒着した利権供与みたいなことです」

「三大秘湖は国立公園内だよ。そんな利権は法律違反だし、もしそんなことがあれば環境保護団体だって黙っちゃあいないさ」

「だからぁ！」

美悠はくっきりした目を丸くし、じれったそうに言った。

「あんなことになったんですよ。自然保護活動はある意味で反体制運動じゃないですか」

「そりゃあ偏見だ。ミュウちゃんだってこの業界にいるんだから、環境保護問題への造詣《ぞうけい》は一般の人より深いはずだろう？　自然保護団体が設立された初期に、純粋な自然保護運動に転進した左翼団体があったから、そんな偏見的なイメージが生まれたんだよ」

「そのことは知ってます。だから国内の話じゃなくて海外の話ですよ。あの女性だって米国籍でしょう？　上野の管轄の話では、名刺にあったファンドは存在しないし、女性の身分も怪しいってことでしたけど、外国籍であることは間違いないと思うんです」

「海外ねぇ」

「課長、グリーンピースって知ってます？」

「知ってるさ。えんどう豆だろう？　ご飯に炊き込むと旨いんだ、これが」

「真面目に話してるんですか！」

美悠は心外と言わんばかりに雅人を睨んだ。

「冗談だよ。世界的なNGO組織で自然保護団体の名前だろう？　日本の捕鯨に反対して、けっこう過激な行動をとっているしね」

「それじゃあ、グリーンピースに関するFBIの資料って知ってますか？」

「FBI？　アメリカのFBIか？」

「そうですよ。Federal Bureau of Investigation の略、つまり米国連邦捜査局のことです」

さすがに英文科の出身だけあってネイティブのように流暢な発音である。

「ミュウちゃん、英語の発音はさすがだね」

「そんなことよりFBI資料のことはどうなんですか？」

「そんなの知らないよ」

「私も今回のことで調べたんですけど、二〇〇五年に米国のＡＣＬＵ、つまりAmerican Civil Liberties Union っていうアメリカ自由人協会が、米国の情報公開法に基づいて入手したＦＢＩ資料で、グリーンピースがＦＢＩから国内テロリズムの団体として監視されてる団体だってわかったんですよ」

「テロリズム団体？」

「そうですよ。あくまで監視対象の団体ってことですけど……ほら、以前に青森県でも事件があったじゃないですか。捕鯨問題を告発するグリーンピースが組織的に運送会社の倉庫から鯨肉の宅配物を窃盗したって事件、覚えてませんか？」

「そんなニュースを見た記憶はあるけど……」

「ネットの情報では、この事件の捜査や逮捕には、青森県警だけじゃなくて警視庁の公安部が関わっていたらしいんです。ということは日本国内でも公安当局の監視対象になっているってことですよ」

「ミュウちゃん、よくもまあ……」

雅人は心底感心した。美悠の推理に、福田のＣＩＡ説に劣らない説得力を感じたからである。

《ＣＩＡ、ＦＢＩ、警視庁公安部か……》

三つのワードを思い描いていると、美悠が雅人の方に顔を近づけた。

「本当に重要なのはここからなんですけど、そのグリーンピースの資金は……」

「ミュウちゃん、ちょっと待て。夕飯をおごるから、そこでゆっくり聞かせてくれない？」

とたんに美悠の顔が上気する。

「まじですかぁ！　やったぁ！　またドームホテルのレストランですか？」

「巨人戦のナイターがあるからあの近辺は混んでるぜ」

「残念でした。きょうは月曜だからナイターは休みですよ」

勝ち誇るように美悠は華奢な顎を突き出した。

＊

結局、前回と同じレストランを奮発する羽目になったが、今回は口止め料ではなく講演料である。美悠もそれを意識してか、メニューの最上部に誇らしく記されたフィレ肉のプロバンス風ソテーのディナーコースを、さも当然といった顔で注文した。

《調子に乗るなよ！》

やや癪《しゃく》に障ったが、料理を味わいながら聴いた話は、その出費に見合うどころか、お釣りがくるような内容だった。

「これは私が調べた資料からの内容ですけど……」

美悠はそう前置きして講演を開始した。

それによると、グリーンピースの活動資金は原則として活動を支援する世界の会員・約四百万人からの会費とされている。しかし二〇〇五年、グリーンピースの創設者の一人である環境学者のパトリック・ムーア博士が来日した折、そのシンポジウムで資金源に関する驚くべき発言があった。

その発言とは……設立当初のグリーンピースは会員の会費が主な資金源だったが、そのうちにロックフェラーなど巨大財団から資金を得るようになり、やがて資金源の八割を占めるようになったという報告である。博士自身はすでにグリーンピースの活動から離れているが、創始者の一人である博士の発言にはかなり信憑性がある。

「だからカシオペア事件の女性の名刺にあったMAファンドっていう怪しいファンド、上野分駐所の警察官も、そんなファンドは存在しないって言ってましたよね。でもグリーンピースの資金源がロックフェラーなどの金持ち財団だとしたら、MAファンドという金融に絡んだ架空の団体名を使ったのも何となく納得できるんです」

そのあと美悠は、「それにしても、あのときの警察官、田所警部って言いましたっけ？　まじムカつく！」と憎々しげにつけ加えた。

土曜日に城ヶ崎海岸の伊豆海洋公園で見たゲジゲジ眉のギョロ目が思い浮かび、雅人は苦笑いしてしまった。

「何がおかしいんですか？」

「いやぁ、ミュウちゃんの推理力に圧倒されただけだよ」

まんざら嘘ではない。美悠の話には福田の説と天秤の両皿でつり合うほどの重さがある。ただしその重さは、あくまで一般人の推理としての質量であり、MAファンドの実態らしきものや北嶺観光開発に巨額の投資があったというブラックジャーナリズムの情報とは別の次元にある。しかし、この推理は福田や則尾に話してみるだけの価値はあると思った。

満足そうに笑んだ美悠はフィレ肉の最後のひとかけらを頬張り、「それとですね、もうひとつの可能性は……」と口をもごもごさせながら話しはじめた。

第二幕はＦＢＩとＣＩＡに関する講演だった。

ＦＢＩ（米国連邦捜査局）とは米国司法省下の組織であり、州を越える犯罪や複数州に渡る犯罪の捜査をはじめテロ・誘拐・スパイなど国家に対する重犯罪や連邦職員の犯罪の捜査を担当する機関である。これに対しＣＩＡ（アメリカ中央情報局）とは、大統領が直轄する米国の諜報機関であり、米国に関連する情報の収集や分析、さらには米国の利益に根ざした対外工作を遂行する機関である。

二つの組織の概要を話した美悠は、デザートのシャーベットを舌にのせ、さも満足そうに事件の構図を語った。それは次のようなものである。

衆議院議員の亀山と元キャリア官僚の白石は北海道の開発に関して四季観光産業に便宜を図った。しかしそれを阻止しようとした自然保護団体の刺客によって殺害されてしまった。その自然保護団体をテロ組織と位置づける米国政府は、警視庁の公安部からの依頼で実行犯の殲滅《せんめつ》を図った。それがオコタンペ湖とカシオペア車内で殺害されたＭＡファンド調査員の肩書きを持つ人物ということである。

「私がＦＢＩとＣＩＡの違いを言ったポイントはここなんですよ。ＦＢＩは米国内の重犯罪捜査がメインだから、実行したのは対外工作をするＣＩＡっていう構図なんです」

カシオペア車内で死んだ張ミラー淑美に関する推理は福田説と対立するが、ここまで事件の構図を描いた美悠の探究心は感嘆に値する。

「だからですね、『死の海に来い』という言葉は、自然環境破壊の現場に来れば政官財が癒着した北海道の開発実態がわかるっていう、呪いを込めたメッセージだと思うんです」

「なるほどねぇ。たしかに説得力があるな」

「私だってぼうっと生きてるわけじゃないんですよ。本当はこんなスリリングなことが大好きなんです。推理小説も読みますし、サスペンスドラマだって見てますよ」

美悠は誇るように笑んだ。それは、課の独身男どもの淡い恋心を一手に引き受けるアイドルとは違う、クレバーな大人の女性の笑みだった。その顔を見ているうちに、七海が伊豆行きの車中で言った『大切にしてあげてくださいね』という言葉がよみがえった。

《彼女はどういう意味で言ったのだろう？》

漠然とした疑問とともに、南国の花の香りが鼻腔の奥をくすぐった。

そのとき、まるで雅人の妄想を見透かしたように美悠が聞いてきた。

「竹崎先輩からの連絡はないんですか？」

「え!?　どうして？」

面食らって頓珍漢《とんちんかん》な応えをした雅人に、美悠は「もう～」と呆れ、

「プライベートナンバーを交換した仲でしょう！」

「な、何言ってるんだよ……そんなのたいした問題じゃないよ」

「どうしてそんなに取り乱しているんですか？」

「取り乱してなんかいないよ。急に聞かれたから驚いただけさ」

「連絡はしてないんですか？」

「札幌の事件のときに報せを受けたけど、そのときに話したぐらいかな……」

美悠の栗色の瞳に嘘を読まれてしまいそうな気がした雅人は、その視線を避け、デミタスカップの底に残っていたコーヒーをぐっと飲み干した。

「竹崎先輩、事件のことはどう言ってたんですか？」

「どうって……お姉さんのことを心配していたけどね」

「それだけですか？　私、もっとまめに連絡しているのかと思った。課長はあまり積極的じゃあないんですね」

「どうしてオレの方から積極的に連絡しなけりゃならないんだ。相手はライバル会社の役員だぜ。それに……竹崎さんってけっこう謎めいた部分があるだろう？　それほど話したわけじゃあないけど、よくわからないっていうのが正直なところさ」

雅人の抗弁をふ〜んと聞き流した美悠は、ふいに暗澹とした表情でうつむいた。

「課長は感じているんですね」

「え！　何を？」

「竹崎先輩のことですよ。こんなこと言うと誤解されそうでいやなんだけど……竹崎先輩って確かに危険な部分があるかもしれません。危険というより、見えない暗部あるっていうか、私がＳＴＢへの誘いを断ったのも、ひとつは竹崎先輩のそういった暗部に不信感があったからなんです。何だか怖いような気がして……」

「怖いか……」

美悠の表現が妙にしっくりと七海の輪郭に重なる。それは七海自身への怖さではなく、そこへ傾倒する自分自身の、先が見えない未来への怖さだった。

＊

その夜、裸になってユニットバスに入ろうとしたときテーブルの携帯電話が鳴った。雅人は腰にバスタオルを巻いたまま携帯電話を取った。

《則尾さん！》

慌てて通話ボタンを押すと、雅人の狼狽を嘲《あざけ》るようにひょうひょうとした声がした。

――いやぁ、わるいわるい。きょうの午後、菅原支店長にも伝えておいたけど、聞いた？

「則尾さん、そんな呑気なこと言ってる場合じゃないですよ！」

――べつに呑気でもないよ。

「連絡がないってのは困ります」

――好きでこうなったわけじゃないんだから、あまり責めないでくれよ。この電話だって、痛む体にムチ打って、病院の外へ出て、かけてるんだからね。

「本当に困っているのはオレよりも手塚部長の方ですよ」

――あいつにも心配かけたけど、さっき退院の許可が出た。あしたの夜には東京へ戻るよ。

「紀行文は締め切りに間に合うんですか？」

――任せておけ。ストーリーの構成はほとんどできてるから一週間で仕上げるよ。

「期待してますよ。それと手塚部長にも連絡を入れておいてくださいね」

――このあと入れるよ。ところでこの土日に伊豆へ行った？

「行きましたよ」

――手塚と？

「いえ……」

――単独で!?

「いえ……」

――もしかして、竹崎社長の妹とランデブーか？

「ええ、まあ……」

――何だよ、ボクの忠告は無視かぁ。

「彼女がどうしてもって言うもんですから、断る理由もないし」

則尾は「はぁ～」とわざとらしいため息をついた。

――今さら責めてもしょうがないし、こうして話しているのは無事な証拠だし、まあいいや。それで現地はどうだった？

「青椿堂は単なるトイレで、変わったところはありませんでした。でもトイレを出たとたん警察から職務質問されました。上野分駐所の警部もあそこを監視していたみたいです」

――やっぱり警察も感づいてたか……。それで警察の様子はどうだった？

「警察では札幌の事件と関連づけて、事件があった日から一週間近く張り込んでいたようですが、成果はないみたいです」

――ということは、篠海のアナグラムは的外れだったのかなぁ……まあ、詳しいことは戻ってから聞くよ。

「福田さんはどうしてるんですか？」

――たまに病院へ顔を出すよ。忙しく動いているようだけど、いろいろと面白い報告も受けている。きょうも面会時間ぎりぎりに来たんだ。ボクの退院許可を知って、あした一緒に戻ることになったから、あさってぐらいに福田の事務所へ集合しようか？

「紀行文の方は？」

——だからぁ、あしたからきっちり一週間で書くって。

「今回の企画には社運がかかっているんです。だから手塚部長のストレスもすごくて、死にそうですよ」

——わかったわかった、あいつの面目を躍如する紀行文を書くよ。とにかく、このあと手塚にも連絡を入れておくからね。

則尾は逃げるように電話を切った。

## 二

翌々日の夜、雅人は錦糸町駅で下車し、福田の事務所に向かった。

前夜、錦糸町への召集を促す電話で、則尾は思わせぶりなことを言った

——福田が面白いものを手に入れたんだ。一気に核心に迫れるかもしれない発見だよ。それにさあ、ボクとしても札幌の事件にはちょっと引っかかることがあるんだ。

その撒餌《まきえ》に嵌《は》められたとは思わないが、仕事を気にかけながら福田の事務所へ向かう足は重かった。錦糸町の裏小路には、飲み屋や風俗店の怪しい原色のサインがひしめき、演歌からポップスまでごちゃ混ぜにした音が奇妙な和音を奏でている。そこを黙々と歩いているうちに、まるで御伽話の世界を彷徨っているような気分がして、雅人は鼻で吐息しながら空を見上げた。ネオンの光彩の

はるか上空にある偏狭な六月の空は、暮れ切れないジレンマに鬱々と悶えているように見えた。

十日振りに逢った則尾は哀れな姿だった。ギブスが取れていないため、左腕を胸に固定したまま大き目のTシャツで胸元をおおっている。

「則尾さん、それでパソコンが打てるんですか？」

「腕の固定は外へ出るときだけさ」

平然と言う則尾を、福田がじろっと睨んだ。

「大前くん、こいつは入院中、風呂にも入れなかったんだ。だから飛行機のなかでも臭くてな。夕べ俺が会員になっているスパへ連れて行ってアカスリを頼んだ。と言ってもギブス以外のカラダと頭を洗う程度だけどな。そのおかげで多少人間らしくなった」

福田は北海道のときのカジュアルな服装とは打って変わり、ライトグレーのサマージャケットに紺のストライプがはいったワイシャツを着ていた。浅黒く日焼けした顔が北海道の大地を駆けまわったことを物語っている。

「それじゃあ、はじめようか」

福田は野性味が増した顔に笑みを浮かべ、ぽんと膝をたたいた。

「まずは大前くんから伊豆の報告をしてくれないか」

雅人は促されるままに城ヶ島海岸での顛末を語った。ただし七海の部屋へ寄ったことなど彼女に関することは意識的に省いた。

「警察の網に何もかかってないとしたら篠海の件は諦めた方がよさそうだな」

ひととおりの話を聞いた則尾は気難しい顔で腕組みをした。

「一緒に行った竹崎さんは、たった一週間程度じゃあ結論は出ないと言ってましたし、オレもそう思います」

しかし則尾は「うん」とうなずき、「彼女のことなんだけどさぁ」と物憂げな表情でつぶやいた。

雅人は思わず身構え、あらん限りの言い訳を用意したが、則尾は言いかけた言葉をのみこみ、「あとでもいいか」と勝手に話を引いてしまった。雅人は七海の話題から遠ざけようと美悠の話を持ち出し、先日聞いた彼女の推理を二人に披露した。

「こりゃすごい！」

福田が大声をあげて感嘆した。

「大前くん、とんでもない部下を持ったな！　幾つぐらいの女性なんだ？」

「たしか二十六だと思いますけど」

「その年齢でこの推理か。俺のブレーンに欲しいぐらいだ」

それを聞いた則尾が待ってましたとばかりに目を輝かせる。

「ミュウちゃんていうんだよ。かわいい娘《こ》だぜ」

「へぇ〜猫みたいだな」

「そうなんだよ。見た目も子猫みたいなイメージでさ、ハーフのハイスクール学生って感じ？　ボクがもう少し若かったらアタックするんだけどな」

則尾はにんまりと腕を組んだ。それを見た福田は「ほぉ」と目を開き、

「気がありそうな口振りだな。いいじゃないか、二十歳の差があるカップルなんてざらにいるぞ」

「年齢差はまだ十八だよ。でも、そう言われれば確かにそうだよな」

「おい、何を真に受けてるんだ。冗談に決まってるだろう。おまえは怪しげな三十路女《みそじ》をたらし込んでいるのがお似合いだよ」

「ちぇ、福田だって奥さんに隠れて適当に遊んでるじゃないか」

「俺のは遊びじゃない。仕事上の情報収集だ」

「じゃあボクのも仕事上のマーケティング、三十路女性の意識調査ってやつさ」

「自己正当化もそこまでいけば表彰もんだ」

中年男の掛け合い漫才にはうんざりしたが、雅人は七海の話題から遠ざかったことに胸をなでおろした。ひとしきりバカ話に高じていた福田は、わざとらしいため息をつくと、ふいに真顔で雅人を見た。

「冗談はさておき、ミュウちゃんとかいう女性の推理、たいしたもんだよ。北海道へ行く前に聞いていたら俺も触手をのばしたかもしれないな」

「行く前ってことは現地ですごい発見でもあったんですか？」

「すごいかどうかは今後の成り行き次第だが、面白いものを手に入れた」

福田は足元のバッグから四六版の本を取り出した。ハードカバーの表紙には、黒い壁が崩れ落ちるような幾何学模様のデザインがあり、黒ベースの部分に『ドラッカーの限界』という白ヌキ文字の表題がある。表題の脇には『次代の世界市場を制するのは、日本流マネジメント以外にはない』と副題が添えてあった。

「北海道で偶然会ったブラックジャーナリズムの一人が持っていた本だ。自費出版に近い形で千部程度しか発行されていないらしい」

雅人は本の表紙をまじまじと見た。

「著者は四季徹《しきとおる》か……四季観光産業と何か関係あるんですか？」

すると福田は意味ありげに口元をゆがめた。

「長嶺善季のペンネームだよ」

「え！　あの長嶺会長？」

「そうだ。四季観光産業の会長にして北嶺観光開発の社長、そして誘拐事件の渦中にいる長嶺善季さ。出版されたのはドラッカーが亡くなった翌年の二〇〇六年だ」

「ドラッカーって、『マネジメント』っていう本を書いたP・F・ドラッカーのことですか？」

「ほぉ、よく知っているな。もっとも最近は『もしドラ』とか何とか言って、ドラッカーが話題になっているそうだけどな」

「それとは関係ないですよ。オレ、大学の現代経営学の講義でマネジメントをテキストに使いましたから……」

Ｐ・Ｆ・ドラッカーについては雅人も多少の知識はある。二十世紀最高の経営学者・社会思想家と評され、米国政府の特別顧問や米国大手企業の経営コンサルタントを勤め、『マネジメントの父』と呼ばれた学者である。大学時代、雅人も経営学の講義でドラッカーの著書『マネジメント』や『経済人の終わり』などに触れたことがある。最近では、高校野球部の女子マネージャーがドラッカーを読んで野球部の意識改革を進め、甲子園を目指すというストーリーの本が出版され、『もしドラ』現象などという言葉で話題になっている。

「大学の講義で学んだなら、『もしドラ』しか知らない則尾よりはましだな」

福田はにやにやしながら隣の則尾を顎で示し、

「帰りの飛行機で、こいつにこの本の内容を理解させるのには一苦労したよ」

その視線を「へへん」と突っぱねた則尾は、

「でも、『もしドラ』現象を教えたのはボクの方じゃないか。旅行作家は社会トレンドさえつかんでいれば、小難しい政治経済学的なことなんか知らなくても生きていけるのさ」

「まったく……成績の悪いガキが開き直ったときに言いそうなセリフだな」

辟易と言った福田はテーブルの本を手にとった。

「この本の主題は、さっき大前くんが言った『マネジメント』だよ。長嶺善季はドラッカーのマネジメント理論を徹底的に分析し、ドラッカーの理論は欧米の経営者にしか通用しないと批判している」

　雅人の脳裏に大学時代の講義がおぼろによみがえる。

「でもドラッカーは経営学の神サマとかマネジメントの父とか言われた人でしょう？　それを批判してるんですか？」

「確かにドラッカーはポストモダンやナレッジなどの原理を最初に示した偉大な思想家であり経済学者だ。しかしこの本では……てっとり早く言えば、米国を軸とした欧米の経済的なスタンダードは終宴を迎え、日本や中国など東アジア諸国のマネジメント手法が次代のスタンダードになると書いてある。それに、そのための手法としてドラッカーの理論とは違う新たなマネジメント手法も述べられている。どうだい？　今の米国の経済状況を言い当てていると思わないか？」

「長嶺会長は二〇〇六年の段階でこの状況を予言していたんですか？」

「予言じゃない。従来の経済学や社会現象を冷徹に分析した結論だ」

　毅然と言った福田はすぐに思わせぶりな表情で雅人を睨み、

「ちょっと難解な内容だが、この本のポイントを聞きたいか？」

「もちろんです！」

「よし、それじゃあ飯でも食いながらやろう。則尾もこの機会に復習しろよ」

　福田は本をぱたんと閉じた。

＊

案内されたのは高級そうな割烹料理店だった。個室をとった福田はビールで喉を潤し、おもむろに話しはじめた。

「まず、この本のすごいところは、ドラッカーの『マネジメント』の項目すべてに関して、独自の視点から精緻な批評を行っている点だ。それから……目次を見ればわかるが、厳しく批評した部分には、ケーススタディとして実際の経済界で生じた現象を例にして、わかりやすく解説している。まあ……ちょっとレベルが高い大学生程度なら、たとえ『マネジメント』を読んだことがなくても大方の内容が理解できるように書いてある。それと各項目の正当性や論理的な瑕疵《かし》もわかるようになっている」

雅人は目次に目を落とした。通常の目次と違い、それぞれの項目ごとに『ドラッカーは定義に失敗した』とか『肝心なところでドラッカーは原則を踏み外した』とか著者の批評がワンセンテンスで書かれ、ケーススタディのテーマも詳しく書かれている。

「オレ、現代経営学の単位はC判定で、たいした知識はないんですけど……目次を見るだけでも一年間の講義内容よりわかりやすくて面白そうです」

「だろう？　もしこの本が市販されていたら俺は迷うことなく買うよ」

「でも、どうして長嶺善季はペンネームなんかで自費出版したんですか？　彼の名前と資本力があれば、商業出版も簡単だって気がするんですけど」

「そのあたりにこの本の謎がありそうな気もするが……とりあえず内容をざっと説明するから、それから考えよう」

そのあと福田は、おまかせ料理をつまみながら三十分ほど内容をレクチャーした。そして大方の内容説明が終わると、いかにも疲れた表情で大きく吐息した。

「だいたいはこんなところだが……最後に決定的なことが書かれている。それはドラッカーの限界たる限界、つまりはこの本の表題になっている『限界』という言葉の本質だ」

すぐに神妙な顔に戻った福田は再び話しはじめた。

「これまでの話で各項目の批評もドラッカーの限界を暗示する内容だが、長嶺はこの本の最後で究極とも言うべき二点の限界を述べている。ひとつは『ドラッカーはマネジメントを定義していない』ということだ。これは限界と言うより、ドラッカーが書いているマネジメントの語彙《ごい》自体が不明瞭という批判だな」

「それってどういうことですか？」

「大前クンも大学の講義で感じなかったかい？　『マネジメント』を読んだことがある者ならなんとなく感じていると思うが……」

福田が語ったマネジメントの定義の不明瞭さとは用法の多様性ということである。つまり、ドラッカーは著書『マネジメント』のなかで、肝心のマネジメントをさまざまな用法で使用している。ある時は名詞的に、ある時は動詞的に、またある時は組織の一セクションであるかのように用い、ある時は手法やノウハウのように述べ、さらにある時はマネジメント自体が自立的な意思をもった不可思議な存在のように表現しているということである。

「これは俺も感じていたことだが、辞書的な語彙は別にしても、ドラッカーのマネジメントの用法は非常に多様で、それが『マネジメント』という本の難解さにもつながっているというわけだ。そこで長嶺は最終章で独自にマネジメントの定義を行っている……」

福田はページをめくってその部分を開き、書かれている文字を読み上げた。

「マネジメントとは、社会におけるあらゆる組織の、それぞれの目的を明らかにし、その成果に対して責任をもつための方法・手法を、すべての組織参加者によって確立することである」

そのあと表情を緩め、

「とまあ、こんな感じだ」

「わかったような、わからないような妙な感じですよ」

「言葉は複雑だが、このなかの『すべての組織参加者』という点が非常に需要で、それが長嶺の言う『ドラッカーの限界』の根源を成していると言ってもいいくらいだ。このマネジメント不定義への批判と共に、長嶺はドラッカーのマネジメント思想の究極の限界として、大きく二つの点を示唆している……」

その二点とは次のようなものだった。

第一点目は《ドラッカーのマネジメント(思想)は、企業の(上級)指導層を対象としたものであり、『カイゼン』という言葉に象徴される『末端（パートを含む）従業員から社員に至るまでの全従業員をマネジメントに参加させること』を軽視した点、すなわちマネジメント適用者の対象から現場をはずした、非常に限定されたマネジメントであること》そして二点目は《ヨーロッパ・アメリカの歴史的背景をなすキリスト教思想を土台として築き上げられたさまざまな社会的理念に関する思想を『棚上げ』できなかった点。つまり根深い宗教思想の呪縛《じゅばく》から逃れられなかったこと》にあるという。

「長嶺は、この二つの限界を指摘したあと、それを無自覚ながらも突破した唯一の標本が日本だと述べている。それは……」

日本がドラッカーの限界を突破した標本とする理由は二つあるという。

ひとつはマネジメントに『改善』を組み込んだ点である。ことにパート社員を含む全社員が当然のように改善の考え方をもち、結果として、それが企業マネジメントに多大な影響をおよぼしたということである。二番目の理由は『棚上げ』『無宗教』という日本人の特質にある。つまり日本は、政治的にはノン・コンセプトであり、見るべき政治戦略はまったくないが、そのことが結果として戦後の経済発展に大きく寄与した。また日本は極めつけの無宗教国だからこそマネジメント適用国として最上の標本になることができたという。

「この点について長嶺は、『日本において思想を語る人間は、人の和を重んじる日本人たちから忌み嫌われる。まったくおかしな国であり、無の国だ』と批評している。さらに、無宗教国という点に関しては、宗教が存在しないのではなく、『何でもありの状況』だと皮肉っている……」

福田がため息まじりに言ったとき、それまで無言だった則尾が昂然とうなずいた。

「その点はボクも百パーセント賛成だ！　宗教に対してこんなに無秩序で無関心な国民は天然記念物に指定すべきだよ」

則尾の上気した顔を見て、福田は「フフン」と鼻で笑った。

「それはそれとして、日本が無自覚に成し得た二つの理由、つまり条件のようなものを忠実に守る限り、人々は豊かさを手に入れられると前置きし、その実証が東南アジア諸国だと論証している」

それによると、東南アジア諸国のなかでも急速な経済発展を遂げた中国は、自らの政権が持つ共産主義思想とは正反対ともいうべき二つの条件を導入し、見事に成果を上げた。しかし中国は、マネジメントの本質を正しく理解したのではなく、日本が無自覚に実践した手法の分析と監査を徹底し、その秘密（二つの理由・条件）に到達した結果であり、同時に経済分野から政治的思想の規制を外したからであると結ぶ。つまり中国の飛躍を可能にしたのは、マネジメントが正しく適用される状態を創り出したからに他ならないということである。

そこまでレクチャーした福田は、グラスに残っていたビールをひと息に飲み干した。

「ドラッカーの限界という部分の軸はこんなところかな。どうだ、則尾、理解できたか？」

「まあね。つまり、ドラッカーのマネジメント思想の限界を初めから克服していたのは日本であり、それを真似して克服しつつあるのが中国。でも日本は無自覚に克服していたに過ぎず、単にラッキーだったっていうことだろう？」

「そんなところだ。しかし長嶺の論理によると、このままじゃあ日本流マネジメントが世界のスタンダードになるのは難しい。そこで長嶺はこの本の巻末を東アジア政経連合の構想で結んでいる」

そこまで言った福田は、おもむろにビールビンを手にし、空になった雅人のグラスを目で示した。

「どうだ、大前くんは理解できたか？」

「少しは……でも、オレの認識とはまるで違う角度からの内容で戸惑ってます」

雅人のグラスになみなみとビールを注いだ福田は、あふれる泡を慌てて口で受ける雅人を見て、含み笑いをもらした。

「今の大前くんと一緒で、たいていの人は泡を食った状態になる。さもなければ無視するか、そのどちらかだ。ただし、ここまでの内容は俺たちの本題の前哨戦に過ぎない。今回の事件に関する重要な部分は東アジア政経連合構想にある。この本の最終章では具体的な方法論まで述べられているが……じつは、その方法論が今回の事件のポイントになっている可能性が高いような気がするんだ」

長嶺善季が構想する東アジア政経連合とは、日本、中国、韓国が軸となり、現在のEU、つまり欧州連合のような連合体を目指すことにある。ただしEUとの決定的な違いは、単に経済的な連合ではなく、政治面も含んだ連合体・東アジア政経ブロック創生の構想である。その具体的な方法論は、まず日本が十年以上先の政治経済ビジョンを明確に打ち出し、国民的なコンセンサスを築き、その上で米国との関係を『対等関係』にすることである。

ビジョンのヒントは大きく三つあり、まずは『食糧自給率の向上』『農業生産技術への資本投下による高付加価値農業技術と生産品の輸出』、そして『新エネルギーの開発と再生可能エネルギー開発への資本投下』にあると述べる。

現在、世界の先進諸国は、将来の食糧確保に向けて発展途上国など他国の土地の購入・借り上げを進め、各国とも百万ヘクタールを超える面積を確保している。それに比べて日本は、わずかに三十万ヘクタール程度にすぎず、かなり遅れをとっている。ところが日本国内には四〇万ヘクタールにおよぶ耕作放棄地や離農地が眠っている。そこで手はじめに第一次産業への資本と技術の投下、なかでも農業の工業化や生産技術の高度化を積極的に推進し、四十万ヘクタールの耕作放棄地や離農地を再活性させることの必要性を説き、その技術と高付加価値生産品を持って、海外貿易に打って出るというビジョンである。

そして、もうひとつは世界に冠たる『省エネルギー技術』への徹底した資本投入と、そこで蓄積した技術の海外輸出、そして、バイオエタノールやメタンハイドレートの開発生産、さらには自然エネルギーによる発電など国内で生産可能な新エネルギーの開発を国家レベルで推し進めるというビジョンをあげている。

「問題はここからだ。長嶺は、日本国内で蓄積した農業の工業化技術、省エネ技術、さらにはエネルギーの開発生産技術をもって、中国や韓国、さらには北朝鮮、東南アジア諸国との東アジア政経連合創生を主張している。つまり、連合内の共通通貨と共同軍隊を創り、政治的な自治独立を認めつつ、経済を中心としたひとつのブロックを構成する構想だ。具体的には、食糧生産拠点は中国、食糧備蓄拠点はモンゴル、新エネルギー生産の拠点を北朝鮮としているが、そのための技術と資本を日本と韓国が提供する。つまり、日韓は研究開発の拠点となる。その結果、少なくとも現在の二つの大きな問題が解決する」

福田はここまで言うと唾をごくりと飲みこんだ。

「ひとつはモンゴルだ。今、モンゴルが位置する中央アジア平原の利権をめぐってロシアと中国が対立し、同時にアメリカ政府もこの利権に食い込もうと五十億ドル近い資金を投入している。つまり中央アジア平原は周辺諸国や先進諸国の食い物にされるという問題がある。しかしモンゴルが東アジア政経連合に属する国々の食糧備蓄基地になれば、それ以外の大国……早い話がロシアやアメリカだが、それらの大国は手が出せなくなり、外交的な安定と安全が実現し、同時に備蓄基地を維持するための資金が入り、国内雇用も生まれるという筋書きだ。それともうひとつは……」

福田は意味ありげな目つきで則尾と雅人を見た。

「これが重要なんだが……北朝鮮の問題だ。長嶺の論理では、北朝鮮に東アジア政経連合のエネルギー生産基地をおくことで、モンゴルの例と同じように産業と雇用が生まれる。その結果、北朝鮮の国民一人あたりのGDPが飛躍的に増加し、それが六千ドル程度になったとき南北統一が可能になると述べてある」

「そこなんだよなぁ」

則尾がひょうきんな声をあげた。

「現状のまま統一したら韓国の経済が潰れちゃうもんな。夢物語のようだけど、長嶺の考えには一理あるよ」

『ドラッカーの限界』に書かれた長嶺の論理は、雅人にも漠然とは理解できた。しかし、それと今回の事件との脈絡が定かでない。アルコールも手伝ってか、雅人の脳細胞は霧のような思考のなかで行き惑っていた。

「話が大き過ぎてぴんとこないですね」

思わず本音を吐露すると、福田はうんうんとうなずいた。

「ここまで話がでかくなると現実味が薄れるからな。でもな、大前くん、世界の政治経済なんてけっこう幼稚だし、小難しい理論だってみんな後づけのようなものなんだ」

吐き捨てるように言った福田は、自らのグラスへ乱暴にビールを注いだ。

＊

「福田が言いたいのは、今回の事件の発端は長嶺の理論と方法論に賛同した北条エナジーの会長や、亀山議員、それにキャリア官僚の白石などが行動を起こした。でもそれを面白くないと感じた連中が阻止しようと動いた。そういうことだろう？」

目元を赤くした則尾がだるそうに言った。

「この本の内容から判断する限り、そう考えるのが妥当だな。この点に関しては、大前くんの部下の女性が推理した構図と同じだ。ただし長嶺たちの行動の起点は、北海道の土地開発ではなく、農業の工業化による耕作放棄地の再活性にある。つまり食糧自給率の向上や新エネルギーの開発を推進する目的だ」

「まずは米国依存体質や食料品の輸入体質から脱却するってことか」

「そうだ。その先には東アジア政経連合の創生がある。しかしこの構想自体が米国政府の機嫌を損ねた。折りしもサブプライム問題などで金融依存の経済が総崩れになり、ドルの権威が失墜しそうな米国にとって、日本の円の力や日米共同の強化は頼みの綱だ。その日本に東アジア政経連合創生への動きがあるのは、まさに言語道断というところだろう。ＣＩＡが動いてもおかしくない状況だ。まして…」

そのとき則尾が忍び笑いをはじめた。

「則尾、何がおかしいんだ？」

しかし則尾は福田を無視し、「こりゃあ、最高だ！　やったなぁ！」と大声をあげ、気が狂ったように大口を開けて笑いはじめた。

「こいつ、とうとう狂ったか？」

「最高だ……最高のトラップだ……長嶺は、アメリカへの反旗を揚げるため……アメリカの金を騙し取った……そのトラップを仕掛けるために動いたのが、亀山と白石ってわけだ」

則尾は、笑い過ぎて息ができない状態のまま、苦しそうに言った。

「そんなにでかい声を出すな！」

則尾を諌めた福田は、さめた顔で大きく吐息し、

「ＭＡファンドを引き出すために亀山や白石が政官の両面から動いた可能性は高い」

「ってことは、亀山や白石を殺害したのは、やっぱりＣＩＡか？」

笑い涙でぐしょぐしょになった顔をオシボリで拭いながら則尾が聞く。

「おそらくな」

「当然、首謀者の長嶺もターゲットだよな。それも最大のターゲットだ。それで拉致されたって筋書きか？」

しかし福田は「いや……」と顔をしかめた。

「ＣＩＡが身代金要求なんてすると思うか？　やつらだったら、すぐに始末するはずだ」

「そうだろうな。でも、この機に乗じて誰かが営利誘拐を企てたっていうのも変な話だし、仮に犯行グループを中国系やロシア系のマフィア組織と仮定しても、筋が通らないよなぁ」

「だろう？」

福田が意味ありげな目を向けた瞬間、則尾の顔から笑いが消えた。

「まさか……」

「そのまさかって可能性もある」

「でも、何のために？」

「そこが問題だ」

雅人は二人の話が見えずに戸惑った。

「二人とも何を勝手に納得してるんですか？　オレにもわかるように説明してください」

則尾が困惑した表情を向けた。

「偽装誘拐だよ……」

「え!?　長嶺会長の誘拐事件のことですか？」

「うん、それが自作自演ってことだ」

「どうしてそんなことをする必要があるんですか？」

するとと則尾は乾いた笑いを浮かべ、

「ははは、ボクも今、同じ質問をしたじゃないか」

そのとき福田が深刻な面持ちで「考えられることは二つある」とつぶやいた。

雅人は固唾《かたず》を飲んで福田を凝視した。

「ひとつは危険を感じて身を隠す目的、もうひとつはＣＩＡの動きを牽制するためだろう。つまり自ら身を隠したついでに誘拐をでっちあげることで警察や公安を動かし、結果としてＣＩＡの動きを牽制するという意図だ」

「そんなことをしたって一時的には良くても、その先がないじゃないですか」

「いや、ほとぼりが冷めたころ解放されたと装って出てくればいい。それも狙いのひとつだろう。メディアの後追い報道はおそらく身代金が支払われたという結末になるはずだ。三十年ぐらい前にも同じような事件があったじゃないか。それに事件が明るみに出れば長嶺にもメディアが殺到する。それはそれでＣＩＡの動きを牽制できる」

「そんなの警察には通用しませんよ」

「適当にあしらっておけば何とかなる。とにかく今回の誘拐事件は身代金の要求が一度あっただけで、それ以後はまるで動きがない。考えてみれば五十億円なんて途方もない身代金は、たとえ業界大手の企業といえども、おいそれとは用意できないから、それを計算に入れたうえでの偽装誘拐事件と考えた方が合理的だ」

福田の言葉を継ぐように則尾が悄然と言った。

「五十億円なんて要求は前代未聞だよ、それだけの要求金額になると警察も必死で動く。そうなればＣＩＡは動きにくい……そう仮定すればボクの疑問もすっきり解けるんだ」

弾かれたように福田が顔を上げた。

「疑問って何だ？」

「竹崎由布子の襲撃事件だよ。長嶺の拉致誘拐が自作自演だとしたら、ボクらを襲った連中の素性だって読めてくるじゃないか」

「ということは、それも……」

「ボクはそう思う」

雅人は、また話が見えなくなった。

「則尾さん、オレにもわかるように言ってください！」

「簡単なことさ、札幌のホテルでの事件も偽装だってことだよ」

「え!?　じゃあ竹崎社長もそれを知っていたってことですか？」

「断定はできない。長嶺も愛人を巻き込まないよう、何も話してないかもしれないしね」

しかし福田は毅然と否定した。

「それはない。竹崎由布子が今回の事件の裏を知らないとしたら、あの襲撃事件を演出する意味がない。あれは道警の疑いから目を逸らすための囮《おとり》だ。身代金要求から何も動きがなく、道警が偽装誘拐の線を疑いはじめたのかもしれない。だからあんな事件を起こして、偽装誘拐を真実らしく演出したのかもしれない」

「ボクがあの襲撃事件に疑問を持ったのは、襲ったやつらのニオイなんだ」

「ニオイ？」

「暴漢の動きはテコンドーだった。福田は気を失ったから見てないだろうけど、ボクは三人を相手にした。結局は多勢に無勢だったけど、そいつらの動きはテコンドーだ。学生時代にテコンドー出身のやつとは何度も対戦してるから感覚的にわかるんだ」

「それから判断すると、偽装襲撃の実行犯は北嶺観光開発の社員という可能性がある。長嶺は北嶺観光開発を立ちあげるとき、韓国系や朝鮮系の二世や三世の人間を集めたようだからな……彼らが長嶺とともに動いているのは、長嶺が意図する南北朝鮮の統一がキーワードになっているのかもしれない」

「統一はあの半島の人たちの悲願だからね。長嶺会長が描いた構図では、東アジア政経連合構想の新エネルギー生産基地は北朝鮮だろう？　そうなったときのために、今から北朝鮮に送り込む人材を育成しておく必要があるしね」

そのあと則尾は深いため息をつき、ふいに店の御品書をめくった。

「ねえ、このスズキの洗いの茶漬けってのを頼まない？　どんなものか食ってみたいな」

則尾らしい、場の空気を無視した豹変ぶりである。

「好きにしろよ。ただし頼むなら三人前だ」

福田は唖然と応え、そのあと「まったくこいつは」と舌打ちした。

＊

「大前くん、言いにくいことなんだが……」

追加の注文を聞いた仲居が廊下に消えたのを見はからい、福田が神妙に口を開いた。

「きょうの話の内容は秘密にしておいてくれないか。とくに竹崎社長の妹には……」

「え？」

「竹崎由布子は今回の事件の軸にいる長嶺の愛人だ。キミも感じていると思うが、その妹にも長嶺の息がおよんでると考えるのがスジだ」

「オレには、そこまでのスジは読めないですけど……」

「気分を害したのなら謝るが、これは非常に重要なことなんだよ。つまりだな……」

福田はあとの言葉を飲みこみ、思案げに腕を組んだ。

《彼女は何も知らないんだ》

雅人は心のなかで七海を擁護していた。

二日前、美悠は『心の暗部がある』と警告のようなことを言った。たしかに七海には謎めいた部分がある。しかし、まだ数回しか会っていない相手なら誰しもそうではないか。それを今回の事件の裏に結びつけるのはこじつけだと、酩酊した頭で懸命に考えた。

やがて福田は、心を固めたように鋭い目で雅人を凝視した。

「大前くん、これはまだ可能性の段階だが、カシオペアの事件、あの被害者がＣＩＡの要員だと仮定したら、あんなにも簡単に毒入りのコーヒーを飲むはずがない。そう考えると、警戒されずに被害者へ近づけた人物を想定せざるを得ない」

「それが彼女だって言うんですか……」

「姉の竹崎由布子という可能性もあるが、妹だって無色じゃない」

「そんなこと……」

必死に抗弁する雅人を諭すように、則尾が表情を和らげて言った。

「あくまでも可能性のひとつだよ。たしかにえげつない想定だけどね。竹崎由布子がボクらに札幌のホテルを提供したのだって、こちらの動きを探る意味があったのかもしれないし、その筋書きに妹が絡んでいないとは断言できない。反対に妹はまったく知らずに、姉に利用されているという可能性もある」

「……」

「だからね、現段階ではこちらの情報を漏らす必要もないってことだよ。大前くんが彼女と付き合うのは自由さ。でも、その可能性も頭に入れておいた方がいい」

そのとき扉に仲居の声がして話が中断した。

雅人は仲居がいそいそと配る沈金蒔絵のお碗を呆然と見つめた。

密かに夢想していた七海との関係……明るく輝く水平線のような未来に不吉な暗雲がむくむくと広がる気がした。

# 第六章　死の海の謎

## 一

竹崎七海への疑心は予想以上に重く雅人にのしかかった。

割烹料理店ではかなりアルコールが入っていたため、疑惑のリアリティが曖昧で、冷静な判断すら危うかったが、翌日の朝になると疑惑は冷たい絶望感となって意識にへばりついていた。

その感触から逃れようと雅人は意識を仕事に集中した。しかし部屋や電車などで一人になると、七海への懐疑は彼女の足もとにぽっかりあいた陥穽《かんせい》となって、雅人の心に抗《あらが》えないジレンマを巻き起こす。

その七海から、金曜日の夜になって連絡が入った。雅人は思慕と不審のジレンマに喘ぎながら電話に出た。

――大前さん、あれから何かわかったことありました？

「いや、特別には……」

平然を装ったが、何かにすがりたい心境だった。あんなことを知らなければ女神からのラブコールになったかもしれない。

『そうですか』と小声でつぶやいた七海は、

――もうひとつの可能性、以前、大前さんがおっしゃっていた琵琶湖のことですけど、そちらの方はどうしましょうか？

「行ってみようとは思っていますけど、このところ仕事が忙しくて……」

――それでしたら、大前さんの仕事が一段落したら、声をかけてくださいね。それと、きのう姉が戻りました。札幌でお世話になったお二人にお礼がしたいと申してました。

「戻られたんですか。お姉さんはもう大丈夫なんですか？」

――はい、おかげさまで。

「それじゃあ、あと気がかりなのは、例の誘拐事件ですね。道警はお姉さんに何と言っているんですか？」

――それは……第三者には極秘事項ということで、姉は私にも話してくれません。

七海の口調には何の不審も感じない。むしろ話すごとに心の距離が近づいている。

「そうですか。姉妹とはいえ、そのあたりはしっかり区別しているんですね」

七海は『ええ』と力なく肯定し、

――私の姉は、世間一般の姉というイメージじゃないんです。

「あれだけの企業の社長ですから、しかたありませんよ」

――社長というだけではなくて、何ていうか……妹の私にもわからない部分が多いんです。大前さんもご存知のとおり、私は姉と十歳以上離れていますから、姉というより保護者といった感覚で、仕事のこと以外はあまりコミュニケーションもないんです。

《もしかしたら、七海は何も知らないのかもしれない》

話していると、疑惑の陥穽は次第にぼやけ、清廉な七海の姿が色を濃くしていく。

「お二人は、もっと親密だと思っていました」

――姉は姉、私は私です。

「そうですよね」

雅人は自分自身を諭《さと》すように応えた。

――姉も私も自立した大人ですから、それぞれの生き方があります。

「ははは、おっしゃるとおりですね。いつまでも子どもの姉妹じゃないですよね」

雅人は不審の残滓を苦笑いと一緒に吐き出した。

――あら、私ってそんなに子供に見えました？

七海の声にも笑みが混じる。

「いやぁ竹崎さんはオレなんかよりずっと大人ですよ」

――そんなことありません。部屋で一人のときなど淋しくって泣きたくなることだってあるんですから。

「へぇ〜そりゃあ意外だな」

――ゆうべだって……欲しかったワインが手に入ったものですから、それを一人で飲んでいたら、来年はもう三十路《みそじ》になってしまうんだって、悲嘆にくれてました。

「それで、メソメソと泣いたんですか？」

――泣く代わりに一本あけちゃいました。

「極上のワインでヤケ酒ってわけですか？」

――おいしいヤケ酒でした。

「ヤケで飲んでもうまいワインなんて羨ましいなぁ」

――あら、同じワインがまだ二本ありますけど、お飲みになります？

「いいですねぇ」

――大前さん、あすからの週末はお忙しいんですか？

「ええ、さっきも言いましたが、仕事が佳境に入っていて、土日とも出勤する予定ですけど……でも平日よりは早めに切り上げようとは思っています」

――でしたらあすの帰りにでも私の部屋へお寄りになりません？　ワインを飲むぐらいの時間だったら、それほど仕事の邪魔にもならないでしょう？

「い、いいんですか？　そりゃあ感激だなぁ」

――あら、この前も同じセリフをおっしゃいましたよ。それじゃあ、私も同じセリフでお返しします。

七海はわざとらしく口調を整え、
――大前さんを信頼していますから。
《信頼かぁ》
午後五時に訪問する約束をして電話を切った雅人は、伊豆のときと同じように七海の真意をあれこれ想像し、ほわっとした気分になった。しかし、その温さの底には、則尾と美悠の警告が滓《おり》のようにたまり、不穏な冷気を放っている。
《たとえ七海に逢っても、こちらの情報をもらさなけりゃあいいだけの話じゃないか》
雅人はそんな強弁で自身の惑いに決着をつけた。

＊

翌日、四時前に仕事を切り上げた雅人は渋谷のデパートでエクスペールのワイングラスセットを買い、七海の部屋に向かった。

「このグラス、専門誌の人気ランキングでも一位になったことがあるんですよ。嬉しいわ。前から欲しかったんです。さっそく使いましょう！」

チェックのエプロン姿で喜ぶ七海は前回より色っぽく感じられた。短めのキュロットから惜しげもなくさらす生足《なまあし》、それがエプロンの裾に隠れ、まるでエプロンから足が出ているように艶かしい。

室内にはビーフシチューのにおいが漂っていた。

「デパートで売っている出来合いのものを温めただけですけど、赤ワインに合うんですよ」

シチューを小ぶりの容器に盛った七海は、前回と同じように雅人とは反対側の端に座り、赤ワインをあけた。北海道の十勝《とかち》で開発された新種のカベルネ・ソーヴィニヨンを使った五年モノのワインということである。それがどんな価値なのかはわからなかったが、ルビー色の液体を口に含んだ瞬間、フルーティで芳醇な香りがした。

「うまい！　ヤケ酒にはもったいないですよ」

「ですからご招待したんです。私一人じゃヤケ酒になってしまいますから」

乾杯のあと、シチューとワインを交互に味わいながら、城ヶ崎海岸での出来事や、琵琶湖の鯉へルペスなどの話で時を過ごした。

七海は仕事の話題にはまったく触れなかった。もちろん意識してのこととは思うが、雅人にはやや窮屈に感じられた。

「それにしても、同じ業界の違う会社の社員がこんな時間を過ごしているなんて、傍《はた》から見れば変でしょうね」

最初のボトルがあいたとき、雅人は酔いに任せて気詰まりな感触にメスを入れた。

「そうですね……」

物憂い表情で応えた七海は、手にしたグラスをクルクルと揺らし、ワインの波紋に目を落としていたが、やがてゆっくりと顔を上げ、雅人を見つめた。

「仕事は仕事、そう割り切ればいいんでしょうけど……大前さんはどうお感じになっています？」

「オレですか？　オレは深く考えないようにしています。そりゃあ、仕事ではライバル関係にありますけど、ここで仕事の話をするわけじゃないし、個人として向き合っているつもりですよ」

「そうですよね。私も同じです。それに、あんなことがあって、とても不安ですし……大前さんにご迷惑をおかけしているとは思っても、つい……」

「そんなことありませんよ。オレは自分の意志で関わっているつもりですから」

「ありがとうございます」

七海は潤んだ目に笑みをたたえ、「もう一本あけますね」とワインセラーから新しいワインを取り出した。

心の屈託が和らいだ雅人は、旅行業界を取り巻く経済状況や旅行業界の未来など、最近感じていることを話した。仕事の領域へも微妙に触れる話題だったが、七海は気にする様子もなく、笑みを交えて自分の考えや思いを語った。

「大前さんと話していると勉強になります」

二本目のボトルが残り少なくなったころ、七海はソファの背に身をあずけ、放心したように虚空を見つめた。

「勉強になっているのはオレのほうですよ」

「会社ではこんなこと話せる相手はいませんし、何だかストレスを解消したような気分です……」

「企画室長ともなれば孤独なんですね」

「孤独か……」

七海の表情がゆがみ、薄紅のルージュから小さな口吻が漏れた。

「私……一人でいると、怖いんです……」

嗚咽が混じった声で言いながら体を起こし、

「姉がどんな状況にいるかわからないし、最近では私を避けているような気がして……」

そのまま、力の失せた腕を膝で支え、両手に顔をうめた。

「竹崎さん、そんなに悩まないでください。今回のことはオレも全力でサポートします」

雅人はブラウンの髪に顔を寄せた。

「お願いします……」

七海が声をしぼり、崩れるようにすがりついてきた。

戸惑いながらその体を抱いたとき、髪の薫りと南国の花の芳香が、雅人を怪しい興奮へと誘った。

## 二

週が明けた月曜日、朝一番で手塚部長から内線が入った。

――則尾から紀行文のメールが来たぜ。あいつ、予定どおり六月最終日で上げてきやがった。

さすがにほっとした声である。

——そっちのパソコンに転送しておいたから、すぐに目を通してくれ。俺もざっと読んだけど、まあまあの出来だぜ。企画部長や営業部長にも転送しておいたから、夕方にでも検討ミーティングをしよう。則尾にもこっちへ来るように連絡しておくよ！

ガイドブックの原稿チェックなどでは、ライター泣かせの酷評と毒舌で知られた手塚である。それが『まあまあ』と控えめに評価しながらも、やけに機嫌がいい。

送られてきたワード文書に目を通して、その理由が納得できた。『まあまあ』どころか雅人の予想をはるかに超える内容だった。

三つの紀行文は、それぞれ熟年夫婦のドラマ仕立てで展開されている。なかでも雅人が注目したのは北海道の岬をテーマにした紀行文だった。

夫の定年を迎えた夫婦が破局の危機に直面する設定である。夫婦それぞれの思いを抱え、最後になるかもしれないフルムーン旅に出発する。北海道の大地を列車でめぐりながら、それぞれの思いを語るシーンがある。そしてシーンとシーンをつなぐ沿線風景の描写や訪れる岬・街の描写、そこには大地の歴史や暮らす人々の素朴な逞しさなどが、さりげなく織りまぜてある。都会という便利で冷たい生活空間のなかで、長年かけて凝り固まった相手への不満は、いつしか大自然の土に向き合う開拓者の心へと昇華され、まるで若いカップルように初々しい情熱と夢をもって人生の第二ステージへ踏み出す……そんなストーリーである。また天孫降臨《てんそんこうりん》の謎を探る九州の旅では、古代史の深部に鋭く触れながら夫婦が互いに己の幼少から今までの歴史を語り合い、改めて人生の機微を心に深く感じるというストーリーであり、日本三大名瀑をめぐる旅は、厳しい経済情勢や企業経営に疲れ、心を病んだ夫を妻が旅に誘うという設定であり、マイナスイオンがあふれる大自然の大気のなかで妻が夫に語りかけ、心の闇に光を灯すという展開である。

どのプランの紀行文にも、ひょうひょうとした則尾からは想像もできない深い夫婦愛や人生の温もりがあふれている。現代の熟年夫婦にありがちな状況設定も見事だが、旅の情景描写や飽きさせない会話の口調、心の動き、そして何よりも旅の終わりには溌剌とした鋭気を獲得する結末が、ある種のカタルシスを誘い、極上の短編小説に触れたような読後感さえある。この紀行文を目にしたら多くの熟年夫婦が旅心を刺激されると期待できる出来栄えだった。

《やるじゃん！》

則尾の感性と力量に、雅人は素直に拍手をおくり、課内のスタッフに声をかけた。

「お～い、みんなちょっと注目してくれ。今回のプランの紀行文が上がった。全員にメールするから読んでみてくれ。それと夕方に企画会議があるから、それまでに感想を聞かせてくれ」

「え～！　夕方までですか？」

パソコンと格闘していた美悠が振り返る。

「夕方に会議があるから、その前には感想をもらいたい」

雅人のリクエストに、「俺、きょうは支店まわりっスよ」「ちょっと手が離せないんですけど」などと勝手な声があがる。

「余裕があるやつだけでいいよ」

雅人がふてくされて言うと、前の席の美悠がにんまりと笑んだ。

「課長、私は大丈夫ですよ。則尾さんの文章をビシバシ批評しますからね」

「いいさ、がんがんやってくれ」

そう答えたものの、美悠から辛辣に責められる則尾を想像し、ちょっと哀れな気がした。

＊

昼食後、雅人はパソコンにワード文書で保存してある紀行文を立上げ、赤文字で校正を入れた。手はじめに北海道の紀行文の校正をはじめる。読み進めるうちに、則尾と行った下見の情景が思い浮かぶ。紀行文の最後は北斗星での帰京の描写で締めくくられていた。

寝台特急の情景を思い描いていると、ふいにカシオペアのイメージが重なった。すると、張ミラ−淑美のすらっとした容姿と共にダイイング・メッセージが浮かぶ。その情景は次第に、七海とはじめて逢ったオンネトーへと移っていった。

キーボードの手がとまる。

《あのとき七海はまだ遠い存在だった》

七海の匂いがリアルによみがえり、充足感と後悔が交錯した甘酸っぱい感情が心を満たした。この感情はあの夜以来ずっと雅人の心に住み着いている。

土曜の夜、雅人は七海と唇を重ねた。しかし踏み込んだのはそこまでだった。七海から拒絶されたのではなく雅人が踏みとどまったのである。

七海への微かな不信感やビジネスの倫理を犯すという罪意識、それらも歯止めのひとつだったが、それよりも雅人自身の怖気《おじけ》のような心情が最大のブレーキだった。

《どうしてだろう?》

雅人にも欲情を自制した己の正気が解せなかった。

独身に戻ってからの二年間、その場限りの出逢いや擬似恋愛は何度かあったが、そのときには感じ得なかった冷ややかな正気である。

《やっぱり一度失敗しているせいかなぁ》

意識に潜在する結婚生活への恐れと憧れ、そのふたつの隔たりを埋められない自分を改めて思い知らされたような気がする。

口づけのあと、雅人は七海をソファに座らせた。そして彼女の不安を癒そうと、割烹料理店で聞いた事件の構図をそれとなく話した。もちろん七海や由布子を事件とは関わりない立場におき、長嶺善季らの企みをぼやかしながら語り、それに立ち向かう自分の意志を強調した。

別れぎわ、少女のような羞恥を浮かべた七海は自ら雅人の唇に顔を寄せた。

ドアを閉め、鴇羽《ときは》色を忍ばせる渋谷の空を仰いだとき、充足感と後悔を混ぜ合わせたような甘酸っぱい感情が雅人の心に忍び寄った。

《彼女は今回の事件とは無関係だ》

土曜の夜のことを考えていると、そんな思いが広がる。しかし、その夢想にはいくつもの障壁が立ちはだかっている。

雅人はパソコン画面を呆然と見ながらシノウミの文字を打った。

紀行文の文字を押し退け、死の海、篠海、滋野海などの変換文字が次々と表示される。

《違うんだよなぁ》

一度打った文字を消し、再びシノウミと打ち直し、変換キーを押す。新たな変換文字が表示された瞬間、雅人は愕然とした。

《え!? どういうこと?》

雅人はキーボードを打ち直し、その理由を確認した。

《もしかしたら……》

慌てて紀行文のワードを閉じる。そしてインターネットを立ち上げ、四季観光産業のホームページを検索した。

《まさか……》

現われたトップ画面のフラッシュが雅人の意識を吸い寄せた。

ゴージャスなホテルの写真にかぶさり、『ここに来て、極上の粋を知る。新近江グランドリゾート』の文字が、画面の左から右へとゆっくり流れていた。

*

ローマ字入力でエヌのキーを使う場合、キーを二回打って『ん』の文字に変換する。雅人もそうであるが、ローマ字入力を常用していると無意識にダブらせて打つ癖がある。

雅人が二度目にローマ字入力したとき、いつもの癖でエヌをダブらせ『shinoumi』を『shinnoumi』と打ってしまったのである。

変換された和文は『新近江』だった。そして、そのワードは四季観光産業が展開する新たなホテルブランド名とオーバーラップしていた。

《単なる打ちミスだしなぁ》

最初の興奮が冷めるに従い、疑心が頭をもたげる。

そのとき、ふいに高校時代の同級生の顔が浮かんだ。『健一』という名のニキビ面《づら》である。その級友が『俺の名前さ、ローマ字で書くとケニチっていう読みになっちゃうんだ』とぼやいていたのを思い出したのである。

《そうか、ローマ字表記の『ん』は『n』一文字なんだ！》

雅人は四季観光産業のホームページにある『新近江グランドリゾート』のコンテツボタンをクリックした。

新近江グランドリゾートは、四季観光産業が展開する近江グランドホテルより、ワンランク上に位置する新バージョンのホテルブランドである。二〇〇三年、神戸市に第一号を竣工し、現在では全国の主要都市近郊およびリゾート地の十七ヵ所に展開している。宿泊料金は通常のシティホテルよりはるかに高額で、利用方法は一週間から一ヵ月までの長期滞在プランが軸になっている。

このホテルの狙いは旅行者の宿泊ではなく、セレブと呼ばれる層の人々が心身のリフレッシュ目的で利用することにあるらしい。宿泊料はかなり高額だが、施設内には人間ドッグ用の医院をはじめ、鍼灸院、カイロプラクティクス、さらには本格的なフィットネスジム、全身美容のサロン、サウナ、スパ、岩盤浴施設など、心身の健康や美容に関する施設が揃っている。また和洋中とそろったレストランでは、宿泊客個々への栄養相談に基づいた料理が饗される。プライバシー保護やセキュリティ面も完璧で、ロビー以外のあらゆる場所が宿泊者以外にはオフリミットになっている。

ホテルの概要を見た雅人は美悠に声をかけた。

「ミュウちゃん忙しい？」

「えっ？」と振り向いた美悠は、

「暇なわけないですよ。紀行文を読んでいるところですから」

「そうか、忙しいか……」

「何ですか？」

「四季観光産業の新近江グランドリゾートって、知ってるかなって思ってさ」

「急にどうしたんですか？」

椅子から立った美悠は、訝しげな表情で雅人のデスクに歩み寄った。

「この画面なんだけど、さっきシノウミって打ったら新近江という文字に変換されたんだ。ローマ字のエヌをダブって打ったんだけど、何か意味があるのかなと思って」

パソコン画面をのぞいた美悠は「あっ！」と目を見開いた。

「課長、これすごい発見ですよ！」

「そうかなぁ」

「単なるケガの功名かもしれませんけど」

「バカにしてるの？」

「バカになんかしてませんよ。だってカシオペ……」

そう言いかけた美悠は、おずおずと課内を見回し、声を潜めた。

「被害者はアメリカ国籍の人でしょう？　もし被害者がメモか何かでダイイング……」

再び言葉をとめた美悠は、デスクのメモ用紙をとって『shin oumi』と書いた。

「ローマ字式に書けばこんな感じだと思うんです。でも、メモだけで読めば、つまり……その……」

「つまりあのメッセージになるってことだろう？」

「そうですよ。その可能性はありますよ……私、このホテルブランド、聞いたことあります。でも一般宿泊用じゃないから私たちの手配外で、先方からの登録もなかったはずです」

「そうだろうな、オレも知らなかったからな」

「あのメッセージがこのブランドのことだとしたら、新近江に来いっていう意味ですよね」

背後から美悠の手がマウスに伸びた。彼女は『所在一覧』のコンテンツをクリックした。

「こんなにあるんですか！」

表示された全国地図の所在一覧を見て、美悠が眉を潜めた。

「オレもさっき見たんだけどね、全国十七ヵ所の展開だよ。だから『来い』っていわれてもポイントが曖昧なんだ」

「そうですよねぇ」

美悠は神妙に画面を見つめたが、すぐに「そっかぁ！」と何かに気づいた。

「あの事件は上りのカシオペアですから、北海道の小樽のホテルは除外してもいいんじゃないかしら。それと大阪以西も除外対象かな。そこだったら飛行機を使うと思うんだけど」

「でも、あの女性は豪華寝台特急のカシオペアに乗りたかったのかもしれないよ」

「そんな悠長な局面じゃないと思いますけど」

「でも首都圏だって飛行機の方が早いぜ」

「だから東京駅から簡単な乗り換えで行ける所ですよ。もし東京近郊の地理に詳しくない人だったら、羽田から乗り継ぐより東京駅で乗り換えた方がわかりやすいでしょう？　それならカシオペアに乗るメリットもあると思うんだけど」

「そうかなぁ」

たしかに『新近江』は四季観光産業の固有ブランド名に冠されている。しかし施設は全国十七ヵ所に及んでいるし、関東やその近郊だけでも神奈川、千葉、山梨、静岡、長野の各県にあるため、『来い』のポイントが曖昧である。

「課長、新近江グランドリゾートに何かの謎があるんでしょうか？」

「オレにもわからないよ。夕方のミーティングに則尾さんが来るから、終わったら話してみようと思ってるんだけど」

「則尾さんのケガはどうなんですか？」

「ギブスをはめた状態だけど大丈夫のようだ」

「課長、私も一緒に話を聞いていいですか？」

「ミュウちゃんが？」

「だめですか？」

「だめってことはないけど……」

「だったらミーティングが終わったら教えてください。それから紀行文ですけど、登場する奥さんのたちの言葉づかいや心情表現がちょっと理想的で堅い感じですね。私だったらもっとさりげない言葉を使うけどな」

「じゃあ箇条書きでもいいから感じたままをワードか何かで書いといてくれ」

そう言いながら、雅人は、新近江グランドリゾートの所在一覧が示された画面をプリントアウトした。

ホテル所在一覧を見た則尾は考え込んでしまった。つい先ほどまでの悦に入った表情が嘘のように、情けない面持ちである。

＊

夕方からのミーティングで紀行文は大絶賛された。手塚部長は文中に使用する風景写真をあれこれと考えはじめる始末で、営業部長も昂然と「このストーリーならＴＶ局に再交渉できる」と息まいた。札幌の事件で急降下した則尾の面目は、躍如どころか以前より格が上がったようである。則尾は照れながらも、御輿《みこし》に乗った成金長者のようにご満悦だったが、ミーティングを終え、外のコーヒー専門店でローマ字のアナグラムを聞いた瞬間から悩める中年になってしまった。

則尾が腕を組んで考え込んだとき、店の入り口に美悠の姿が現われた。彼女はカウンターで飲み物を受け取り、奥の席に陣取った雅人と則尾に歩み寄った。

「則尾さん、お久しぶりです！」

美悠の姿を見たとたん、悩める中年は照れる中年へと豹変した。

「やあミュウちゃん、久しぶりだね」

「札幌では大変でしたね」

「心配かけちゃったけど何とか生きてるよ」

美悠は則尾のギブス姿をまじまじと見た。

「ケガは本当に大丈夫なんですか？」

「たいしたことないさ。でもミュウちゃんの顔が見られなかったから心が痛んでさぁ」

照れる中年は次第にスケベな中年へと変身する。

「またぁ、そんなこと言ってぇ」

「本当さ。先週も大前くんからミュウちゃんの推理の話を聞いたけど、懐かしかったよ」

「あら課長、あのことを話したんですか」

美悠は非難をこめた目で雅人を睨んだ。

「話したといってもざっとだよ」

雅人の気まずい言い訳を機敏に察知した則尾は「そうそう、ざっとだよ」とフォローし、

「でも、あの推理は鋭いよ」

雅人の隣に腰をおろした美悠は、ちょっと恥ずかしそうに笑んだ。

「でも現実離れしていて自分でも笑っちゃうくらい」

「だからすごいんだよ。普通の人はあんな飛躍した推理はできない。CIAやFBIまで考えるなんて、すごいとしか言いようがない」

「私、大学のゼミのテーマがハリウッド映画の世界戦略だったんです。そのときに、アメリカの政策や暗部のことも調べましたから、すぐに思いついいんです」

「だとしてもすごい。大前くん、こんな優秀な人材を旅行業界なんかに縛りつけておいちゃいけないよ。福田がブレーンに欲しいって言っていたから紹介するか？」

「福田って誰ですか？」

「いやいやこっちのこと」

「ところで則尾さん、紀行文を読ませていただきましたよ」

「あ！　ミーティングのとき大前くんが提出したスタッフの感想って、ミュウちゃんの感想だろう？　ほら、女房のセリフが堅いとか心情がこじつけがましいとかさ」

「あたりぃ！」

「やっぱりそうか。あの批評は女性の感性だよな。でもＦＴ課にはミュウちゃん以外にあそこまで読めるスタッフはいそうもないしね。なあ大前課長、そうだろう？」

　雅人は則尾の脱線を無視し、

「則尾さん、そんなことより新近江の方は？」

「そうそう問題はこれだよな」

　再び所在地図の紙に目を落とした則尾は、

「あのダイイング・メッセージが新近江だと仮定しても場所の特定がなぁ。ミュウちゃんはどう思う？」

「私は東京駅から簡単な乗り換えで行ける所だと思うんですけど」

「なるほど、その線も考えられるな。来いか……命令形の動詞だよなぁ。でも本当に動詞なのかな。大前くんはどう思う？」

則尾は目をしかめて雅人を見た。

「動詞じゃないとしたら何ですか？」

「わからないから聞いているんだよ」

「オレにだってわかりませんよ」

そのときコーヒーを口に運びかけた美悠が「そうだ！」と目を輝かせた。

「課長、上野分駐所で最初にこのメッセージを聞いたとき、カシオペアの車掌が聞いたのは『しのうみ』と『こい』っていうふたつの言葉だったような気がするんですけど」

「そうだったかな」

「たしかそうだったと思うんだけど……もし単独の言葉だとした、『こい』は必ずしも命令形動詞の『来い』とは限らないですよね」

「それじゃあ琵琶湖のコイのことかなぁ」

「課長、琵琶湖のコイって何ですか？」

「則尾さんと北海道を下見してるときに発見したんだけどね……」

雅人は篠海の春椿堂や灯明台のアナグラムと、琵琶湖のコイヘルペスのことを簡単に説明した。

「何だ、いろいろ考えでいたんですね。それで城ヶ崎海岸の篠海の方はどうなんですか？」

すると則尾が「あれ？」と意外そうに顔をあげた。

「ミュウちゃん知らなかったの？　大前くんは先々週の土曜日に伊豆の現地へ行ってきたんだぜ。

しかもＳＴＢの企画室長と一緒にさぁ」

《則尾さん！　そのことは……》

しかし遅かった。美悠は思いつめたように雅人を凝視した。

「竹崎先輩とですか？」

雅人は腹をくくった。

「竹崎さんも例のダイイング・メッセージのことを気にしていたし、それに札幌でお姉さんがあんなことになってさ、事件の解明に必死だったんだよ」

「そうですか……竹崎先輩ならそうするでしょうね。それで何かわかったんですか？」

「いやわからない。現地には上野分駐所で会った警部も張り込みをしていた」

「じゃあ警察もダイイング・メッセージのアナグラムに気づいていたんですね」

「だと思う。でも何の成果もないようだった」

「課長ったら……竹崎先輩とは話してないって言ってたじゃないですか」

「ミュウちゃんに心配かけたくなかったからさぁ」

「まあ、いいんですけど……」

気まずい空気が流れる。それを察知した則尾が慌てて助け舟を出した。

「まあまあ、その件はおいといてだ、『コイ』って言葉が命令形の動詞じゃないとしたら、あとは名詞としか考えられないな」

それに救われた雅人は「そうですよね」と大げさに相槌を打ち、

「名詞だとしたらコイは池の鯉っていうことになりますよね。それ以外だと……恋するの『恋』でもピンとこないし、人の名前や地名にしても変だし……あの女性はアメリカ人のようだから、英語と仮定したって、コイなんて発音する言葉があるのかな？」

雅人はおずおずと美悠を見た。しかし彼女は鼻筋にシワを寄せ、テーブルのあたりを見つめていた。その表情は怒っているでもなく、しょげているのでもない。

「どうしたの？」

雅人は恐る恐る声をかけた。

「ちょっと待ってください」

にべもなく拒絶した美悠は、ふた呼吸ぐらいおいて弾かれたように顔をあげた。

「彼女、中国系の米国人でしたよね？」

どちらにともなく確認し、「だとしたら」と記憶を探るように虚空を見つめた。

「学生時代に中国語専攻の友人から聞いたんですけど、日本語と中国語は有気音と無気音に大きな違いがあって、中国語を特訓していると日本語の濁音の発音ができなくなるってことです。つまり中国語の子音は有気音と無気音が対になっていて、それが日本語の清音と濁音の組み合わせと一緒らしいんですね。言語学的には、もともと日本語には濁音がなかったけど、中国語の有気音と無気音の組み合わせを正確に分類し、中国人とコミュニケーションを図るために濁音を使用するようになったということです。たとえば日本語がちょっとできる中国人の言葉の特徴っていうのかな。そんな感じですけど」

すぐに則尾が反応した。

「そうか！　カ行の濁音か！」

「ええ」

「ってことはメッセージの『コイ』は、『ゴイ』の清音発音ってことだな」

「その可能性もあるってことですけど……」

「ゴイか……」

つぶやいた瞬間、則尾は「あっ！」と声を発し、目を開いた。

「あるぜ！　ほら！」

則尾が示した所在一覧の指先は、千葉県の東京湾岸にある『市原《いちはら》　新近江グランドリゾート』を指していた。

「これって市原市の施設じゃないですか、それがどうして……」

しかし次の瞬間、雅人の視界が一気にひらけた。

「そうか！　五井《ごい》か！」

「そういうことだよ」

則尾は足もとのバッグからノートパソコンを取り出し、電源を入れた。

「市原市を通っている電車の路線には市原という駅名がないんだ」

インターネットに接続し、地図を検索する。全国から県へ、そして市部へと地図を絞り込み、現われた市原市の地図画面を雅人と美悠に示した。

「ほら、JR内房線の市原市の中心街に一番近い駅は五井駅だ。五井駅は、房総半島の内陸部へ延びる小湊《こみなと》鉄道の基点駅でもある。それに……」

則尾はパソコンを検索画面に戻し、市原・新近江グランドリゾートと打ち込んだ。

「やっぱりそうだ。施設の住所も市原市五井だよ」

「五井駅だったら東京駅から京葉《けいよう》線一本でアプローチできる電車もありますし、乗り換えにしたって千葉市の蘇我《そが》駅で一回だけですからね」

雅人が勇んで言うと、美悠が口を尖らせた。

「課長、それは私が言ったことじゃないですか。まあ許してあげますよ。でも五井のホテルに何があるんでしょう？」

「もしかして偽装誘拐の……」

雅人が言いかけたとき則尾がテーブルの下で靴を蹴った。ぎくっとして則尾を見ると、彼は目を細めて小さく首を振った。

「ちょっと、どうしたんですか？　課長、偽装誘拐って何ですか？」

美悠は二人の素振りに気づき、食いさがった。

「いや、それはだね……言葉のアヤで……」

「二人とも何か隠しているでしょう」

美悠はいたずらっ子を叱る母親のように二人を凝視した。

「やっぱりだめかぁ」

則尾の表情がくずれる。

「ミュウちゃんは鋭いからなぁ、もう隠せないよ」

観念したようにつぶやき、「聞きたい?」と思わせぶりな目で美悠を見た。

「ええ、もちろん聞きたいです」

「でも、ここじゃあマズイな。FT課にはまだ人が残ってる?」

「もう誰もいないと思いますけど、もし誰か残っていたらミーティングルームを使えばいいですよ。この時間なら誰も使っていないはずだから」

「それじゃあ、とりあえず会社に戻って話そう」

則尾はパソコンをバッグにしまいはじめた。

三

「それじゃあ、竹崎先輩が関係しているかもしれないんですか!?」

則尾の話が終わったとき、ガランとしたＦＴ課の室内に美悠の声が響き渡った。

「いや、まだ可能性っていうレベルだよ」

則尾は眉をハの字にし、美悠の勇み足を諫《いさ》めた。

「でも、札幌の事件までが偽装だとしたらＳＴＢの社長も承知しているってことでしょう？　だったら竹崎先輩だって……」

「でも、このことはボクらの想像でしかないんだから、決めつけるのはまだ早いよ」

「そんなこと言ったって……」

「ミュウちゃん、そんなに心配しなくても大丈夫だよ。仮にボクらの想像が当たっていたとしても、竹崎さんが関係しているとは限らないんだし」

則尾が美悠を慰めたとき、彼の携帯電話が鳴った。慌てて携帯電話に出た則尾は、うんうんと数回うなずき、「今一緒にいるから聞いてみる」と雅人を振り返った。

「福田からだけど、あいつも何かつかんだことがあるらしくて、これから事務所へ来ないかって言うんだけど、どう？」

「いいですよ」

雅人が了解すると、則尾は再び携帯電話に向かって、

「ＯＫだ。それと、こっちもすごい発見があったから、その報告もするよ。それじゃあ」

携帯電話を切った則尾に、美悠が怪訝な目を向けた。

「これからどこかへ行くんですか？」

「うん、さっき話に出た福田ってやつだけど、そいつのところへ行くんだ。夕飯を食べながら話そうって誘いだよ」

「場所はどこなんですか？」

「錦糸町だけど」

「私も一緒に行っていいですか？」

これには雅人も肝を冷やした。

「ミュウちゃん、そりゃあまずいよ」

「あら、私が一緒じゃあだめなんですか？」

「そりゃあそうだよ。ミュウちゃんを危険なことに引き込むわけにはいかないからね」

「でも五井に気づいたのは私のサポートがあったからでしょう？　私だって話を聞く権利があると思いますけど」

「権利の問題じゃあないよ」

「じゃあ、さっき則尾さんが言ってたように、福田って人のブレーンに立候補します」

「ミュウちゃん」

雅人が憮然と顔をしかめたとき、則尾がぷっと吹き出した。

「こりゃあミュウちゃんに歩《ぶ》があるな。大前課長、諦めたら？」

「でも彼女の家は横浜ですよ。これからだと遅くなるでしょう？」

「まだ九時前だよ。もし終電に間に合わなかったら大前くんの部屋に泊めてやれば？」

「則尾さん、勘弁してくださいよ！」

「大前くんがだめならボクの部屋でもいいんだぜ、２ＬＤＫだから部屋が余っているし」

冗談とも本気ともつかない言い方で則尾が美悠の反応をうかがう。

「二人とも何言ってるんですか。それぐらい計算して帰りますからご心配なく」

美悠はスケベ中年の目論見を呆気なく粉砕した。則尾は「そりゃあ残念」とおどけてみせ、携帯電話で福田に美悠が一緒に行く旨を伝えた。

*

前回と同じ割烹料理店の個室を用意して待っていた福田は、二人のあとから部屋に入った美悠を見て、「お！」と表情を輝かせた。

「さっき電話で話した大前くんの部下で、例のミュウちゃん。本名は美悠さんだっけ？」

則尾の紹介に、美悠は「結城と申します」と神妙に頭を下げた。

「なるほど、うわさどおりキュートな女性だな」

福田の反応に、美悠は口をとがらせ、雅人の腕を小突いた。

「課長、どんなうわさをしてたんですか？」

「うわさじゃなくて、ミュウちゃんの推理の内容を話しただけさ」

「ははは、そんなところだ」

苦笑いでその場を繕った福田は、三人を席へ座るよう促した。そして用意されていた瓶ビールを手にし、「まずはゲストからだ」と美悠に差し出した。

「料理は適当に頼んでおいたが、それでいいかな？」

福田の言葉が終わらないうちに襖が開き、料理が運ばれてきた。

「まずは則尾の発見っていうのを聞かせてくれないか？」

ビールで乾杯したあと、福田は口の泡を拭いながら聞いた。

「発見したのはボクじゃなくて大前くんだ。まさに大手柄だよ」

そう前置きした則尾はバッグからメモ帳を出して『Shinoumi』と書いた。

「例のシノウミっていうダイイング・メッセージなんだけど、これまでは城ヶ崎海岸の篠海とか日本語のアナグラムをいろいろ考えていた。でも大前くんの発見で、ローマ字読みのアナグラムという可能性も浮上した。つまりシノウミをローマ字で表記し、ノというつづりのエヌとオーを分けて全体を読むと『新近江』になるんだ。このアナグラムから推察すると、ガイシャはダイイング・メッセージの言葉をメモか何かで渡されたということになる」

「なるほど、それでこのローマ字をシノウミと読んだってわけだな。新近江か……で、これがどう重要なんだ？」

「新近江というのは四季観光産業のホテルブランドの名前にあるのさ。正確にいうと新近江グランドリゾートっていうブランドだ。それで四季観光産業の新近江グランドリゾートの所在地を調べたら、全国に十七ヵ所あり、そのうちカシオペアが着く東京駅から簡単な乗り換えで行ける関東圏だけでも五ヵ所あることがわかった」

則尾はバッグからホテル所在一覧のプリントアウトを出し、福田の前に置いた。

「つまりポイントが絞れないいってことだな」

「ところがわかったんだよ」

則尾はにんまりと福田を見た。

「ここからはミュウちゃんの着想だ。場所の秘密はシノウミに続く『コイ』という言葉にあった。ミュウちゃんはこのダイイング・メッセージを残した女性が中国系米国人ということに着目し、日本語の濁音発音が中国系の発音では清音になるっていう事実に気づいた。つまり、『来い』という発音は『ゴイ』の清音っていう可能性があるということだ」

「ゴイ?」

福田は怪訝な表情で所在一覧を見つめた。

「わからないか?」

則尾が焦《じ》らすように声をかけたとき、「そうか」と福田が顔をあげた。

「千葉県の市原市にあるやつだな」

「ザッツライト。市原の五井だよ。ホテルの所在地を調べたら住所は市原市五井だった。最寄りの駅名も五井だ」

「よく見つけたなぁ。さすがにミュウちゃんだ」

福田はわざとらしく美悠を褒め、「カシオペアの車内からローマ字表記のメモは発見されているのかな？」と話を向けた。いきなり問われた美悠は、飲みかけたビールを慌ててテーブルに戻した。

「鉄道警察隊ではそのことに関しては何も言っていませんでした。だからこのダイイング・メッセージは車掌さんが聞いた言葉ということでしたけど」

「ということは犯人が持ち去ったってことか」

一瞬、虚空を見据えた福田は、納得するように「うん」とうなずいた。

「則尾、これは重要な符丁だぜ。五井といえば、北条エナジーの姉ヶ崎精製所にも近い」

「なるほど、北条エナジーとの連携にも便利ってわけだ」

「身を隠す以前から、そこで秘密の会合などを行っていた可能性もあるな」

「ＣＩＡは偽装誘拐や長嶺の潜伏場所として気づいたってことか？」

「そう考えるより他はない」

「それなら、カシオペアの要員が殺害されたあと、どうして何のアクションもないんだ？」

「そのことなんだが……」

福田はちらっと美悠を見て、ためらいを浮かべた。

「私が聞いたらまずい話なんでしょうか？」

美悠が神妙な顔で聞く。

「まずいという訳じゃあないが……まあ、話してもいいか」

福田は自答するようにつぶやき、

「実はオコタンペ湖で殺された男のことだが、もしそれがＣＩＡの要員だとしたら、カシオペア車内で殺された同じＣＩＡの女性要員にメモを渡した後に殺されたと仮定できる。つまり携帯電話などで連絡したら傍受される恐れもあるから、重要なことはメモで直接渡したと考える方が合理的だ。しかしメモを受け取った要員も、結局は消されてしまった。そのため連絡網が絶たれたのと、マンパワーが追いつかなくなった可能性もある」

「今回のことで来日したＣＩＡ要員はどれくらいいるのかな？」

「せいぜい三、四人だ」

「そんなに少ないのか」

腕組みをした則尾は、ふと顔をあげた。

「でもさ、福田はどうしてそんなことまでわかるの？」

狼狽を浮かべた福田は、

「いや、単なる想像だが……米国が単一事件に投入できる要員数はそれぐらいだからな」

則尾は訝しげに「ふ〜ん」とうなずき、

「ところで市原のホテルの件、福田はどうするつもり？」

「まずは事実確認だ。新近江の分析が正しいとは限らないからな」

「現地に行くのか？」

「監視ぐらいはしてみようと思う」

「ボクも行こうか？」

「いや、まずは俺一人で行くよ。場合によっては危険だからな。それに二人だと目立つ。だから最初は俺一人で行く」

「わかった。確認の件は福田に一任しよう。大前くんたちもそれでいい？」

則尾は雅人と美悠に確認すると再び福田に向き直った。

「それじゃあ次は福田がつかんだこと聞かせてくれないか」

「そんなに焦るなよ。料理を食いながら話すから」

則尾をたしなめた福田は、「さぁ、結城さんも遠慮しないでやってください」と美悠にビールを差し出した。

＊

福田がつかんだ情報とは、長嶺、北条、亀山、白石の関係だった。

この四者のつながりの糸を手繰った福田は、大学時代の四人が、当時、社会的な現象だった学生運動で同じセクトに所属する精鋭闘士だったことを突きとめたのである。

「四人とも一九七〇年前後に過激な活動をしていた京浜安保共闘という一派の学生闘士だ。彼らの仲間には、その後、連合赤軍を組織した連中もいたってことだが、少なくとも彼ら四人は学生運動から手を引き、それぞれの道へ進んだ。しかし彼らの考え方は変わっていなかった。それぞれが社会の第一線に立ったとき、再び革命に乗り出したという構図だ」

神妙な顔で聞いていた則尾が「なるほど」とうなずいた。

「それぞれが経済力や政治力を手にし、本格的な日本の革命を画策したってことだな」

「その思想的な軸になったのが、長嶺善季の『ドラッカーの限界』だったという筋書きだ」

「でも福田、そう仮定すると矛盾があるんじゃないか？ 亀山と白石は政治や官庁の人間だし、もともと親ロシア派として、ロシアと日本の関係を重視していたんだろう？」

「たしかに二人とも親ロシア派だと言われているが、正しくは親ロシア派ではなく親ソビエト派だ。ソビエト連邦が崩壊する以前、亀山議員はソビエト寄りの考え方をしていた、というより保守議員なのに、ソビエトとの関係を重視していたってことだ」

「でも亀山は政務次官にまでなった当時の与党議員だぜ」

「与党だから親米とは限らない。ただし亀山の本意はソビエト連邦との結託ではなく、北海道の建て直しにあった。北方四島などの問題はとりあえず棚上げしても、ソビエト連邦との経済的な協力体制を築かない限り、北海道の経済疲弊は直せないと考えたんだ」

「それなのにソビエト崩壊後は中国寄りの政策へシフトしたってことか？」

「シフトしたというより、長嶺の東アジア政経連合構想に乗ったんだ。ロシアになってから、あの国の経済はマフィアが握るようになった。そんな背景もあって、亀山や白石は親ソビエト政策を転換せざるを得なくなった。そこへ登場したのがかつての革命闘士仲間の東アジア政経連合構想だ。その萌芽が北海道ということを考えれば、北嶺観光開発への土地融通などにも尽力したと考えるべきだろう」

「ということは、MAファンドへのトラップを仕掛ける政治的なバックアップをしたのは、やっぱり彼らだったってことだ」

「そう考えるのが妥当だ。MAファンド側にしても、日本政府や省庁の政治的な口利きがなければ一千億なんて途方もないファンドは組めなかったはずだ」

「ちょっと待てよ、そうなると北嶺資源開発の東シベリア油田からのパイプ輸送ルートにも亀山と白石がかんでいたってことか？」

「亀山と白石の二人にとって重要なのは東シベリアの油が北海道で精製されるってことだ。東アジア政経連合構想なら中国経由の大慶《たいけい》ラインでも中国を通らないナホトカラインでも、どちらでもいいってことになる。要は北海道で精製され、それが日本国内や政経連合の国々へ輸出されるってことが重要だ。かつての親ソビエト政策よりも先々の発展性がある」

「それじゃあアメリカは面白くないよなぁ」

「ああ、当然CIAが動く。報道発表では亀山は自殺、白石は事故とされているが、亀山議員は行方不明になる前日の夜、地元後援会との会合に出席し、北海道で開発されたワインの新種にご満悦だったそうだ。その会合には元官僚の白石も出席していて、北海道の未来構想を華々しくぶちあげたらしい。それなのに翌日には二人揃ってホテルを出たまま行方不明になり、オンネトーで自殺なんてありえない」

「ちょっと待てよ。そりゃあ報道に官憲の意図が入ったってことじゃないか？　ボクも道警の発表は変だと思っていたけど……それって初動捜査が甘いってことじゃなくて、公安関係が動いているってことだろう？」

「ああ、ばりばり動いている。しかも米国のＣＩＡの動きを擁護しているふしがある」

「それであんな発表になったってわけか。なるほど読めてきたぞ」

福田は得心する則尾を見て、にやっと笑んだ。

「つまりは、ＣＩＡだけじゃなくて、日本の公安の動きから逃れるために、長嶺は身を隠したってことだな。それも誘拐を偽装してだ」

美悠は呆気にとられて二人のやりとりを聞いていたが、雅人の脳裏には福田の言葉が暗く冷たい影となって忍び込んだ。

《あの夜、七海の部屋で飲んだワインは十勝産だった……》

ルビー色の液体が亀山議員と長嶺会長を結ぶ血脈に感じられた。その血流は七海を同じ色に染めている。雅人はどうすることもできない焦慮に喘ぎながら、七海の部屋で飲んだワインの芳香を呪った。

# 第七章　半世紀の革命

## 一

七月に入った翌日から一週間、関東地方には梅雨前線がはびこり、ぐずついた天気が続いた。その間、雅人はフルムーン企画の最終調整のため、販売エリア各支店の責任者を集めての販売戦略会議やセールスマニュアルの手直しなどに追われた。

土曜日の夜以来、七海からは何の音沙汰もない。しかし雅人にとって連絡がないのは幸いだった。長嶺らの血脈に染まる七海のイメージを心の隅に追いやり、目先の仕事に没頭できたからである。美悠も福田の口止めを忠実に守り、七海や事件の話題は避けている。

梅雨前線が日本海に抜けた水曜日の昼、雅人がランチに利用しているファミレスに則尾がひょっこり顔を出した。いつものひょうきんさはなく、妙に悄然とした様子である。

「どうしたんですか？」

「ＦＴ企画課に行ってミュウちゃんからこの店にいるはずだって聞いたからさぁ。きょうは紀行文の修正の打合せや写真の選定があって午前中からずっと手塚のところにいたんだ」

「いよいよパンフレットが動きますね」

「今月中に校了して来月の盆明けには支店へ配送する予定だよ」

「こっちもその予定に合わせて販売戦略や支店との調整に怒涛の忙しさですよ」

「だろうな、うまく売れてくれればいいんだけど……」

「則尾さんにしては弱気ですね。不安材料でもあるんですか？」

「この企画に関してはないけどね……」

向かいのシートへ物憂げに座った則尾は、ウエイトレスにランチを注文した。

「気になっているのは福田のことなんだ。今週に入ってから連絡がとれなくてさ。それまでは毎日あっちから連絡をくれたのに」

「福田さんは例のホテルへ調査に行ったんですか？」

「うん、あの翌日から毎日行ってるらしいよ」

「一週間も？」

「そのはずだけど、月曜からずっと連絡がないんだ。こっちから連絡を入れてみたんだけど圏外か電源が入ってないっていうアナウンスでさ」

「電波が届かない場所へ移動したんじゃないですか」

「そうであればいいんだけどね……ところで大前くん、ＳＴＢの企画室長からは何か連絡があった？」

「ありませんよ。オレからも連絡していませんし……」

「そうか」

「今回の事件は彼女とは無関係だと思いますよ」

雅人はおずおずと則尾の反応をうかがったが、彼はまるで頓着せず、

「そのことはいいんだけど……福田はどうしちゃったのかな」

「福田さんは現地で何を調べていたんですか？」

「例のホテルに出入りする人間を調べているってことだった」

「めぼしい人は見つかったんですか？」

「一人だけ……」

「誰なんですか？」

則尾は「うん……」と言いよどみ、

「竹崎由布子を見たらしい」

「え!?」

「夜だったからはっきりとは見えなかったようだけどね」

「見間違いって可能性もあるんですね？」

「まあね。それでさぁ、福田のことが心配だからボクも行ってみようと思っているんだ」

「例のホテルへ？」

「直接ホテルへ行くわけじゃない。福田はホテルの斜向かいにある喫茶店から見張っていたようだから、とりあえずボクもそこへ行ってみるよ」

「大丈夫なんですか？」

「わからないけど……このまま手をこまねいているわけにもいかないしね」

「警察へ連絡したほうがいいんじゃないですか？」

「それは最終手段だよ。まずは現状を確認しないと」

「土日ならオレも一緒に行けますよ」

その週は土日返上の出社予定だったが、雅人は頭のなかで仕事のやりくりをつけた。

「忙しい最中なのに無理しなくていいよ」

グラスの水をごくりと飲んだ則尾は何かを含んだ目で雅人を見た。

「まあ……ボク一人よりも大前くんが一緒の方が安全だとは言えるけどね」

「則尾さん、本当は一緒に行ってもらいたいんでしょう？」

「そんなことないよ。危険が伴うかもしれないし……」

「だからオレが一緒に行くんですよ。もし則尾さんに何かあったら今回の企画にも影響しますからね」

「お目付け役ってわけ？」

「当然ですよ。今回の企画が滑ったらＦＴ課の存続だって危うくなるんですから」

そのとき則尾のランチが運ばれてきた。

「それじゃあ、あと二日、連絡がないようだったら、金曜の夜に大前くんへ連絡するよ」

やや元気さを取り戻した則尾はランチにかぶりついた。

＊

それから二日たっても福田からの連絡はなかった。

土曜日の午前中、雅人は則尾と一緒に総武線の快速で千葉まで行き、そこで内房線に乗り換えた。梅雨が明けてしまったかのように朝から強靭な陽射しが注いでいる。館山《たてやま》方面に向かう内房線には、海へ行くくらしい行楽客の姿がちらほらあった。

五井駅で降り、地図を頼りに海と反対側の出口から商店街を歩くと、七、八分で建物の姿が消え、房総の山なみを望む水田地帯が広がる。街と田園を二車線の車道が隔て、その車道とぶつかる辻の左手二百メートルほどの場所に荘厳な白亜の建物が見えた。

道路から山側の広大な敷地を取った建物は、中央にそびえる宿泊棟らしい十数階の高層タワーが周囲とは異質な南国リゾート風の景観を醸し、それを支える三、四階の低層建物の奥行きは、さながら室内グランドでもありそうなくらいの深さと幅がある。敷地のまわりは建物と同じ色で塗られた三メートルほどの高さの外塀が囲み、その内側に等間隔で植えられたフェニックスのような南国植物の葉が海からの風に揺れていた。

辻で立ち止まった則尾は額の汗を拭った。

「でかいな。内部にいろいろな施設があるようだから、あのくらいの広さが必要なんだろう。ところで福田が監視所代わりにしていたという店ってあれかな？」

辻とホテルの中間ぐらいの場所、道路の街側にティーラウンジらしい看板が見える。

「則尾さん、あそこじゃあホテルのエントランスからだいぶ離れてますよ」

「でも、ほかにそれらしい店はないし、とりあえず行ってみよう」

則尾は看板に向かって歩きはじめた。

道路に面した店は一階を駐車場にした二階建ての店舗だった。そこまで歩き、先をうかがったが他に飲食店らしい建物は見あたらない。

「ちょっと距離はあるけど、窓際の席だったらホテルのエントランスは見えそうだ」

独り言のようにつぶやいた則尾はさっさと店舗への階段を上がった。

ティーラウンジを名乗っていても、内部は食事メニューを中心にしたファミレスのような造りだった。奥の壁にはマンガ本がびっしりつまった本棚があり、タクシーの運転手などが時間をつぶすのに利用されているようである。昼食時間にはまだ早いためか、客は数人しかいなかった。

道に面した窓際の席についた則尾は、ウエイトレスにコーヒーを頼んだあと、さりげなく確認した。

「先週だけど、長身でちょっとかっこいい感じの中年男性が何日かこの店に来たはずなんだけど、覚えてない？」

茶髪の若いウエイトレスはすぐに反応した。

「あのお客さんかな？　この先のホテルへ営業に来た広告代理店の人ですよね？」

《福田さんはそんな口実を使っていたのか》

則尾もすぐに事情を察知し、

「その広告代理店の営業マンなんだけど、ずっとこの店のなかにいたの？」

「いえ、出たり入ったりしてましたけど……あの……お客さんのお知り合いなんですか？」

「ボクらはその人の後任の営業マンでね。彼からこの店のコーヒーも食事も美味いって聞いたもんだから」

ウエイトレスの表情がほころんだ。

「その客さまからも美味しいって褒めていただきました！」

「じゃあボクらも営業の待機所に利用させてもらおうかな」

「ぜひどうぞ！」

その機嫌から察するに、福田は一日に何品も注文する上客だったようである。

その日、二人は夜八時近くまで粘った。ずっと店にいるのも変に思われそうだと、二時間おきぐらいに店を出て、ホテルのエントランス近辺まで歩き、それとなく様子をうかがう。それから少し先にある交差点まで歩き、反対側からホテルの周辺を観察し、しばらく時間をつぶしてから店に戻るパターンだった。

ホテルのエントランスは道に沿って横に広かった。道路との境にはフェニックスや南国風の樹木が高密度に植えられ、道路正面からは車寄せや内部が見えないよう工夫されている。しかし二人が陣取った席からは、植物と外観壁のわずかな隙をぬって、一瞬だが、車から降りる人の姿がうかがえた。

「ちらっとは見えますけど、こう遠くちゃあ誰だか判別できないですね」

雅人は、暇つぶしのマンガ本に目を落とす則尾に言った。

「そうだな……」

顔を上げた則尾は大あくびをしながら、

「双眼鏡でも用意するか?」

「そんなものでのぞいてたら店の人に怪しまれますよ」

「オペラグラスぐらいだったら何とかなるんじゃないかな」

「福田さんが竹崎由布子らしい人を見たのは夕方でしょう?」

「七時ぐらいだって言ってた」

「それじゃあ日没後で、しかもこの距離ですよ。個人を確定するのは無理じゃないですか。それに、たとえ彼女だったとしても、旅行代理店の経営者として親会社のホテル視察や営業の打ち合わせに来ることだってあるでしょう?」

「たしかにね。あのホテルの営業代理はSTBだろうし……まあ、偏見を持たないで見張ってみよう」

「則尾さんは長嶺会長の顔を知っているんですか？」

「経済誌の写真で見たことがある。それに北条エナジーの社長もわかるよ」

「四季観光産業や北嶺観光開発の社員の顔は？」

「そりゃあ無理だ。写真のデータがないからね」

「じゃあ誰が出入りしているかわからないじゃないですか」

「でも福田はここから消えたんだ。たとえ自分の意思で移動したにしても、何かをつかんだからに違いないよ」

「竹崎由布子が出入りしていたってことですか？」

「それもあると思うけど……」

則尾は思いついたようにポケットから携帯電話を出し、福田のナンバーをコールした。

「やっぱり同じアナウンスだよ。一週間近くこの状態なんて変だ」

「拉致されたんですかね？」

「わからない。だからこうして福田と同じように見張っているんじゃないか」

「オレたちも危ないんじゃないですか？」

「その可能性は否定できないけど、今度は二人だし、それなりに注意もしているから、めったなことはないと思うけど……」

「そうだといいんですけどね」

その日、ホテルへ来た車はタクシーを含めて六台あった。そのたび注意深く目を凝らしたが、スーツ姿の男や恰幅の良い中年夫婦の姿が一瞬見えただけだった。

夜の七時をまわり、太陽が没すると監視はお手上げである。二人は愛想のいいウエイトレスの声に送られ、痺れた尻を抱えて店を出た。

## 二

翌日の日曜、二人は午前十時から監視をはじめた。則尾はてのひらにすっぽり収まる小型のオペラグラスを用意してきた。

「これなら双眼鏡を使っているように見えないだろう?」

あっけらかんと言うが、エントランスに車が着くたび、目元に手をかざす不自然な則尾の姿に雅人はひやひやした。

午後になって雲が広がりはじめた。ランチの唐揚げ定食で腹が膨れた雅人は、マンガ本をぼんやりと見ているうちに夢の中へ堕ちてしまった。

ふいに則尾の手が雅人の肩をたたき、夢うつつの意識に「来たぜ」という声が聞こえた。

「来たって、誰が?」

「断定はできないけど、たぶん……」

則尾はそう言ったきり、またオペラグラスを握りこんだ手を目元にあて、「車は駐車場へ行ったみたいだな」とつぶやいた。

「則尾さん、誰なんですか？」

「おそらく彼女だ」

「彼女って……竹崎由布子ですか？」

「それならボクにもわかるよ。今来たのは、たぶん……妹の方だ」

覚めやらぬ雅人の意識に冷たい衝撃が走る。

「でも則尾さんは彼女の顔を知らないじゃないですか」

「知らないよ。でも雰囲気っていうか何となくそんなオーラみたいなものを感じたんだ」

「オーラって……そんなの思い込みですよ」

懸命に則尾の直感を否定したが、次の言葉を聞いた瞬間、雅人は息を呑んだ。

「白いＢＭＷだったけど……」

「ＢＭＷ!?」

あからさまな反応に、則尾は「ふ〜ん……」と口吻をもらし、上目で雅人を睨んだ。

「彼女の車か？」

「え、ええ……確かに白いＢＭＷに乗っていますけど……」

「彼女の身長は？」

「則尾さんぐらいはあると思うけど……」

「百七十センチ弱か……ヒールを履けばドアマンと遜色ない身長になるな」

「長身だったんですか」

「まあね。それで髪の長さや色は？」

「ロングでブラウン……」

「そうか……」

うなずいた則尾はふいに笑顔を繕い、「でもさ、あんな高級ホテルに来る客はＢＭＷぐらい乗っていてもおかしくないし、ブラウンの髪や長身は昨今の女性の特長だからね。断定はできないよ」と、妙に自虐的な言い方で雅人を慰めた。

しかしその一時間後、則尾の慰めは空しい気遣いに変わった。

ホテルのエントランスから道路に出た白いＢＭＷが店の前を横切った瞬間、雅人の意識は凍りついてしまった。

車の行く手を追っていた則尾が「どうだった？」と振り向く。

「たぶん……そうです……でも……」

竹崎由布子のケースと同様、ＳＴＢの役職ならば営業商品であるホテルへ出入りしてもおかしくはない。しかしその理由は、目前の現実へ抗えるほどの力はなかった。

雅人の脳裏に、七海の匂いと柔らかな唇の感触がよみがえった。

《これが夢だったら……》

気力を失った意識に、則尾の深刻な声が突き刺さった。

「いよいよ覚悟しなけりゃならないかもな」

「覚悟？」

「ＳＴＢの社長に続いて室長まで出入りしているとなると、あのホテルはダイイング・メッセージの場所に限りなく近い。福田の行方がわからない現状を考えれば、警察に報せるか、ボクらが乗り込むか、そのどちらかしかない。いずれにしても緊急を要する」

「そうですね……」

「どちらを選択するにしても覚悟がいる」

「ちょ、ちょっと待ってください。まずオレが確かめてみます……」

「大前くんが？」

「はい、彼女に連絡してみます」

「何を連絡するんだ？」

「オレたちがダイイング・メッセージの場所を知ったことです」

その提案に、則尾はしばらく思案していたが、やがて「うん」と小さくうなずいた。

「その手もあるな。それを知らせることで、福田のことをどうこうしても無駄だと思わせることができるかもしれないし」

雅人は自棄的な気持ちで七海の携帯電話を呼び出した。

*

──大前さんですか？

七海の声に車の音がかぶさっている。

「今、高速道路でしょう？」

──どうしてご存知なんですか？

「さっき市原の道で見ましたから、たぶん東京へ戻る途中だと思ったんです」

七海の言葉が途絶えた。

「あなたが市原市の新近江グランドリゾートに来たのを見ました」

──……。

「すぐ近くのティーラウンジで見ていました」

──……。

「先週、オレの知り合いがずっとここで見ていたんです。お姉さんもホテルに顔を出したそうですね」

無言だった七海が悲しげな声で言った。

──大前さん……あと五分だけ待っていただけます？

「何を待つんですか？」

――それを五分後にご連絡します……。

「わかりました」と言いかけたとき、電話が切られた。

「則尾さん、五分後にまたかけるそうですけど……」

「大前くん、すぐに出るぞ！」

則尾はすでにバッグを肩にかけて立ちあがろうとしていた。

「どうして？」

「何言ってるんだ！　さあ急いで！」

伝票をつかんだ則尾は駆けるようにレジへ行き、「会計をお願いします！」と奥に向かって大声をあげた。

「ちょっと則尾さん、急にどうしたんですか？」

引きずられるように店を出た雅人は、駅の方角に早足で歩く則尾に追いすがった。

「やつらが来る！」

「え!?」

「わからないの？　五分の猶予はボクたちにじゃなくて、ホテルにいるやつらへの連絡時間だ。店にいたらやばいじゃないか」

《そうか！》

納得した雅人は積極的に歩調を速めた。駅前へと続く商店街まで来たとき携帯が震えた。

「則尾さん、彼女からですよ！」

歩みをとめた則尾が「とにかく出て！」と険しい表情で振り返る。慌ててＯＮボタンを押し、携帯電話を耳につけた瞬間、思いのほか冷静な声が響いた。

——大前さん、お会いしたいそうです。

「会いたいって、誰がですか？」

——長嶺会長です。

「あのホテルにいるんですか？」

——はい。

「竹崎さんは？」

——市原のパーキングにいます。すぐ先のインターを出て、そちらへ折り返します。

「ちょっと待ってください」

雅人は送話口を手で押さえ、則尾の判断を仰いだ。

「長嶺会長が逢いたいそうですけど……」

則尾は一瞬、目をしかめたが、「逢うしかないな……」と覚悟を決めた。

「大丈夫でしょうか？」

「福田のこともあるしな……でもやばいことはたしかだからボク一人で行くよ」

「一緒に行きますよ！」

雅人は携帯電話に了解の意を告げた。

＊

七海の指示に従い、二人はホテルのエントランスからロビーに入った。出迎えた中年の支配人は、すでに連絡が届いているとみえ、何も言わず二人を奥のラウンジへ案内した。

数本の太い柱に支えられた総吹抜けのロビーは、床一面に白っぽい大理石を敷きつめた荘厳な空間だった。中央にはローマ神殿の中庭を彷彿とさせる石造りの水場があり、巨大な女神の彫像が掲げた壺から透明な水が滴っている。吹抜け壁の高所にならぶ窓から射しこむ光が大理石の床で柔らかく拡散し、アイボリーの光彩を有機的に和らげるクラシックの音楽が、どこからともなく響いていた。

ロビーに客の姿はない。奥のフロントにダークスーツの男が一人、無表情に佇んでいる。

しばらくして支配人がコーヒーを運んできた。

「ここでお待ちくださいとのことです」

慇懃な所作でコーヒーを置き、奥の扉へと消えた。

「扉もエレベータもカードキー式だ。セキュリティは万全らしい」

支配人が消えたラウンジ横の扉を見ながら則尾がささやいた。

「それにしても客がいませんね」

「一般客はオフリミットなんだろう。きのうだって数回しか人が出入りしてない」

「採算は考えてないんですかね？」

「さあね」

緊張気味に目を伏せた則尾はカップに手をのばした。

「せっかくだからコーヒーをいただこう。おっ、さすがにカップはマイセンだ」

則尾がコーヒーに口をつけたとき、フロント脇にあるエレベータの扉があき、サングラスをかけた長身の男が出てきた。

「ほら、あれ、俳優の××じゃない？」

則尾が男の素性を推定する。

「たしかに××ですね」

「ああいった連中が大枚を払ってお忍びで滞在する場所なんだよ」

吐き捨てるように言った則尾は、緊張をほぐすようにふう〜と大きなため息をついた。

それから十五、六分後、七海の姿がエントランスに現われた。神妙な顔でラウンジまで歩いた七海は、憮然とする雅人に悲しそうな笑みを漏らし、「一緒に来てください」と小声で言った。

二人は言われるままに立ち上がり、七海の先導でフロント脇のエレベータホールへ歩いた。エレベータの壁にあるセキュリティ装置にカードキーを認識させた七海は、開いた扉に素早く身を入れ、片手で扉を押さえながら「どうぞ」と伏せ目で示した。

おずおずとエレベータの内部に足を入れた瞬間、雅人の鼻腔を例の香りが刺激した。ふいに七海の意識が近くに感じられ、声をかけたい衝動が走る。しかし七海は無表情に階ボタンの上部にある小さな扉をあけ、内部の数字キーを連打した。事務的に動く肩が雅人の意識を冷たく拒絶している。彼女が押したのは関係者だけが知る暗証番号のようである。

エレベータが上昇をはじめたとき、則尾が七海の背に向かって声をかけた。

「最上階はシークレットフロアですか？」

彼女は姿勢を変えず、「はい」と静かに応えた。

エレベータが止まる。

渋いオレンジ色の絨毯を敷きつめた通路だった。両側には一枚板に彫刻を施した扉がいくつか見える。その通路をまっすぐ歩いた七海は、一番奥の扉のチャイムを押した。すぐにドアが開き、顔を出した屈強な男がなかへ入るよう促す。

通された部屋は三十畳近くありそうな空間だった。中央には大きめの応接セットがあり、その正面には五十インチを超える薄型テレビが置かれている。背を向けた長ソファには、ベージュ色のバスローブのようなものを羽織った男の後頭部が見えた。

雅人と則尾が室内に入った瞬間、ソファの男が振り返った。

「福田！」

則尾が愕然と声をあげた。

「よお」

あっけらかんと応えた福田は、照れるように口元をゆがめた。洗いざらしの髪や伸びたヒゲのためか、いつものダンディなイメージではなかったが、浅黒く日焼けした顔には疲労も緊張もない。その表情が雅人の緊迫感をほぐした。

「福田さん、ずっとここに居たんですか？」

「好きで居たわけじゃない」

福田が大仰に両手を広げたとき、「ここでお待ちください」と二人にソファを勧めた七海は、男を従えて退室した。

「福田、どうしたっていうんだ？」

扉がしまったとたん、則尾がふかふかのソファへどっかり腰を落とした。

「竹崎由布子を見た翌日に、思い切ってこのホテルへ乗り込んだのさ」

「そのまま拉致されたってわけ？　福田にしちゃあ軽率だな」

「いや、捕まったというより招かれたって感じだ」

「お気楽なもんだな。それで、長嶺とは会ったのか？」

「二度ね。やつもこちらが持っている情報が知りたかったようだ」

「話したのか？」

「だいたいはね」

「どうだった？」

「感心していたよ。俺たちの動きは竹崎由布子やその妹から聞いていたようだけどな。この場所を突きとめたことは褒めていた」

「長嶺たちの動きはボクらの推理どおりだったのか？」

「それに関してはノーコメントだった」

「それにしても一週間だぜ。ここで何をしていたんだ？」

「何もしてないよ。服と携帯は没収だが、メシは和洋中とお好みしだい、下着やバスローブも毎日新しいのが用意される。客が寝静まった夜中はジムやプールでの運動もＯＫ、もちろんマッサージも頼み放題、あとはこのスイートルームでテレビを見る。といっても電波放送はオフリミットで、ホテル側が用意した映画やドキュメンタリーのＤＶＤだ。ただし四六時中、護衛がついている。いわば優雅な軟禁状態ってところかな」

「そのかっこうを見ればわかるよ。でも、いつまでこんな状態が続くのかな？」

「二週間程度はおとなしく静養してもらいたいってことだ」

「福田が拉致されてから一週間だから……あと一週間ってことか……何かわけがあるのかな？」

「たぶん何かの計画があるんだろう。内容まではわからないけどね」

「ということはボクらも同じ運命ってこと？」

「さあねぇ……いずれにしても危害を加えるつもりはなさそうだ。それより則尾たちはどうしてここへ来たんだ？」

「何言ってるんだよ。福田が連絡不能になったから心配して監視に来たんだよ」

「それにしても、ここへ乗り込むなんていい度胸だな」

「さっきの妹がこのホテルに出入りするのを見たのさ。それで大前くんが彼女に連絡したら長嶺が会いたいってことで、こうなったってわけ」

「そうか……ということは、すぐにでも長嶺が来るな」

思案げに目線を伏せ、眉根にしわを寄せた福田は、すぐに向かいの則尾に目を戻した。

「それなら二人ともこっちの長ソファへ移って長嶺の席を用意しておいた方がいい」

その言葉を待っていたようにチャイムが鳴り、七海がカップとポットを載せた盆を抱えて入ってきた。長イスにならんでかしこまる三人に「あら」と笑みを投げながら、テーブルの脇に屈み、カップにコーヒーを注いだ。

四つ目のカップにコーヒーを注ぎはじめたとき、再び扉があき、二人の屈強な男が現われた。男たちの背後には、福田と同じバスローブを身につけた大柄な初老の男がいた。

「お出ましだ……」

福田が隣の則尾に耳打ちする。

見事な白髪の男である。浅黒い肌は青年のように張りがあり、歩く姿もどっしりと落ち着いている。

「はじめまして。長嶺です」

向かいのソファに座った長嶺は白髪の頭を丁寧に下げた。則尾は慌てて「あ、私は……」と口ごもって立ち上がろうしたが、長嶺は穏やかな表情でそれを制した。

「聞いていますよ。則尾さんですね。それに、そちらはＪＩＴの大前さんですね」

「はい！」

とっさに上体を起こし、背筋を伸ばした雅人を見て、長嶺が目を細めた。

「初対面なのにこんな格好で申し訳ありません。このホテルに滞在する者はこれを着用する決まりでしてね」

表情は穏やかだが、深く窪んだ鳶色の目は、こちらの心を射るような光を放っている。

「キミもかけなさい」

長嶺は脇に立つ七海に隣のソファを示した。

「福田さんからもいろいろとお聞きしましたが、皆さん、おおかたの事情は知っていらっしゃるようですな」

鳶色の瞳が三人を凝視する。

「だいたいは……『ドラッカーの限界』も読みましたし……」

則尾が悄然と応える。「ふむ」とうなずいた長嶺は、

「どうでしょう。福田さんにも了解していただいたのですが、お二人とも二日だけここで療養して

いただけませんか？」

その言葉を聞いた福田が怪訝に聞き返す。

「私のときは確か二週間と言いましたよね。まだ一週間残っていますけど」

「いや、あと二日です。それで福田さんの療養も終わります」

「事情が変わったんですか？」

「その事情は福田さんもご存知のはずですよ」

「……」

無言で吐息した福田に、「どういうことだ？」と則尾が小声でつめ寄る。その様子を見た長嶺は目を細めて含み笑いをもらした。

「おとといですが、ここに官憲が顔を出しました。軽くジャブを打った程度で帰りましたが、あれは福田さんの保険ですね？」

すると福田は大きく息を吐いた。

「隠していたわけじゃありませんが、保険なしで来るほど豪傑じゃあないもので」

ふてくされたように言う福田に、則尾は「ちぇっ」と舌打ちし、

「何だよ、事前に警察へ連絡してあったのか」

「そうじゃない。こちらからの定期連絡が途切れたら、俺のクライアントがしかるべき手を打つということになっていただけだ」

「じゃあ福田のクライアントは警察だったのか？」

「そんなわけないだろう」

そのとき向かいの長嶺が鼻で笑った。

「ふふふ、ここへ来たのは公安の調査官ですよ」

それを聞いた則尾が再び福田を睨む。

「クライアントは公安調査庁だったのか？」

「バカなこと言うな。国家権力が民間人にそんなこと依頼するわけがないだろう」

「そりゃあまあ、そうだな……」

割り切れない表情で得心する則尾に、長嶺はまた柔和な表情を向けた。

「福田さんのクライアントに関してはおおよその察しはつきます。たぶん、そのクライアントが公安調査庁に情報をリークしたのでしょう」

肯定も否定もせず、神妙な表情で長嶺を凝視した福田は、

「解放が早まったのは、保険が有効だったと解釈してよろしいんですね？」

「いや……」

長嶺は軽く首を振り、コーヒーカップに手を伸ばした。

「福田さんの保険のせいではありません。私が時代を読み違えたのです……」

ゆっくりとコーヒーを飲んだ長嶺は、茫洋とした目を虚空に投げ、独り言のように話しはじめた。

「アメリカ独裁の世界情勢が揺らいだ……ようやく時期が来たと確信したんですが、まだ力が残っていたようです……まあ、最後のあがきと言えなくもないですがね。あと一年、せめてあと一年の猶予があったら……」

「日本を変える一歩が踏み出せたというわけですか？」

長嶺の独白を遮った福田は、前のめりに体を起こした。

「長嶺さん、もう話してくれませんか。こちらの情報はほとんどお話しましたよ。しかしあなたは、ご自身のことや、あなた方の計画については何も話してくれない。こうしてこの二人が来たことで、外部にはもう事件の本質を知る人はいません。私もクライアントにはまだ事件の内容を報告していませんし……」

「承知しています。もし報告していたら、公安に情報をリークし、福田さんを救出する活動など起こさんでしょうから」

「そのとおりです。つまり我々三人を闇に葬れば、秘密は保持できるってことです」

覚悟したような福田の言い方に、雅人はぎょっとして体を硬くした。非現実的な恐怖が全身を包み、おもわず七海を見た。しかし彼女は寂然とうつむいたままだった。

長嶺が豪快に笑った。

「ははは福田さん、我々は殺人集団じゃありません」

「しかしＭＡファンドの調査員……ＣＩＡ要員は排除したでしょう？」

「あれは……亀山と白石の弔いと、私自身の直接的な脅威を回避するためです」

「私たちはあなたの直接的な脅威じゃあないということですか？」

「残念ながらそういうことです。あなた方が我々の計画に気づかずとも、アメリカ政府の意図を受けた公安調査庁は、遅かれ早かれ動いたでしょう。ただ、それが数ヵ月早まっただけです」

長嶺はまた磊落《らいらく》に笑い、隣で目を伏せる七海にコーヒーのお代わりを促した。

「それで、あなた方は私に何を聞きたいのですか？」

七海が差し出したカップを受け取りながら、長嶺は吹っ切れたような表情でソファに背を預けた。

その動作につられ、福田は身を起こした。

「そうですね、まずはあなた方のプランの実現性について……」

「どういう意味ですか？」

「あなた方の最終目的は、東アジア政経連合の実現にあるはずですよね？　それなら、すでに中国や韓国などの要人ともコネクションをつけているはずでしょう？」

「それに関してはノーコメントです。福田さんのクライアントのこともありますのでね」

「そうですか……それでは今回の事件の構図のことをお聞きしますが、我々の推察は的を射ていたんでしょうか？」

「お見事です、と申しあげておきましょう」

「つまり、あなた方は半世紀を経てこの日本に新たな革命を起こそうとしたわけですね。それも、かつての学生運動のように思想的・政治的な革命ではなく、経済的な革命を……」

「ほう、革命と評価してくれますか」

「革命ですよ。戦後六十余年を経てようやく日本は米国の植民地から脱却するんですからね。日本が真の独立国になるための革命じゃないですか？」

長嶺は感慨深い表情で福田を見つめた。

「あなたは日本の現状を把握されているようだ。もう少し早く出逢いたかったですな」

そのあと目線を伏せ、「半世紀……」とつぶやくように語りはじめた。

三

長嶺、北条、亀山、白石の四名が活動を共にした学生運動は、主に一九六〇年代の日米安保闘争と六〇年代末からの全共闘運動・大学闘争だった。その理由は左翼思想を根底にした日米接近の阻止をはじめ、ベトナム戦争など米国の資本支配に関する反旗、さらには大学の制度改革などさまざまであるが、体制を変えようとした点においては一定の方向性を示すものだという。

「当時、政治や組織の体制を変えようとする主張は、まとめて左翼思想だと言われていた。我々もマルクス思想に傾倒した向きはありましたが、純粋であったことだけは確かですよ。しかし結果的に社会には受け入れられなかった。いや、受け入れられなかったというより、高度成長期の日本は資本的な豊かさの実現が最優先の課題であり、人々もそれを夢想していたのでしょう」

長嶺は自嘲するように口元をゆがめた。

「でも、あなた方だって資本の中枢に入ったじゃないですか」

福田は皮肉を浮かべた口調で返した。

「おっしゃるとおり、現実的な力を手に入れるため、私や北条は資本家を目指し、亀山と白石は政治の世界へ入った」

「日本の経済成長における団塊世代の功績は認めますよ。でも……」

食いさがる福田を長嶺が制した。

「言いたいことはわかります。現在の日本の政治や経済の暗部をつくったのも我々の世代だとおっしゃりたいのでしょう？」

「まあ……」

「だから我々は自分たちの責任を果たそうと思ったのです。時機も来たようでしたからね」

「その契機がサブプライムローンに端を発したアメリカ経済の崩壊ですか？」

「サブプライムローンは引き金に過ぎません。今回の金融危機は背後に勝者の自己愛が横たわっているのです。戦後、米国は東西冷戦構造のなかで日本を中ソの防波堤にした。現在の保守政治体制、もっと言えば日本国憲法すらも米国政府の主導であり、米国政府に都合よく機能するものです」

「それに反発して、あなた方は学生運動を起こしたんでしょう？」

「そうですね。しかし、ご承知のように本流にはならなかった」

「それで今、新たな革命を起こそうとしたのですか？」

福田の言葉に、長嶺は再び感慨深い視線で虚空を見つめた。

「福田さん、米国は八千億ドルもの貿易赤字を抱えています。しかるに、借金を重ねながら消費を続けている。それも莫大な消費です。日本が輸出国として成長できたのは、ある意味、この無秩序な米国の消費と、米国が売りまくる無価値の証券のおかげです。そして日本の政治は米国の意向でしか動けない植民地的な政治になってしまった」

「それで米国支配の排除ですか？」

「いや、独立国として対等な関係になるだけです。米国の経済、つまり金融肥大した経済に比べ、日本や中国は金融経済と実体経済とのギャップは小さい」

「その先にあるのが東アジア政経連合ですか？」

「今後の世界経済は、米国、欧州、東アジアのブロックに分け、それぞれがブロック内の経済と内需を立て直し、それぞれを基軸にしたグローバル化を構築するしか道はないでしょう。もとより世界の経済の発展はそれを望んでいた。しかし米国の一国主義的な金融・経済がそれを阻《はば》んでいたのです」

そのとき則尾が嬉しそうな声で問いかけた。

「長嶺さん、その米国への仕返しとしてＭＡファンドを騙し取ったという筋書きですね」

「ははは、騙し取ったというのは語弊がありますな。多少ご返済願ったというのが正しい」

そこまで言った長嶺は急に目元へ暗い影を忍ばせた。

「もっとも、そのおかげで亀山や白石は志を遂げられなかった……」

「でも米国の報復は予想できたんじゃないんですか？」

「想定外だった、というのが正直なところですな。予想に反して米国政府の焦り方は異常だった。つまり、あの国も我々が考える以上に事態の深刻さを察知していたということでしょう」

するとと福田が「なるほど」と感心したようにうなずいた。

「今回の経済危機は、一九二九年の世界恐慌どころではないという認識ですね」

「そうです。あの恐慌の要因は英国の世界経済支配が崩れたことによるものだった。米国はニューディール政策で乗り切り、世界経済の覇者に登りつめた。しかし今回の経済危機は米国内部のウルトラリベラリズム、つまり行き過ぎた自由主義が貪《むさぼ》った夢想のマネーゲームですよ。その夢から起こされた米国は、もう成す術がない。術がないと言うより、自らドル安を誘導して貿易赤字を少しでも減らす以外の知恵がないと言った方が正しいでしょうな。しかし日本は違います。成す術がない米国を相手に、きちんとした独立国としての自治を回復し、アジアに目を向けるチャンスなのです」

「でもアジアの国々、とくに中国や韓国などは反日感情が強いでしょう？」

「その一因こそ、日本が米国の飼い犬でいる事実にあるとは思いませんか？」

「でも、このところ日米の連携が弱まったからこそ、中国やロシアがここぞとばかりに領土問題に踏み込んできたんじゃないですか？　とくに中国のやり方は深刻ですよ」

「短期的に見ればそうですね。品格のない反日教育の成果と言うべきでしょう。しかし、学問を積んだ中国国民は我々が考えるほど愚かではない。どんなに政治的な水圧を高めようが天安門の炎を消し去ることはできません。そのことは中国政府自身が一番知っているはずです。日本が米国と対等の独立国になり、アジア民族としてアジアに目を向ければ、多少時間はかかるかもしれませんが、反日感情よりアジア同胞民の意識は勝るはずです」

「そのための一歩が食糧自給率アップと新エネルギー開発というわけですか？」

「方法はいろいろあると思いますがね、我々が現実的に着手できる分野がそこだったに過ぎません。日本では減反政策が四十年も続けられてきた。減反の保証金だけでも七兆円です。しかし、この政策は単に米価の安定政策だけが目的ではありません。むしろ米国の植民地たる日本が自国の農業生産性を否定し、米国主導のグローバル経済によって与えられる食に満足させられてきたことが要因なのです。そのおかげで、現在、日本全国には四十万ヘクタールもの耕作放棄地が生まれてしまいました……いや、生まれたという表現は適切ではありません。四十万ヘクタールの耕作地が死滅したと表現する方が正しい。その再生を訴えた有識者もいるにはいたが、日本の政府、そして大半の学者やエコノミストは農業の再活性化を問題にしなかった……この現象は、この問題に限ったことではありませんがね」

「確かに現在の経済危機に対して各国政府は無力の状態ですね。あなたがおっしゃるとおり、ウルトラリベラリズムの発想しかなく、政治が経済に対して受身だったせいかもしれません。日本の農業政策はその波をもろにかぶった最大の被害者だと思います。私も、今回の経済危機でウルトラリベラリズム発想はその無力さを思い知ると思います」

「福田さん、さっきも言いましたが、あなたとはもっと早く逢いたかったですな」

長嶺はおもむろに冷えたコーヒーを口にした。そして深いため息をつき、

「時機を読み違えた……そして私が米国の焦慮の深刻さを読み違え、同時に日本政府のだらしなさを読み違えた……それだけです」

そう言って再び自嘲的に「ふふん」と鼻を鳴らした。

「長嶺さんはこれからどうするおつもりですか？」

コーヒーを口にした福田はカップをソーサーに戻しながら長嶺を凝視した。目をひらいて「ふん」と小さくうなずいた長嶺は、

「いずれわかります。まあ、あと二日、ここで療養してください」

「もうひとつ教えてください。亀山氏と白石氏はＣＩＡによって排除され、今、長嶺さんも脅威を感じてここにいる。でも北条氏はどうなんですか？　彼も長峰さんの計画の首謀者でしょう？　それなら彼にも脅威が迫っているんじゃないですか？」

「もうご存知と思いますが、北条も北嶺観光開発の設立に資本を提供しています。しかし、それだ

けです。ファンドに関しても彼はノータッチですよ」

「それだけですか？」

「どういう意味ですかね？」

「私が調べたところによれば、今、日本政府は低炭素社会への移行を政策に掲げています。そのキーを握るのが自動車産業や石油関連産業ですよ。現に大手石油会社は新エネルギー開発計画を発表し、太陽光発電施設や太陽電池の巨大工場建設計画、それに燃料電池などの事業化に乗り出しているじゃないですか。北条エナジーもその一員です。しかも、かなりの具体性をもってバイオ燃料開発やメタンハイドレートの開発を進めている」

「ほぉ、よく調べましたね」

長嶺は興味なさそうな表情でコーヒーを口に運んだ。

「長嶺さん、北条エナジーには政府のバックアップがあるんでしょう？　それに米国も日本の環境技術には注目している。ことにバイオエタノールの生産技術開発やメタンハイドレートの掘削技術は、ある意味で米国の石油依存体質を打破する可能性をもっている。だから米国政府も日本政府も今のところ北条エナジーには手が出せない……違いますか？」

「どうでしょうね。想像は勝手ですがね」

思わせぶりに福田を睨んだ長嶺は、やにわに立ち上がった。

「それでは、あとのことは竹崎からお伝えします」

そう言うとドアに控えていたボディガードの一人を伴い、さっさと部屋から出て行ってしまった。

＊

「大前さんと則尾さん、お二人の持ち物と携帯電話をお預かりします。あとでホテルのバスローブをご用意しますのでお着替えになってください」

「竹崎さん……」

雅人は携帯電話を渡しながら七海に言った。

「オレを騙していたんですね」

七海は一瞬表情を強ばらせ、

「そんな悲しいことをおっしゃらないでください……」

「でも騙していたんでしょう？　シノウミだって、あなたは知っていた。でも知らないふりをしてオレに近づいた……もしかしてカシオペアの事件もあなたが動いたんじゃないですか……違いますか？」

「もう言わないで……」

「いや言わせてください。あなたはこちらの動きを探るために、そしてこちらの情報を引き出すために、思わせぶりな態度でオレに近づいたんですよね」

「大前さん……」

「そうだと言ってください。それでなけりゃあ、オレは……気持ちの整理ができない……」

しかし七海は潤んだ目で雅人を見つめ、

「大前さん、こんな状況でなく、あなたと出逢いたかった……」

「やめてください！」

雅人は思わず激昂した。

「まあまあ大前くん、もう言ってもしょうがないじゃないか」

隣から則尾が宥める。

「大前くんの気持ちもわかるけど、こうなった以上、おとなしく従うしかないよ」

「でも則尾さん……」

「その話はあとにしよう」

則尾がそう言ったとき、長嶺とともに消えたボディガードの一人がホテルのバスローブを手にして戻ってきた。それを契機にしたように七海は「ごめんなさい」と小声で言い、二人の携帯電話を手にして逃げるように部屋から出て行った。

「さてと、これからどうしようか？」

七海に続いてボディガードが部屋から消えたとき、則尾があっけらかんと言いながら、つい先ほどまで長嶺が座っていたソファに体を移した。しかし福田は苦い表情で口を尖らせ、

「どうするって……どうしようもないよ。何をするにも監視つきだからな」

「でも監視はいなくなったよ」

「ちゃんとドアの外に二人いるよ。嘘だと思ったら出てみろよ。それに、この階からの移動はエレベータしかないし、それを操作するには暗証番号が必要だ。窓から逃げようにも十二階じゃあな。それに窓はロックされていてあけられない」

「だろうな……福田が何もできなかったんだからな」

「まあな。でも二人が来たおかげでいくらか長嶺の話が聞けたから、それはそれで成果と言うべきかな」

安穏と言う福田に、則尾は訝しげな視線を送った。

「福田、おまえのクライアントって誰だよ？」

「今は言えない。盗聴器があるかもしれないからな……」

「でも長嶺はわかっているような口振りだったぜ」

「長嶺の言葉じゃないが、想像するのは勝手だ。それよりも、せっかく話が聞けたんだから、あと二日間のあいだに今回の事件をもう一度整理してみようか？」

「そうだな、復習の時間にあてるしかなさそうだな」

憮然とうなずいた則尾は雅人を見た。

「ところでボクらはフリーだからいいけど、大前くんは宮仕えだから少なくとも二日間は無断欠勤になっちゃうね」

「しょうがないですよ……」

一瞬、FT課内や手塚部長の混乱が脳裏をよぎる。しかし雅人の意識は、絶望感に喘ぎながら、破壊された七海の幻想の残渣を未練がましく探していた。

＊

それから二日間、豪華な食事やジャグジー、あるいは望みどおりに振舞われる美酒など優雅な時間を送りながら、三人は今回の事件の全容を整理した。ほとんどは福田と則尾の推理だった。雅人は悄然とその脇に座し、二人の推論を聞くしかなかった。

その間、絶えず三人のボディガードが付き添った。長嶺も七海も姿を見せなかったが、ボディガードの顔ぶれは何回か変わった。

福田と則尾の推理によると、CIAがまず亀山や白石を排除したのは、CIAのそうした動きを政治的に排除されたくなかったためであり、それが効果を発揮し、日本の政府筋も米国の意向に従って事件を黙殺した。亀山と白石の死因が自殺と事故に落ち着いたのも、背後にあった米国の圧力によるものに違いない。オコタンペ湖で死んだMAファンドの調査員、つまりCIAのアジア要員は、長嶺の報復によって排除されたが、それすらもCIAの動きを糊塗するために自殺とされ、さらには、その要員から長嶺の潜伏場所を記したメモを渡され、確認に向かうカシオペア車内で殺害されたCIA要員も、自殺ということで蓋をされてしまった。

「かつて純真な心で日本の革命に挑み、それを果たしえなかった団塊世代が、米国経済の凋落を機に、改めて第二の革命に挑んだ。しかしその動きに関する米国の脅威の意識は、想像していたよりはるかに深刻だったということだ。それと日本政府も長嶺が思っていた以上にだらしなかったというわけだな」

福田はため息まじりに言ったが、則尾はまだ納得できないといった表情で、

「長嶺は時機が早すぎたとも言っていたぜ。もう少し遅ければ何とかなったのかな」

「たぶん今以上に米国の政治や経済が混乱すれば、米国も自国のことで手一杯になり、極東にまで意識がまわらないってことかもしれない。そうなれば米国の極東戦略も多少は変化する可能性がある。早すぎたというのはそのあたりじゃないかな」

「でも原油価格も安定してきてるし、サブプライム問題やリーマンショックによる米国経済の打撃はそれほど深刻じゃないのかもよ。むしろアジアやヨーロッパの方が深刻なんじゃないか？」

「則尾……」

福田は呆れるように則尾を睨んだ。

「そりゃあ日本の官僚の考えと同じだよ。米国の凋落の根を甘く見すぎている」

「じゃあ米国経済の傷はもっと深刻だって言うの？」

「長嶺も言っていたが、米国は腐った金融商品を売りまくり、同時に腐った利潤を食い続けてきたんだぜ。完全な食あたり状態、いや、ひどい食中毒だ。でもやつらはだいぶ以前からそれを自覚しはじめていたようだ。例のイラク戦争やアフガンのテロ組織撲滅だって、結局は自国のエネルギー政策や正義なんかじゃなくて、国外に緊張の種を植えて米国政府の存在感を誇示し、同時に国民意

識を政権支持に向かわせるための、とりあえずの応急処置に過ぎないんだよ。国民の意識を国外の敵や脅威に向け、内政の瑕疵《かし》をごまかすのは政治の常道だ。中国の反日教育も北朝鮮の対日・対米姿勢も、結局はそうなのさ」

「つまり自分たちの食中毒症状を隠すためか？」

「そうだな。戦争という緊張感があれば、米国の地位や通貨は安泰だ。少なくとも破滅的な症状を世界から隠しておける。長嶺は『ドラッカーの限界』のなかで、現在の米国政治経済の出発点を先の戦争においているぐらいだからね」

「第二次世界大戦にか？」

「それだよ。ただし則尾のその呼び方自体が錯誤だと痛切に批判している。われわれが第二次世界大戦と呼ぶこと自体に米国の意図が隠されているというんだ」

「どういうことだよ？」

「つまり、一般的に第二次世界大戦と呼ばれる戦争は、実は、ヨーロッパとアジア極東でそれぞれ違う理由による戦争が連鎖的に勃発したに過ぎないという説だ。ところが極東とヨーロッパの中間に立地する米国は、その機会に両方のエリアの覇権を強めるため、両地域に軍隊を送り出した。しかしこうした二面作戦は戦争のタブーと言われている。つまり最初から負けが濃厚な愚かな作戦ってわけだ。こんな作戦に国民が黙って従うと思うか？」

「でも結果的には両地域へ軍隊を出したじゃないか」

「そうするために、米国は日独伊をファシズムという概念でひと括りにし、民衆をファシズムから解放する聖戦だと流布して国民を納得させたのさ。結果は、ラッキーにも両方で勝利した。しかもだ……戦後、先進諸国は焼け野原と化したのに、米国本土は無傷の状態だぜ。それが日中戦争と第二次ヨーロッパ戦争後のアメリカによる政治経済の専横を生み出し、世界が苦々しく容認した独善を可能にした……とくに1985年のプラザ合意によるドル安容認と、それに続く東西冷戦の終結以降、米国の専横と独善の膿は、水面下でどんどん広がっていった。それが現在の政治経済状況の現状だと長嶺は書いているよ」

「なるほどね……そう言われれば納得できる論理だな……」

素直にうなずいた則尾は、

「でも……今回の長嶺の動きに対して米国の焦りは想定外の大きさだったんだろう？　長嶺はこれからどうするんだろうな？」

「現状では彼の構想を進めるのは無理だと思う」

「といって、しゃあしゃあとした顔で元のさやに収まることもできないだろう？」

「どうかな。また別の作戦があるのかもしれないし……」

「でも、オコタンペ湖やカシオペアの事件の首謀者だろう？　そのままってわけにはいかないんじゃないか？」

「あれは自殺と発表されている。一事不再理ってやつだ。検察や政府だって自殺と発表した以上、あの事件で長嶺をさばくことはしないはずだ。ただしＣＡＩの活動はまだ続いている。と言って長嶺もこのままこのホテルに身を隠してはいられない」

「何かの動きをするってことか？」

「当然さ、あと二日で俺たちを解放するんだぜ。それを前提に自分の計画を話した以上、何か手があることは間違いない。まあ、お手並み拝見っていうところだな」

「本当に解放してくれるのかな？」

「たぶん解放するはずだ。もし俺たちを始末するならとっくにそうしているはずだしな」

福田と則尾は勝手にそう結論づけたが、雅人は不安だった。

「福田さん、カシオペアの事件は竹崎姉妹の犯行なんでしょうか？」

「どっちが実行したかはわからんが、おそらくは……」

「それも、一事不再理って法律が適用されるんですか？」

「事件の進捗状況によるだろうな」

「本当に彼女らにそんなことができたんでしょうか？」

雅人はどうしても納得できなかった。福田は一瞬、「う〜ん」と言い淀んだが、

「大前くん、前にも言ったと思うけど、ＣＩＡの要員に警戒されずに接近できたのは、あの姉妹……というより妹の方だと考えるしかない」

「でも妹だって長嶺の関係者ですよ。ＣＩＡともあろうものが、そんなことも読めなかったなんて

「……」

するとと福田は雅人を憐れむように一瞥した。

「酷な言い方だが……大前くんだって彼女が長嶺の関係者だと知っていたはずだぜ」

「……」

言葉を失った雅人は呆然と窓の外に視線を投げた。

真夏の太陽に、房総の低い山なみの稜線が影を刻み、背後から不気味な積乱雲が淡いブルーの空を覆いはじめている。梅雨明けにはまだ早いが、湧き上がる雲はまるで雷雨を予感させる暗色を忍ばせている。その不穏な色が七海の幻想を覆う暗い影に感じられた。

# 第八章　遙かな謀略

## 一

二日後の火曜日、夕刻になって竹崎姉妹が三人の部屋を訪れた。

「札幌では大変失礼いたしました」

ライトグレーのスーツに身を包んだ竹崎由布子は悪びれた様子もなく、優艶な面持ちで頭をさげた。

鎧《よろい》のような気品と言うのだろうか、新千歳空港での印象とはまるで違い、拒絶的にも感じられる凛とした意志のようなものを全身にまとっている。

それとは対照的に、七海は、ホテルのロゴが入った大振りのバッグを手にし、上背のある体を屈め、虚ろな視線を床のあたりに這わせていた。

福田が棘を含んだ口調で由布子に向かって皮肉った。

「竹崎さん、見事に騙されましたよ。女ってのは恐ろしいですね。まさに涙は女の第二の武器ですか……どうせなら第一の武器も使って欲しかったですがね」

それを不敵な笑みで受け流した由布子は、「お預かりしたものをお返しします」と背後の七海に目配せした。

七海は目を伏せたまま三人に歩み寄り、「どうぞ」とバッグの口を開いた。なかには没収された衣類がひとつひとつビニールで包装されている。

「これが返されるということは、いよいよ解放というわけですね？」

福田は由布子をじろっと睨んだ。

「はい」

「長嶺氏はお見えにならないんですか？」

しかし由布子は、それには応えず、

「寝室でお着替えください。駅までは七海が車でお送りします」

「携帯電話やほかの持ち物は？」

「駅でお返しします。どうぞあちらでお着替えください」

由布子に促され、隣のベッドルームに移動した三人は衣類を包んだビニールを乱暴に破り、着替えをはじめた。

「妹さんの方も第一の武器は未使用だったの？」

Tシャツから首を出した則尾が雅人をからかう。

「則尾さん……」

雅人が声を殺して諫《いさ》めると、則尾は「えへへ」と苦笑いをして、福田を振り返った。

「ところでさぁ、ホテルから支給されたトランクス、どうしたらいいのかな？」

「そんなものバスローブと一緒にバッグへ突っ込んでおけよ」

福田は辟易と顔をしかめた。

＊

五井駅で車から降りた三人に、七海はそれぞれの持ち物と携帯電話を返した。

「竹崎さん、これからどうするつもりですか？」

携帯電話の電源を入れながら雅人は小声で聞いた。すでに七海を問い詰める気力は萎えている。ただ何も言わずに別れることが忍びなかった。

「ごめんなさい……」

逃げるように運転席へ身を滑り込ませた七海は、乱暴に車を発進させた。

白い車体が遠ざかるにつれて、心に終息感のような虚しさが広がる。その虚無感から逃れようと、雅人は無理やり意識を現実へ戻し、携帯電話の留守録を確認した。

二日のあいだに留守録センターの容量は目一杯まで使われていた。ほとんどが手塚部長からのメッセージだったが、その間に、美悠の心配そうな声が入っている。最終のメッセージは、その日の午後一時十五分の着信で、『頼むから何とか連絡してくれよ……』と泣きつくような手塚の声だった。

「大前くん、相当に入っているみたいだね」

すでに自分の留守録を聞き終えた則尾が、長い留守録メッセージに顔をしかめる雅人を憐れんだ。

「やばいです。とくに手塚部長は相当に怒っています」

「ボクにも何回か入っていたよ。あいつ、本当に心配症だな」

「例の企画が山場ですし、二日間近く連絡不能じゃあしょうがないですよ」

「ボクのほうからヤツに連絡を入れようか？　大前くんじゃあ角が立ちそうだし」

「いや、オレからします。まず企画部の恩田部長に連絡を入れないと……手塚部長へは恩田部長から伝えてもらいます」

雅人は直属の上司である恩田部長に連絡した。雅人の声を聞いた恩田は、『大前くんか……』と息をのんだが、すぐに『結城さんから聞いたがトラブルに巻き込まれたんだって？　もう自由になったのか？』と意外なことを言った。

《ミュウちゃんが？　どうしてオレの状況を知っているんだ？》

混乱する雅人に恩田部長は温和な声で告げた。

——もし、きょう中に連絡がなかったら警察に捜索願いを出すつもりだった。とりあえず警察に連絡を入れなさい。

「警察へですか？」

オウム返しに聞いたとき背後から福田が肩をたたいた。

「その必要はないよ。ほら」

彼が顎で指した方角には、ロータリーからこちらに歩いて来る二人の男の姿があった。

「誰ですか？」

「たぶん警察か公安だろう」

雅人は慌てて、「これから社に戻りますから、詳しい報告はそのときにします。それから則尾さんも一緒にいますから心配ないと手塚部長に伝えてください」と早口で言い、電話を切った。

近づいて来たのは律儀にネクタイをした中年の男だった。

「ちょっとすみませんが」

二人のうち年長に見える髪の薄い男が福田を呼びとめた。

「公安調査庁の者ですが、あなた方、新近江グランドリゾートから出てきましたね」

男はいきなり威圧的に言い、身分証を示した。

「ええ宿泊していましたが、それがどうかしましたか？」

福田は身分証を一瞥し、素っ気なく応えた。

「いつからお泊りですか？」

「私は一週間ほど前からですが、この二人はおとといからです」

「宿泊中に変わったことはありませんでしたか？」

「変わったこと？　気がつきませんでしたけど、公安の方がいるってことは、あのホテルに反国家的な団体の関係者でも泊まっているんですか？」

しゃあしゃあとした福田の態度に公安調査官は額の汗を手で拭い、顔をしかめた。

「何もお気づきになられなかったのなら結構です。申し訳ありませんがあなた方のお名前と職業を教えてもらえませんか？」

「いいですよ」

福田はバッグから名刺を出し、則尾と雅人にもそうするよう促した。三人の名刺をしげしげと見た二人の調査官は怪訝な表情のまま「お手間を取らせました」と目礼し、ロータリーの車へ戻った。

「福田、あれはおまえの保険だろう？　こんなに邪険にしていいの？」

構内へと歩きはじめた福田に則尾が言った。

「いろいろ聞かれるのも面倒だし、保険はもう充分に活用させてもらったよ」

「福田の名刺を見ても反応しなかったところをみると、おまえのクライアントは個人名まではリークしていなかったんだな」

「たぶんな……」

曖昧に応えながら携帯電話をいじっていた福田は、

「おい、長嶺のニュースやっているぜ！」

昂然と携帯の画面を二人に向けた。画面の報道番組では、『四季観光産業会長・長嶺氏、札幌市内で解放される！』と字幕が流れ、報道陣にもみくちゃにされて病院へ入る長嶺のうしろ姿が小さく映し出されていた。

「長嶺は俺たちと会見したあと札幌に向かったのか。二日間の意味はこれだったんだな」

アナウンスでは『誘拐されていた四季観光産業の長嶺善季会長は、九日早朝、札幌大通り公園で開放され、自力で札幌グランドホテルに戻ったもよう。健康状態を調べるため、すぐに市内の病院に入院しました。なお、この拉致・誘拐事件は事件の性質上、極秘に捜査が……』と警察が発表した事件概要を述べ、最後に『身代金の支払いに関し、四季観光産業側は、警察による今後の捜査の都合もありノーコメントということです』と伝えた。

＊

ＦＴ企画課の部屋では、憔悴した手塚部長と苦虫を噛み潰したような顔の恩田部長が雁首をならべ、その背後で美悠をはじめとする課員たちが唖然として待ち構えていた。

「警察には連絡したのか？」

最初に声を発したのは恩田部長だった。

「ちょうど部長に電話をしているときに公安調査官が来て、尋問されました」

すると手塚が憔悴した顔に非難を浮かべ、

「大前、千葉でやばいことでもしてたのか？」

「ちょっとしたごたごたに巻き込まれまして……でも、これ以上騒ぎが大きくなったら今後の仕事にも差し支えますし、穏便にすませた方がいいと思って、公安調査官には現地のホテルで宿泊していたことにしました」

「お気楽なこと言ってやがる。こっちは捜索願いを出すところだったんだぞ！」

興奮して声を尖らせた手塚を、「まあまあ」と恩田が宥める。

「とにかく無事でよかった。大前くんも疲れているだろうから、きょうはもう帰りたまえ。事情はあしたじっくり聞くから……手塚部長、それでどうですか？」

渋々うなずいた手塚は、「それまでに始末書を書いておけよ。まったく仕事が切羽つまってるのによぉ、こっちはオーマイガ！だぜ」と両手を広げて天を仰いだ。久々のギャグに課員たちから忍び笑いがもれる。そのなかで美悠がひとり、憮然と雅人を見つめていた。

「申し訳ありませんでした。きょうはこれで帰らせていただきます」

両部長が引き上げたあと、雅人は自分のデスクで不在の間に寄せられた伝言書を確認し、美悠に声をかけた。

「ミュウちゃん、聞きたいことがあるんだけど、まだあがれない？」

美悠はかすかな戸惑いを浮かべたが、「すぐ用意します」と帰り支度をはじめた。

＊

会社を出た雅人は横を歩く美悠に聞いた。

「恩田部長が言ってたけど、ミュウちゃんはどうしてオレたちが拉致されたことを知ってたの？」

退社時刻を迎えた歩道には人があふれている。雑踏をよけながら美悠が小声で言った。

「きのうの昼頃、竹崎先輩から電話があったんです」

「竹崎さんから!?」

「課長は無事で、あしたの夜までには帰るから心配しないようにって……それに、このことはほかには言わないようにって……でも私、恩田部長にだけは報告しました」

「今回の事件のことも話したの？」

「そんなこと話しませんよ。課長から連絡があったことにして、ちょっとした事件に巻き込まれて房総のホテルにいるけど、火曜の夜までには戻るから大丈夫だって……竹崎先輩は課長のいる場所は教えてくれませんでしたから、私の方から市原の新近江グランドリゾートじゃないかって聞いたんです。そしたら驚いていました」

「そうだったのか……」

「課長、竹崎先輩と一緒だったんですか？」

「え!?」

思わず美悠を振り返る。しかし彼女は雅人を無視するように前を見つめていた。

「彼女とはほとんど逢っていない。ずっと則尾さんや福田さんと一緒だった」

「そうですか……」

悄然とうなずいた美悠はふいに神妙な顔で雅人を見上げた。

「課長……長嶺会長のニュース、知ってますか？」

「携帯のニュースを見た」

「あの誘拐は偽装なんでしょう?」

「それは……」

雅人は言葉をにごし、「どこかで夕飯を食べない?」と誘った。

「課長、話してくれるんでしょう?」

美悠が不満そうに頬をふくらませる。

「何を?」

「今回のことに決まってるじゃないですか。私には聞く権利があると思いますけど」

美悠は勝気な瞳で雅人を睨んだ。

「わかったわかった、話すよ……でも、このへんの店じゃあ会社の人間に出くわすかもしれないし
……とりあえず東京駅へ行こう。あそこならミュウちゃんの通勤経路だし、俺も一本で帰れるから
ね。東京駅の近辺で静かな店、知らない?」

「構内のグルメ街はどうですか? わりに広いイタリアンレストランがありますけど」

「そこにしよう」

雅人は地下鉄・丸の内線の後楽園駅へ足を向けた。

＊

東京駅にも人波が渦巻いていた。しかし美悠が案内したイタリアンレストランは、構内とは思えないほど静かな空間だった。

食事をしながら雅人は四日間の顛末をかいつまんで話した。

「やっぱりカシオペアの事件には竹崎先輩が関係していたんですね……」

リゾットのスプーンをテーブルに戻した美悠は鎮痛な面持ちで吐息した。

「まだ想像の段階だよ」

「竹崎先輩、このあとどうするんだろう？」

その言葉が雅人の心にある七海への思慕を刺激する。

「さあね……」

必死に無関心を装ったとき、美優が思いついたように顔をあげた。

「課長、竹崎先輩に連絡してみませんか？」

もとよりその思いは心に疼いている。しかし五井駅での七海の態度がそれを拒んでいた。

「しないほうがいいと思うけど……」

「何を迷っているんですか。課長は軟禁されていたんですよ。それに事件の成り行き次第では課長の人生に関わる問題じゃないですか」

「おどかすなよ」

「関わりますよ。今回の無断欠勤だって、もう大きくかかわってるんだから……さあ、早くかけてください。それとも私の前じゃかけにくいですか？」

美悠の目が悲しげに翳り、薄紅色の唇が真一文字に結ばれる。その表情を見ているうちに迷いが薄らいだ。

雅人はポケットから携帯電話を出し、七海の番号をプッシュした。しかしコール音を聞くあいだ、心では出て欲しい気持ちと出ない方が楽だという気持ちが暗闘していた。

《出るわけないよ……》

諦めて電話を切ろうとしたとき、コール音が途絶え、『はい』と七海の声が応えた。

「あ、あの、大前ですが……」

——わかっています。もうお部屋へは戻られましたか？

「いえ、まだ外にいます」

——長嶺のことはご存知ですよね？

「テレビのニュースで見ました」

わずかな沈黙のあと、七海は気を取り直したように声のトーンを変えた。

——警察か公安にお報せになるおつもりですか？

「そんなつもりはありませんけど……」

——ありがとう。

「べつにお礼を言われることじゃあ……」

——長嶺もあなた方なら理解してくれると申していました。

「信用されたというわけですか？」

——信用ではなく、よき理解者だという信頼です。

「そうですか……」

——大前さんお元気でがんばってください。

電話が切れそうな気配を感じ、雅人は慌てて話をつないだ。

「ちょ、ちょっと待ってください。五井駅でも聞きましたけど、竹崎さんはこれからどうするつもりかですか？」

——……。

「それだけでいいから教えてください」

沈黙の背後に震えるような息づきが聞こえる。やがて大きく息を吸った七海は吐息とともに息声でつぶやいた。

——転勤します……。

「転勤？　どこへ？」

——海外です。詳しくは申しあげられません……。

「いつから行くんですか？」

——それも申しあげられません。

拒絶した七海は、もう一度大きく息を吸い、

——大前さん、私の大前さんへの気持ち……嘘ではありませんでした。あなたの旅への想いも、

まっすぐに物事へ挑む姿勢も大好きでした。あのとき言ったことは本当です。こんな状況でなく、あなたと逢いたかった……もう切ります。さようなら……。

雅人の未練を断つように電話が切れた。

「竹崎先輩……転勤するんですか？」

じっと聞いていた美悠が、戸惑いを浮かべて雅人をのぞき込む。

「海外の支店へ行くって言ってた……」

「どこの支店なんですか？」

「オレには知られたくないらしい……」

「……」

美悠は黙って顔を伏せた。

＊

翌朝、いつもより二時間ほど早く出社した雅人は、デスクのパソコンで始末書を打ち、始業時間を待って恩田部長へ提出した。すぐに手塚が呼ばれ、始末書に沿って型どおりの質疑を行う。それが終わったとき、手塚はわざとらしく大きなため息をついた。

「夕べ則尾に連絡して詳しく問い詰めたよ。おまえらやっぱり俺に内緒で変なことに首を突っ込んでいたんだな……まあ今回のことはもういい。幸い俺たちより上には情報も伝わってないし。まあ俺と恩田部長にでかい借りができたってわけだ。とにかく今回の企画に全力で取り組め。もしうまくいったらそれでオレたちへの借りも返せるし、今回の無断欠勤懲罰も御破算だ」

則尾がどこまで話したかはわからないが、手塚が追求してこないところをみると、口止めを条件に、かなりきわどい内容まで聞いているようである。

昼近くになって、その則尾から連絡が入った。

——例の誘拐事件さ、メディアでは企業ぐるみの疑獄事件じゃないかって言われてるね。

「ニュースを見てないから、わかりませんけど……」

——ダウンしちゃったの？　ボクらより若いのにだらしないなぁ。

「宮仕えですから、則尾さんたちとは違うストレスがあるんですよ」

——そうだよなぁ。でも手塚にはボクからちゃんと弁明しておいたぜ。

「知ってます。朝の懲罰会議で聞きましたよ」

——とりあえず事態を静観するしかないな。

「長嶺会長の計画もこれでパアですかね？」

——そんなことあるわけないよ。先々の計画もなしにこんな行動をとるもんか。

「どうなるんですか？」

——わからないけど……たぶん何か起こるよ。楽しみに静観しようぜ！　しばらくはフルムーン企画の方で忙しくなりそうだしね。

則尾は楽しそうに言った。

# 二

則尾の言葉どおり、フルムーン企画の進行は佳境に突入し、雅人は仕事に忙殺された。

長嶺の誘拐事件は、ときおりニュースの片隅に顔を出したが、警察からの詳しい発表はなく、四季観光産業も北嶺資源開発もノーコメント、さらに長嶺自身もメディアを避けているため、勝手な憶測だけが飛び交った。

美悠はあれから事件の話題は一切口にしない。ときおり会社に顔を出す則尾も、意識してかそのことを口にしなかった。

解放から十日ほどして福田から連絡があった。今回の調査に関し、クライアントから謝礼が入ったので、手伝ってもらった雅人にもお裾《すそ》わけをすると言う。

「そんなことといいですよ」

――たいした額じゃあないから気にするな。キミの口座を教えてくれ。

「気を使わなくてもいいですよ」

――則尾にもお礼をするんだから大前くんにもさせてくれ。

雅人は渋々口座を教えた。

それから二日後の午前中、則尾から礼金のことで電話があった。

――福田からの礼金、受け取った？

「いや、まだ銀行へ行っていません」

――すぐに確認してみなよ。

思わせぶりに言った則尾は、

――きょうの夜、仕事が終わったら逢えない？

「いいですよ」

――市川へ戻るのは何時頃になりそう？

「そうですね、八時過ぎにはあがれると思うから市川へは九時前ぐらいですかね」

――それじゃあ九時に市川駅へ行くよ。夕飯でも食おう。

「何かあるんですか？」

――会ってから話すよ。

そのときは則尾の言葉を深く考えず目先の仕事に戻ったが、ランチを食べに外へ出たとき彼の思わせぶりなセリフを思い出し、銀行のATMで口座を確認してみた。

残高照会の数字の桁に雅人は目を疑った。

《五百万！》

何度見直しても金額は変わらない。記憶している残高よりも五百万円多い金額が表示されている。

《まさか……》

現実とは思えなかった。

＊

「則尾さん、振込み金額を見ました！」

市川駅の改札から出てきた則尾に、雅人は昂然と言った。

「驚いただろう」

則尾はにやりと口元をゆがめた。

「あんな金額、まずいですよ」

「まずくなんかないよ。福田のお礼なんだから」

「それにしても……」

「貰っておけよ。それよりどこか旨い店を知らない？」

雅人は常連になっている小料理屋へと則尾を案内した。懐が温かいためか、則尾は時価の刺身の盛り合わせを二人前注文した。

「ボクも福田から礼金の話があったときは多くて四、五十万だと踏んでいたから、金額を見たとき驚いたよ。予想の十倍だぜ。それですぐに福田のところに行ったんだ」

ビールで乾杯した則尾は口の泡を拭った。

「福田のやつ、あまり話したがらなかったけど、クライアントだけは白状させた」

「誰だったんですか？」

すると則尾は雅人の耳に顔を近づけた。

「ロシアンマフィアだよ」

「えぇ!?」

「と言っても直接的にはロシアンマフィアから依頼された日本の企業らしい。それも亀山議員の後援会関係の企業だよ。考えてみればあいつ、長嶺誘拐のときロシアンマフィアの線を否定していたじゃないか。普通に考えればその線の方が合理的なのにな。北海道で入手した長嶺の著書だってそのルートから手に入れたに違いない。ブラックジャーナリズムなんて言ってたけど、あいつの本当の情報源はクライアント企業とその背後にいるロシアンマフィアだったのさ。おそらく今回の事件が起きる前からロシア側も亀山や白石を通じてMAファンドの件や北嶺観光開発と北条エナジーの動きを知っていたんだろう」

「でもロシアは東アジア政経連合構想からは外れているでしょう?」

「そのあたりは亀山や白石が事実を糊塗して丸め込んでいたんだと思う。たとえばサハリン2の日露共同事業化なんかを餌にしてさ」

「サハリン2?」

「樺太《からふと》の液化天然ガス田だよ。その施設建設に日本の資本と技術を供与するっていうような政治的な動きを餌にした可能性もあるってことさ。それが殺害され、裏で米国政府が動いているらしいとなれば、ロシア側が真相解明に躍起になるのもうなずける」

則尾はお通しの枝豆を二、三個続けて口に放り込んだ。

「千歳空港で竹崎由布子と会った時点で福田は彼女への接近を画策したんだろうな」

「でも札幌近江グランドホテルへ誘ったのは彼女の方ですよ」

「つまりはタヌキとキツネの化かし合いってやつさ。竹崎由布子にしたって目障りなやつらを近くにおいて、情報を得たいと思ったんだよ。ボクと大前くんはその茶番劇に無理やり登場させられたってこと。まあ……裏でロシアンマフィアが動いていれば、あの程度の情報は入るよな。金だって動くはずだ」

「それでこんな金額だったんですか……」

「おそらく福田への報酬は五、六千万ってところだ。ボクと大前くんにそれぞれ一割の謝礼って感じかな」

「そんな大金が絡んでいたんですね……」

「ははは、最初に紹介したとき福田は金のにおいに敏感だって言ったじゃないか。でもね、裏社会にはこの程度の金額が絡む話はごろごろしているぜ」

「サラリーマンには縁のない金額ですね」

「フリーランスだって縁がないよ。と言うより、額《ひたい》に汗して真面目に生きている人間には縁がない報酬だ。でもファンドとか金融にかかわっている連中は違う。ちょっと羽振りがいいファンドのマネージャークラスだったら年収で五千万ぐらい稼ぐよ」

「五千万も？」

「一億稼ぐやつだっている。まったく他人の金を転がしているだけなのにさ。何も生産しないやつらが莫大な報酬を得てるんだ。こんなのがまかり通ってきたんだから、アメリカの経済が傾くのは当然だよ」

「これからどうなるんですかね？」

「アメリカのこと？　それとも今回の事件のこと？」

「両方ですよ」

「今回の事件に関してはよくわからないけど、アメリカ経済のことなら簡単だ。もっと深刻になるよ」

「サブプライムローンってそんなに大きな影響があるんですか？」

「ＩＭＦがおととしの四月に発表したサブプライムローンの損失額は世界で約百兆円、この先も現在の倍ぐらいまでは膨らむと予想されてるぜ」

「二百兆円ですか！」

「あのとき長嶺も言っていたけど、サブプライム問題はトリガーに過ぎない。今後、米国経済はこれまでの金融至上経済の膿をどっと噴出させながら急速にしぼみ、そのあおりを食らって世界経済が今以上に混乱しそうな気がする。長嶺はアメリカに比べて日本の金融経済と実体経済のギャップは小さいって言っていたけど、日本も危ないぜ」

「そうなると、やっぱり東アジア政経連合……ですか？」

「長嶺はそう考えているようだけど、はたしてどうなることやら……幸いにも彼の計画はまだ世間に知られていないようだから、これからも水面下で動くんだろうな。でもボクらがそんな心配してもしょうがない。不景気風が吹き荒れそうだけど、とにかく当面はフルムーン企画を成功させなけりゃね」

「あれが滑ったらウチの課もマジでやばいですから」

「それにしても……」

則尾は焦点の定まらない視線を虚空に向けた。

「竹崎姉妹はこれからどうするんだろう？　大前くんには連絡がないの？」

七海の電話の声がよみがえる。やるせなさと思慕が混濁したような甘酸っぱく乾いた感情が胸に渦巻いた。

「ありませんよ……オレは利用されていただけですから……」

雅人はビールの苦味とともにその感情を飲み込んだ。

＊

七月最後の週にフルムーン企画のパンフレットの色校正が出た。縦組みの活字を用いた雑誌風のレイアウトで、大胆に使った写真も効果を発揮している。その出来栄えに手塚部長はご満悦だった。

「いいじゃないの。俺の写真選定もばっちりよ。則尾も四時にはこっちへ来る予定だから、あいつが来たら色校をチェックしようぜ」

しかし午後二時をまわったとき、則尾がひょっこりＦＴ課に顔を出した。

「あれ？　四時の予定じゃなかったんですか？　あ、パンフの色校を見ましたよ。けっこうグーですね！」

勇んで報告する雅人を則尾は浮かない面持ちで手招きした。

「ちょっと時間ある？」

「深刻な顔して、どうしたんですか？」

「ちょっと会議室へ行こうよ」

則尾は強引に雅人を誘った。

通路を挟んだ向かいにある会議室は、おもに取引先との打ち合わせなどに使われている。二十畳ほどの空間がパーテションで区切られ、四つの半個室があった。そのうちのひとつに雅人を引き込んだ則尾はいきなりバッグから週刊誌を取り出した。

「きょう発売の週刊誌だけど……」

則尾がテーブルに広げた週刊誌には、見開きをぶち抜いて大きな活字が躍っていた。

「え！　これって!?」

「長嶺らの動きがすっぱ抜かれている。中身を読めばもっと驚くよ」

週刊誌には、『北嶺観光開発の長嶺氏に偽装誘拐の疑惑!?』というタイトルに続き、本文中には『ＭＡファンドは実在する？』『ＣＩＡの陰謀か？』『亀山元議員と白石局長の死にも関与か？』『公安当局も情報を隠匿か？』など事件の核心に触れる見出しが、クエスチョンマーク付きではあるが、読者の好奇心を煽り立てている。

「どうして……」

雅人は混乱した頭で見出しを追った。

「たぶん福田の情報だ」

「福田さんが……」

「直接的にじゃないと思う。たぶん福田から情報を得たロシアンマフィアがリークしたんだ。長嶺たちの動きを抑えるためだろう。それしか考えられない。読んでみればわかるけど、情報を提供したのは長嶺たちの関係者であるはずがないし、日本政府や公安でもない。ましてアメリカ政府やCIAがこんなことをしたって何のメリットもない。それに、しかるべきスジからの情報でなかったら週刊誌側もこれほど大胆に掲載できないよ」

則尾は歯をかみしめ、怒りと焦燥が混じった目で雅人を見つめた。

*

週刊誌の記事は夜のトップニュースになった。

メディアはこぞって記事の話題を取りあげ、評論家たちは、もっともらしい推理で今回の事件を分析した。メディアは週刊誌の発行元にも押し寄せたが、発行元は『情報源は明かせない』の一点張り。当然、四季観光産業や北嶺観光開発、さらには北条エナジーや亀山元議員の後援会などもメディアの餌食になった。しかしそれらはすべてノーコメントを貫く。ただ政府関係者のみが、記事はデマだと冷ややかに述べ、冷静に対処せよと警告を発した。

取材攻勢が最も激しかったのは長嶺が入院療養する病院だった。長嶺が拉致・誘拐から解放されたときのように、多くの中継車が病院前に押し寄せ、ライトを容赦なく照射して実況を流した。

ニュースを見た雅人はすぐに則尾の携帯へ連絡した。

——すごいよなぁ。

則尾もこの反響には度肝を抜かれたようである。

「どうなるんでしょう？」

——でも、メディアは熱しやすく冷めやすいからね。それに政府関係者も否定しているようだしね。

「長嶺会長はもう水面下で動けませんね」

——うん……。

物憂げにつぶやいた則尾は、

——考えみれば、CIAが動いた時点で今回の計画は終わっていたのかもしれない。時代を読み違えたって、あのとき長嶺も言ってたじゃないか。

「でもCIAの介入後も長嶺会長は動いていたんでしょう？」

——最後のあがき
だったのかなぁ。

「長嶺会長、これからどうするんでしょうね」

雅人は長嶺の背後に七海の面影を見ていた。

——物証は何もないんだから、週刊誌の発売元を相手に名誉毀損か何かで告訴でもするんじゃないの。それにこの記事は政府も認めないはずだよ。ＣＩＡが亀山と白石を殺害したなんて事実を認めたら米国が黙っちゃいないからね。だからマスコミもこれ以上事件をほじくり返すのは難しいんじゃないかな。ほら、人の噂も七十五日とか言うじゃない。そのうちに、このことも忘れられるよ。世界経済が混迷している時期なんだから、そっちの方がずっと重大事だ。長嶺もそれを狙っているんじゃないかな。

——こんなことになってみると福田からの礼金も精神的に重いよな。

興味なさそうに言った則尾は、「それよりさ」と声をひそめ、

「そうですね……」

そうつぶやいたとき携帯電話が別の着信を告げた。

「あ、ほかから入ったみたいです。とりあえず切りますね」

通話を切った画面に、美悠の携帯ナンバーが表示されている。「はい」と出たとたん、『課長ですか！』と甲高い声が飛び込んだ。

「そうだよ。そっちがかけたんだろう？」

——そうじゃなくてニュースですよ！　あの情報源は課長たちじゃないんですか!?

「オレじゃない。今もこのことで則尾さんとも話していたところさ」

——じゃあ誰なんですか!?

「則尾さんの推測では福田さんのクライアントかもしれないってことだけど……」

——だからぁ、クライアントって誰なんですか？

美悠は哀願するように声を震わせた。雅人は躊躇したが、絶対に他言はしないようにと釘を刺し、福田のクライアントを教えた。

美悠は『えっ！』と息をのみ、言葉を失ってしまった。

「ミュウちゃん、正直、オレもパニクっているんだ。えらいことに巻き込まれちゃったみたいで……」

——……。

「現実感がなくってさ……」

美悠が鼻をすする。

「ミュウちゃん」

——はい……。

震える涙声で応え、また鼻をすする。

「さっき則尾さんも言ってたけど、長嶺会長は週刊誌の発行元を告訴するかもしれないよ。でも結局、真実は世に出ない。世間にあふれる情報なんてそんなもんさ。そんな情報に振り回されているようじゃあ永遠に真実なんて見えないよ」

言いながら雅人の脳裏には七海の姿が浮かんでいた。

《オレもリークした仲間だと思われるだろうな……》
冷たい絶望感とともに、七海の唇の感触と南国の花の香りが脳裏をよぎった。

## 三

則尾の予想に反し、長嶺は何の行動も起こさず、メディアを沸騰させたニュースも、七十五日どころか一週間もしないうちにメディアからフェイドアウトした。

ただ一連の騒動は日米政府の裏や今後のアジアにおける経済圏、日本の農業やエネルギー行政、さらには戦後の日米関係など、時流の話題に絡んだ論議へと発展していった。

しかし月が変わった八月初旬、沈静しかけた事態が再燃した。

長嶺善季が、突然、北嶺観光開発の社長職と四季観光産業の会長職を辞し、竹崎由布子も四季トラベルビューロの社長から退いたことが伝えられ、その数日後、北条宗太郎も北条エナジーの社長の座を副社長に譲り、第一線から身を引いたのである。

いずれも会社側からの一方的な発表だったが、巷には『一連の騒動の責任を取った』とか『ケジメをつけた』とか、勝手な憶測が飛び交った。

猛暑日が続くなか、雅人はフルムーン企画の詰めに身を投じた。

長嶺関連のニュースはすぐにメディアから消え、世間の関心は経済問題や国内政局問題など、目先のことだけをしつこく掘り起こす、いつもの報道内容へと戻っていった。その合間を埋めるように、今夏のボーナスの話題や異常気象の話題、あるいは夏期休暇に関連した話題などが増えてくる。

フルムーン企画は、旧盆の夏休みが終わる頃、国内FT企画課の命運を背負って関東一円で販売される予定である。手塚部長は猛暑日の気温以上にヒートアップし、媒体編集部内はもとより雅人の課にも檄を飛ばした。先行する雑誌のパブリシティなどの反応も上々で、『かなりの問い合わせがある』と営業部から報告され、それも手塚のヒートアップに一役買っているようである。

しかし七月最後の週末、熱帯夜の気だるさを吹き飛ばすように、衝撃的なニュースが駆け巡った。

＊

神戸市の海岸から望む明石海峡には、こんもりした森のような淡路島が横たわっている。

この狭い海峡をひとまたぎする全長三九九一メートルの明石海峡大橋は、世界一の橋脚距離をもった吊橋として知られるが、上を走る神戸淡路鳴門自動車からの眺めは絶景で、無数の船が行き交う瀬戸内の海はもとより、ビルが林立する神戸市や濃緑の森を抱く淡路島など、思わず車を停めて眺めたくなるような景色が展望できる。自動車専用道路であるため橋の全域が駐停車禁止区域に指定されているが、それでも夜半など交通量が少ない時間帯は片側三車線の余裕に甘え、徐行運転で景色に見入る不心得者も少なくない。

午後七時頃、その明石海峡大橋から投身自殺があった。すでに宵闇が明石海峡の瀬戸を沈ませ、パールブリッジの愛称がある明石海峡大橋が、虹色の照明のなかに浮かび上がる時刻である。

翌朝のメディアは、投身自殺を目撃したタクシー運転手の談話とともにこの事件を報じた。目撃者の話によると自殺者は男女と思われる二名で、橋の中ほどの路肩近くに車を停め、タクシーが駐車車両の脇を通過しようとした瞬間、欄干を越えて闇の海峡へ身を躍らせたという。

目撃者から通報を受けた兵庫県警は現場に急行し、橋上に放置された車のナンバーから所有者の割り出しを行ったが、その所有者名が、数週間前に世間を騒がせた長嶺善季と発表されるやいなや、メディアがどっと食らい付き、報道番組を独占してしまった。

翌早朝から兵庫県警の水上隊と海上保安庁による捜索が開始されたが、潮流の速さが災いし、遺体はおろか衣服すら発見できない状況である。一方、兵庫県警から依頼を受けた警視庁の調べで、長嶺善季が失踪していることがわかり、その行方を関係者に問い合わせている状況が発表された。

そうした警察発表とは別に、メディアも関係各所に独自の取材攻勢をかけ、長嶺善季とともに四季トラベルビューロの元社長・竹崎由布子の行方がわからないことを突きとめた。その事実から、投身自殺者の男女二名は、先だって話題の渦中にいた長嶺善季ならびに竹崎由布子である可能性があると、うがった見方をするメディアさえあった。

一連の報道を見た美悠は憤慨して雅人に訴えた。

「福田さんのせいですよ。福田さんがあんな情報を流すから！」

「情報をリークしたのは福田さんじゃなくてロシアンマフィアに関連した連中だよ」

「課長、悔しくないんですか？」

「何が？」

「とぼけないでください。課長や則尾さんは福田さんのために動いたんでしょう!?」

「それだけで動いたわけじゃあないよ」

「竹崎先輩のためですか？」

「それもあるけど……そのためだけでもない」

「じゃあ何のためなんですか？」

「オレにもよくわからないけど……自分自身を納得させるためだっていう気がする。ミュウちゃんだってそうだったんだろう？」

「それはありましたけど……」

「そのことはもう忘れよう。それより仕事へ集中だ。営業部からの報告じゃあ前宣伝の反応も上々だってことだしね」

雅人は美悠への言葉を借りて、自分自身を励ました。

その夜、部屋でビールを飲んでいるとき則尾から連絡が入った。

――長嶺たちのこと、意外な展開になったなぁ。

「ええ、まさかこんなことになるなんて……ミュウちゃんは福田さんのせいだって憤慨してました」

――だろうなぁ。ボクも最初のニュースを見たときはそう思った。それで、きょうの昼間、福田の事務所へ行って嫌味を言ったんだけど……あいつ、まるで責任を感じてなかった。

「福田さんのようなビジネスには、それくらいの無神経さは必用なんでしょうね」

――無神経と言うより、福田は今回のことも長嶺の狂言芝居だって考えているぜ。

「えぇ！」

――確かに福田の読みにも一理ある。つまり長嶺の車を使って子分の男女が明石海峡に飛び込む。もちろん、パラグライダーなんかの装備をしたうえに、それらしい扮装をしてね。下には仲間の船が待っていて、すぐに替え玉の二人を救出するっていう筋書きさ。それで万事ＯＫってわけだよ。だから飛び込む瞬間も、意図的に他の車から目撃されるように作為した。たとえ目撃されなくても、車が放置されていれば同じような結果になったはずだよ。考えてみれば狂言芝居や偽装工作はやつらのお得意芸だしね。

「何のためにそんなことする必要があるんですか？」

――存在を抹消し、今度こそ水面下で計画を推進するためってことだけど……ＣＩＡや公安の追及を逃れる有効な手だと言えなくもないよ。

「長嶺会長や竹崎由布子は意図的にこの世から自分を抹殺し、一連の事件への追及をかわしたっていうことですか？」

――事件だけじゃなく今後の活動についてもだ。福田はそう見ている。

「北嶺観光開発や北条エナジーは営業を続けているんでしょう？」

――経営者も交代したし、表向きはこれまでどおり営業するだろうね。でもさ、もし長嶺が生きているとしたら、いざというときにすぐ動けるじゃないか。

「いざというときってどんなときなんですか?」

——たとえば……CIAが日本になんか関わっていられないほど米国政府や世界情勢が混乱する状況になるとか……そんなときかな。

「そんなときが来るんですかね?」

——ないとは言い切れないよ。

自信なさそうにいった則尾はふいに話題を変えた。

——それよりさぁ、手塚から聞いたんだけどフルムーンの評判、けっこういいらしいね。

「ええ、問い合わせもかなりあるみたいです。盆明けにパンフが支店にならびますから、そこで熟年層が則尾さんの紀行文にどう反応するかですね」

——ははは、怖いような楽しみなような、複雑な気分だな。

「オレも同じ心境ですよ」

電話のあと、雅人は部屋の窓を明け、夜の空気を吸った。蒸された大気とともに都会の喧騒が訪れる。その怪しい抑揚を聞いているうちに、ふと長嶺と由布子が生存しているような、そしてこの瞬間も革命への謀略を巡らせているような、そんな気がした。

*

盆明けから売り出されたフルムーン企画は予想以上の反響を呼んだ。

計画段階での営業目標は、初年度ということもあり、年内に百〜百二十契約、売上金額で一千万円程度と控えめだったが、八月の二週間だけで四十組の申し込みがあり、九月に入ってもその勢いは衰えなかった。その反響に気をよくした上層部は当初の売上目標を倍増し、媒体編集部長の手塚は社内での株をぐんと上げた。

九月も二週目が終わる金曜日、国内ＦＴ企画課のスタッフの慰労を兼ねた祝勝会が開かれた。祝勝会といっても、今後の混迷する経済状況ではまだ予断を許さないということで、水道橋駅の近辺のビストロで軽く飲もうという程度の会である。

会には則尾も招かれ、課員たちから賞賛のビール攻めにあった。もともとアルコールに弱い則尾は、最初の一杯で「我々が新しいブームをつくった」などと怪気炎を上げ、二杯目で顔を真っ赤にし、三杯目の途中でイビキをかきはじめた。

会がお開きになると、翌日からは連休だという気安さもあり、独身課員から二次会の気勢があがる。

「課長も則尾さんも独身でしょう。行きましょうよ！」

美悠が潤んだ目で誘う。雅人は、足元がおぼつかない則尾を気づかい、

「則尾さんはもう無理だよ。途中までオレが送っていくから気にするな」

「でも課長はほとんど飲んでないじゃないですか」

「家へ帰ってゆっくりやるさ。則尾さん、ほら、帰りますよ！」

雅人の声にはたと顔をあげた則尾は、

「ん？　帰るの……それじゃあ市川で飲み直しか？」

「何言ってるんですか、もう飲めないでしょう？」

「ボクはダメだけど、大前くんはほとんど飲んでないんだろう？」

「聞いてたんですか？」

「聞いてたさ。このあいだの小料理屋へでも行くかい？　あそこの刺身、うまかったから、ボクはお茶漬けと刺身でいいぜ」

「わかりました。とにかく帰りましょう」

そのやりとりを聞いた美悠は「ふ〜ん」と冷めた目を向け、

「それじゃあ私も課長たちと小料理屋へ付き合いますよ」

「ミュウちゃん、オレたちが行くのは市川だよ」

「あら、市川だったら横浜まで総武本線の快速一本で帰れますよ」

「まじかよ……」

「まじですよ」

美悠は独身課員どもの密かな期待をあっさり裏切り、ブーイングをものともせず、さっさと雅人たちに寄り添った。

「あれ、ミュウちゃんもボクらと一緒に来るの？」

やや正気を取り戻した則尾が怪訝に言う。

「迷惑ですか？」

「とんでもない大歓迎さ。そうかぁ、ミュウちゃんが付き合ってくれるのなら、お礼に面白いこと話しちゃおうかな」

「え〜！　面白いことって何ですか!?」

「それは、あっちに着いてからのお楽しみ。そうそう、その店の地酒がうまいんだよ。ミュちゃんは、まだ飲める？」

「ぜんぜんいけますよ」

「酔いつぶれても大前課長の家があるから大丈夫だしね」

その言葉に雅人は憮然とした。

「則尾さん、いい加減にしてくださいよ」

しかし美悠はひょうひょうとした顔で、

「そうですね、酔いつぶれたら課長の部屋へ泊めてもらおうかなぁ」

「何だよミュウちゃんまで……悪乗りするなよ」

顔をしかめた雅人を無視し、則尾は嬉しそうに大口をあけた。

「やったぁ！　な、大前くん。そうしようぜ！」

酔った二人の勢いにおされ、雅人はしぶしぶうなずいた。

＊

「ほんと、この地酒、おいしいわぁ！」

グイ呑《のみ》に口をつけた美悠は、最初の一杯を一息で飲み干した。

カウンターの奥で刺身を造っていた店主《あるじ》が、「うまいでしょう？」と愛想を返す。

「大前さんが、女性のお客さんを連れてくるなんて、初めてだね」

「オヤジさん、勘違いしないでよ。この娘《こ》はオレの部下だよ」

「ありゃ会社の人でしたか、こりゃあ失礼」

相変わらず乗りがいい。美悠もすぐにその雰囲気になじみ、

「あら、私が初めての同伴女性なんですか？　怪しいなぁ」

「何をバカなこと言ってるんだよ」

雅人は美悠の絡みから逃れようと、向かいでお茶を飲む則尾に話題を振った。

「ところで則尾さん、面白い話って何ですか？」

「そうそう、肝心なことを忘れてた。話ってのは今回の事件の謎に関することなんだ」

湯飲みをおいた則尾はオシボリで額の汗を拭った。美悠は二杯目の地酒をなめながら、ねちっこい視線を則尾に絡ませた。

「謎って……まだ謎があるんですか？」

「一番の謎が残ってたんだな、これが」

「だからぁ、焦《じ》らさないでくださいよ」

「ははは、わかったよ。一番の謎ってのは、なぜ三大秘湖だったかっていう謎だ。今回の事件の発端は三大秘湖での殺人事件だろう？　ボクらはそれを犯人のメッセージだと読んだ。な、大前くん、そうだったよな？」

「ええ、則尾さんは最初から何かのメッセージだって言ってましたね」

「そういうこと。でもダイイング・メッセージなどで振りまわされて、いつの間にか頭から吹っ飛んじまった。ところがだ、おとといの夜、北海道を特集している情報番組を見ていて、急に思いついたんだな、これが」

則尾が得意そうに湯呑みを口に運んだとき、茶漬けと刺身の盛り合わせが運ばれてきた。

「サヨリのいいのが入りましたよ。それに、この前、旨いとおっしゃってたマコガレイの刺身とエンガワ、それとスズキのアライ、こんなところですかね。お嬢さん、どうぞ食べてみてください」

店主は刺身を山と盛った大皿をうやうやしくテーブルへおいた。

「すご～い！　則尾さんが食べたいって言ってた理由がわかる！」

真っ先にエンガワを口に運んだ美悠は満足そうに地酒をあおった。

「課長、いつもここで飲んでるんですか？」

「多くても週に二、三回だよ」

「へぇ～、私もたまには飲みにこようかなぁ」

「ミュウちゃん……ちょっと飲み過ぎてない？」

「大丈夫ですよ、そんな心配しなくても……あ、則尾さん、テレビを見て思いついたことって何ですかぁ？」

「ははは、酔ったミュウちゃんもなかなかいいな」

則尾は楽しそうに笑い、茶漬けを口に流し込んだ。

「ボクが気づいたのは三大秘湖の立地なんだよ。なぜあの三つが三大秘湖に選定されたかは地元の観光協会でも明確じゃないんだけど、ボクから言わせりゃあ、現状の三大秘湖は役者不足だ。北海道には原生林の奥深くにひっそりと眠る神秘的な湖はいっぱいあるんだぜ。それにアイヌ民族の伝説が残っている湖だって多い。なのになぜあの三つが選ばれたか、その秘密が今回のメッセージにも関係しているんだ」

則尾は一息おいてサヨリの刺身を頬張ると、それをおかずに茶漬けをすすった。

「ボクは三大秘湖の共通点は何だろうと考えてみた。そしたらあったんだな、これが。それは立地の共通点だ。つまり、すぐ近くに大きな湖があるっていうことだよ。オンネトーには阿寒湖、東雲湖には然別湖、オコタンペ湖には支笏湖……どれも北海道じゃあ有名な湖だし、大観光地だよ」

「それがメッセージとどう関係してるんですかぁ？」

美悠はテーブルへヒジを突き、だるそうに頬を支えた。

「逆に発想してみなよ。三大秘湖はどれも大きな湖に寄り添っていたから三大秘湖に選ばれた。単独でひっそりと息づく湖は、たとえアイヌ民族の伝説に彩られた湖だったとしても、この選定には引っかからなかった。これを日米の関係に置き換えてみればわかるだろう?」

「わかんな〜い!」

手酌で酒をつぎながら美悠がなまめかしい声をあげた。ほかに客はなく、店は三人の独占状態だったが、雅人は慌てて美悠から徳利を取りあげた。

「ミュウちゃん、もうやめとけよ」

「大丈夫!」

きっとした目で徳利を奪い返した美悠は、「ほら、課長も飲んで!」と雅人のグイ呑みに酒を注ぎながら、再び則尾に目を据えた。

「それで日米関係がどうしたんですかぁ?」

戸惑い気味に「うん……」とうなずいた則尾は、

「つまり三大秘湖は大きな湖に寄り添っていたから三大秘湖なんてポジションが得られた。これを日米関係にあてはめると、日本という小国はアメリカという大国に寄り添っていたから世界有数のGDPを誇る国になった、というわけさ。だから日本がアメリカを無視して勝手に暴走するのは本末転倒もはなはだしいってメッセージ。もっと言えば米国の恩恵をしっかり認識し、これからも米国に寄り添っていろっていうメッセージ。それが三大秘密に遺体を遺棄した理由さ」

そこまで言った則尾はお茶で喉を潤し、

「ただし最後のオコタンペ湖で殺害されたのはCIA要員かもしれない。これに関しては、ボクも悩んだ。でも答えは意外と簡単だったよ。オンネトーと東雲湖が米国のメッセージとすれば、オコタンペ湖は長嶺からのメッセージ、つまり、『おまえらの意図は読めている、それがどうした』っていう挑戦状だ」

則尾の謎解きを聞きながら、雅人の脳裏には、七海とはじめて逢ったオンネトーの光景が浮かんだ。あのとき七海は初々しい芽吹きの大気に異彩を放っていた。そのオンネトーにも、あとひと月足らずで紅葉の季節が訪れる。わずか半年の短い緑光……その儚さが七海の姿と重なり、雅人を寂然とした想いに誘った。

「大前くん……」

則尾の声が雅人を現実へと引き戻した。はっとして顔をあげると、則尾が顎を突き出し、雅人の隣を示した。

美悠がテーブルにうつぶしている。雅人は慌てて時計を確認した。時刻はすでに終電ぎりぎりになっていた。

「ミュウちゃん起きろよ。時間がやばいよ」

しかし美悠の反応はない。雅人はその肩を軽くゆすり、

「ミュウちゃん、ほら、起きろってば！」

美悠が「いや……」とうるさそうに雅人の手をはねのける。

「いやじゃなくて……早くしないと帰れなくなるよ」

「いいの……」

「よかぁないよ、ほら」

美悠の腕をとって立ちあがらせようとしたとき、則尾が意味ありげな表情で笑んだ。

「えへへ、ミュウちゃん、今夜は三人で大前くんの部屋で寝るか？」

「則尾さん、バカなこと言ってないで彼女を起こしてくださいよ」

「でもなぁ、この状態じゃあ電車に乗せたほうが心配だぜ」

確かに則尾の言うとおり、無理に終電に乗せてもまともに横浜へつけるか怪しい状態である。

「大前くん、腹をくくって泊めてやれよ」

「そりゃ、まずいですよ」

「何が？」

「彼女はオレの部下ですよ」

「関係ないよ。お互いに独身だろう。それに彼女は大前くんに惚れてるぜ」

小声で言った則尾は、美悠の耳元に顔を近づけ、

「ミュウちゃん、大前くんの部屋へ行くかい？」

則尾の声に、うつぶした美悠が「うん……」と反応する。

「ほらね」

則尾は思わせぶりにウインクした。

＊

人通りが絶えた歩道には初秋の涼気が漂っていた。

美悠を支える雅人の腕に体温が伝ってくる、ときおり彼女の髪が頬に触れ、アルコールのにおいに混じった彼女の体臭が心地よく鼻腔をくすぐった。

《ミュウちゃん、こんな匂いだったんだ……》

美悠の存在感を強く意識したとき、横を歩く則尾が言った、

「もうひとつ話しておきたいことがあったんだ。長嶺たちのことだけど……」

「何か新しい情報が入ったんですか？」

「三大秘湖のメッセージに気づいたことを、すぐに電話で福田に伝えたんだけど、そのときやつから長嶺生存説の根拠を聞いた」

「根拠なんてあったんですか？」

「長嶺は中国に身を隠しているかもしれないって言ってた」

「中国？」

「うん。福田が言うに、長嶺はこの計画を進めるにあたって中国の要人とも連携をしていたってことだ。中国は北京オリンピックと上海《しゃんはい》万博を成功させ、本格的な経済成長へと踏み出している。これは日本が東京オリンピックと大阪万博を成功させ、経済の高度成長へと突進した方法と同じだよ。長嶺の『ドラッカーの限界』にも書いてあったけど、中国はマネジメントに関して日本の手法を研

究して模倣した。それと同じように日本の経済成功を巧みに分析し、真似しようとしている。福田が言うには、おそらく長嶺は今回の経済混迷を脱け出したとき、アメリカに代わって世界の経済情勢を支配するのは中国だと読み、東アジア政経連合の推進役として期待しているようだってね」

「でも中国は共産政権ですよ。市場経済主義なんてへんてこな主義で誤魔化しても、人口の数パーセント程度の共産党員が支配する共産国家じゃないですか。それに国内の収入格差や少数民族の問題など深刻な問題だって抱えているでしょう？」

「うん、確かにそれはあるけど……これは、あくまで福田の想像だけどね、今の中国は社会主義や資本主義に代わる新しい経済主義への移行を画策しているらしいんだ。そのヒントになるのは長嶺が『ドラッカーの限界』のなかでちらっと書いている生産性主義による知識経済社会じゃないかっていうことだ」

「それ何ですか？」

「ボクも聞きかじった知識しかないけど……物質や資産など資本の論理が経済の軸を握る資本主義に対し、資本や知識の生産性という価値が軸を握る社会、つまり現在の資本主義の次に来る社会経済論理らしい。それを総括する言葉が知識経済社会ということだ」

「なんだか漠然としていてわかりにくいですね」

「まあ、この領域の理解は福田に任せるとしても……もし福田の読みあたっていれば、アメリカ経済が本格的な凋落を迎えた機を狙い、長嶺はかねてからこの計画のために連携を図っていた中国